소설 책사

菜士

소설 책사

菜士

권오단 역사 소설

①

산수야

책사 策士 ❶

초판 인쇄　　2013년 4월 1일
초판 발행　　2013년 4월 5일

지은이　　　권오단
발행인　　　권윤삼
발행처　　　도서출판 산수야

등록번호　　제1-1515호
주소　　　　서울시 마포구 망원동 472-19호
우편번호　　121-826
전화　　　　02-332-9655
팩스　　　　02-335-0674

ISBN 978-89-8097-253-1　04810
ISBN 978-89-8097-252-4　(전6권)

값은 뒤표지에 있습니다. 잘못된 책은 바꾸어 드립니다.

이 도서의 국립중앙도서관 출판시도서목록(CIP)은 e-CIP 홈페이지
(http://www.nl.go.kr/cip.php)에서 이용하실 수 있습니다.
(CIP제어번호: CIP2012005813)

차
례

지혜智慧란 물과 같고 처세處世란 바람과 같다.

지혜가 있다는 것은 땅에 물이 있는 것과 같으며,

처세를 잘하는 것은 하늘에 바람이 있는 것과 같다.

세상에 물과 같은 사람은 많았지만 바람을 갖춘 이는 없었고,

바람과 같은 사람은 많았지만 물을 겸비한 자도 없었다.

그렇다면 지혜와 처세를 동시에 갖춘 이가 도대체 누구인가?

물 같은 지혜로 백성들을 이롭게 하고,

바람 같은 처세로 천하를 종횡하였던 목풍아木風兒뿐이었다.

건문제(建文帝, 1383~1402)

중국 명나라의 제2대 황제재위 1398~1402, 1398년 태조 홍무제가 죽자 16세로 즉위, 건문이라는 연호를 썼다. 당시 태조의 여러 아들은 각 지방의 왕으로 분봉되어 있었는데 건문제는 황자징·방효유 등의 획책에 따라 황제의 권위를 높이는 한편, 봉령을 삭감하여 그 세력의 약화를 도모하였다.

영락제(永樂帝, 1360. 5. 2~1424. 8. 5)

중국 명나라의 제3대 황제재위 1402~1424로 태조 홍무제의 넷째 아들인 영락제는 1410년 고비사막 원정을 시작으로 1424년 진중에서 병사할 때까지 5차례 친정으로 그 위협을 막았다. 서남 지역에서는 티베트로부터 조공을 받았고, 소수 민족을 눌러 귀주포정사사를 두었으며, 1406년에는 안남베트남에 원정하여 문지포정사사를 두고 직할 지배하에 넣었다.

홍희제(洪熙帝, 1378~1425)

중국 명나라의 제4대 황제재위 1424~1425로 이름은 주고치, 영락제의 장자다. 어릴 적부터 문무에 뛰어났고, 성조가 황위 찬탈전 · 만주경략 · 몽골 정벌 등으로 외정을 하였을 때, 궁정을 잘 다스려 영재의 풍모를 보였다.

선덕제(宣德帝, 1399~1435)

중국 명나라의 제5대 황제재위 1425~1435로 이름은 주첨기, 조부 영락제의 총애를 받았다.

정화(鄭和, 1371~1435)

중국 명나라의 환관 · 무장으로 운남성 곤양 출생. 남해 원정의 총지휘관. 1399~1402년 정난의 변 때에 연왕을 따라 무공을 세웠고, 연왕이 즉위한 뒤 태감에 발탁되었으며, 정씨 성을 하사받았다. 1405년부터 1433년까지 영락제의 명을 받아 전후 7회에 걸쳐 대선단을 지휘하는 원정길에 올랐다.

도연(道衍, 1335~1418)

중국 명나라의 승려로 광동성 장주 출생. 14세에 사미가 되었으며, 도사 석응진에게 음양술을 배웠다. 홍무 연간1368~1398에 고승으로 뽑혔고, 1404년 태사소사의 관직에 올랐다.

방효유(方孝孺, 1357~1402)

중국 명나라 초기의 학자로 절강성 요해현 출생. 송염의 문하에 들어가 뛰어난 재주로 이름을 떨쳤으며, 방정학이라고도 불린다.

건문建文 1년1399 6월, 석 달 남짓 사신 접대를 위해 연경으로 출타하였던 역관歷官 목원유木遠猶는 승덕현承德縣에 있는 집으로 돌아오기 무섭게 하인들을 다그치고 있었다.

"몽룡이는 어디 갔느냐? 어딜 갔기에 아버지가 왔는데도 인사가 없단 말이냐?"

"저… 저… 그것이……."

하인들이 서로 눈치를 살피는 모양새가 미덥지 못하였다. 목원유의 얼굴이 찡그려지며 이마에 혈관이 불끈 솟아올랐다.

"또, 또, 또 도박을 하러 간 게야?"

"저… 그것이……."

"그것은 뭐가 그것이야. 당장 몽룡이를 잡아오지 못해?"

화가 머리끝까지 난 목원유가 대청이 떠나가라 소리를 지르자 하인들이 황급히 바깥으로 뜀박질을 하며 달아났다. 쪽문 바깥으로 곤두박질하듯 달려나가는 하인들의 뒷모습을 바라보며 목원유는 혀를 찼다.

"그 좋은 머리로 도박이라니……. 도대체 뭐가 되려고 그러는지, 쯧쯧쯧."

"이 모든 게 다 당신 때문에 그런 것 아닌가요?"

등 뒤에서 들리는 소리에 목원유가 고개를 돌렸다. 목원유의 부인 유씨가 원망이 가득한 눈초리로 바라보고 있었다.

"부, 부인. 그것이 무슨 말이오? 내가 그 녀석을 그렇게 만들었다니……."

목원유가 당황한 듯 말끝을 흐리자 유부인이 천천히 다가와 따지는 듯이 입을 열었다.

"그 아이를 삐뚤어지게 만든 것은 당신이에요."

"내 탓이라니? 그 녀석이 도박장을 전전하고 불량배들과 어울리는 것이 모두 나 때문이란 말이오?"

"그럼 제 탓이란 말인가요? 그 똑똑한 아이의 전도를 망친 당신 탓이 아닌가요?"

쏘는 듯 원망하는 얼굴로 되묻는 유씨의 눈망울에 눈물이 어리었다. 목원유는 당장 할 말이 없어서 유씨의 얼굴에서 고개를 돌려 담장 앞에 길게 늘어진 버드나무를 바라보았다. 때는 염천이라 푸른 잎을 가득 단 버드나무가 부는 바람에 맥없이 흐느적거리고 있었다.

"휴."

하나밖에 없는 아들을 생각하니 한숨이 절로 나왔다.

목몽룡木夢龍. 커다란 태산 아래로 여의주를 문 용이 내려와 품속으로 들어오는 꿈을 꾸고 태어난 아이였기에 몽룡이라 이름을 지은 것이다. 예사롭지 않게 태어난 아이여서인지 몽룡은 5살에 천자문을 떼고 6살에 시를 짓는 신동神童으로 이름을 날렸다. 문재가 뛰어나고 재치가 남달라 8살이 되던 해에 사서삼경을 모두 떼고 고을에서 열리는 과거마다 줄줄이 장원을 할 정도로 몽룡의 천재성은 소문이 자자할 정도였다.

사람들은 누구나 몽룡이 과거에 급제하여 승상丞相 정도의 큰 인물이 될 것이라 생각하였다. 몽룡 역시 그들의 뜻과 같이 나라에 큰 업적을 남기는 인물이 되기 위해 열심히 공부에 전념하는 착한 아이였었다. 그런데, 그러한 몽룡이 15살이 되면서 갑자기 도박장을 전전하고 동네의 불량배들과 어울리며 삐뚤어진 길을 가기 시작하였다.

부인 유씨는 아들이 삐뚤어진 길을 나가게 된 원인이 출사에 뜻을 품지 말라는 아버지의 엄명 때문이라 생각하였다.

목원유는 항상 몽룡의 명석함을 걱정한 나머지 큰그릇이 완성되기 전까지 참고 참아야 한다고 말해 왔다. 학문은 하루아침에 깨우치는 것이 아니니 유학의 종지를 깨우칠 때까지 출사해서는 안 된다는 명을 내린 바 있었다. 그런데 유학의 종지를 깨우치는 것이 눈에 보이는 것이 아니어서 몽룡은 번번이 목원유에 의해 제지당하곤 하였다.

몽룡이 고금의 서적을 읽고 연구한 후 목원유 앞에서 그에 대해 이야기하면 목원유는 항상 부족하다는 이야기와 더 정진하라는 말을 해왔었다. 그렇게 몇 년이 흐른 후, 몽룡은 달라져버렸다. 술집과 도박판을 기웃거리며 건달 무리와 어울리기 시작한 것이다.

아들의 망가져가는 모습을 바라보는 유씨는 그 모든 책임을 목원유에게 돌렸다. 부인의 마음을 모르는 바 아닌 목원유가 한숨을 내쉬다가 차마 떨어지지 않는 입을 열었다.

"부인, 몽룡은 하나밖에 없는 자식이오. 재주 있는 자식을 아끼는 내 심정을 알아주시오."

"저는 아무리 생각해도 당신의 마음을 모르겠어요. 명나라가 세워진 지도 30여 년이 지났어요. 이제 나라는 안정되어가고 인재들이 필요한 때가 아닌가요? 그런데 일신의 안위만 생각하여 재주 있는 아이를 이토록 속박하다니, 그것이 부모로서 할 일인가요?"

유부인은 매섭게 쏘아붙이고는 고개를 획 돌렸다.

"지금은 때가 아니오."

"당신은 항상 때가 아니라고 말하는데 도대체 그때는 언제 오는 건가요? 나는 정말 당신을 이해할 수 없어요."

"송백의 푸름은 겨울이 와야 아는 법이오. 지금은 내가 어떤 말을 해도 당신은 내 말에 공감하지 못할 것이오."

"정말 당신을 이해할 수가 없네요."

유부인이 찬바람을 일으키며 쪽문으로 나가 버렸다.

목원유는 난감하여 다시금 뜰 앞에 서 있는 버드나무를 바라보았다. 오뉴월 뜨거운 날씨가 답답한 마음처럼 더욱 후덥덥하게 느껴지는 것이었다.

목원유의 불호령을 받고 달려온 하인들은 대희루大喜樓 2층 누각으로 올라갔다. 목룡이 경치가 빼어난 누각 난간 앞에서 차를 마시길 좋아하는 습관이 있다는 것을 잘 아는 까닭이다. 과연 난간 앞 의자에 앉아 느긋하게 차를 마시는 소년이 보였다. 나이는 열대여섯 살쯤 되었을까? 머리를 묶고 흰 비단옷을 단아하게 입은 소년은 주위의 경관을 조망하다가 찻사발에 차를 따라 향을 음미하는 것 같았다.

"도련님, 도련님."

살짝 눈을 감고 차향을 음미하던 목몽룡이 고개를 돌렸다.

"무슨 일이냐?"

"주인어른께서 돌아오셨습니다. 또 이곳에 오신 것을 알고는 노발 대발이십니다요."

"아버님이 오신 것은 짐작하고 있다만 소주에서 가져온 차를 맛보 지도 않았는데 그냥 가면 섭섭하지 않으냐. 차 한 잔 마시고 가면 아 버님의 노기가 가라앉을 것이니 너도 이리 와서 나와 함께 차나 마시 자구나."

하인은 언제나 아랫사람에게 격의 없이 대하는 도련님이 고마울 따름이라 더 이상 재촉하지 않고 그 자리에 서서 고개를 꾸벅 숙였다.

"그럼, 잠시 기다리겠습니다요."

"어허, 이리 와서 함께 마시자니까. 소호의 벽라춘碧螺春이라는 명 차란다. 네가 언제 이런 좋은 차를 마셔볼 수 있겠느냐? 이리 오라니 까."

목몽룡이 손을 흔들어 다시 재촉하였다.

"도련님, 소인은 그저 도련님 마음만으로도 고맙습니다요."

"마음으로만 고마워서는 반만 고마운 것이니 재미없다. 이리 와서 차나 한잔 하거라."

목몽룡은 차를 따라 마다하는 하인에게 건네주고는 자신의 잔에 차를 따라 한 모금을 마셨다.

"아! 향이 좋구나. 너도 마셔 보거라. 만약 마시지 않겠다면 너를 위해 특별히 똥차를 만들어줄 테다. 똥차를 먹고 싶으냐? 명차를 먹고 싶으냐? 선택은 네게 달렸다."

"그렇다면 명차를 마셔얍지요."

파란빛이 감도는 차를 손에 든 하인은 코를 은은하게 만들어주는 차를 들고 어쩔 줄을 몰라 하다가 얼른 잔을 들어 한입 마시고는 얼굴을 찡그렸다.

"도련님, 말 오줌 같은데요?"

"와하하하. 차를 먹어보지 못했으니 당연하지. 그래도 구린내 나는 똥차보다는 낫지 않으냐?"

"도련님도 짓궂으시긴……."

목몽룡이 웃으며 차를 다시금 한 모금 마시려 할 때였다.

"대장, 대장."

다급한 목소리와 함께 건장한 사나이 하나가 머리가 하얗게 센 노파를 데리고 누각으로 올라왔다.

노파는 목몽룡을 보더니 그 자리에서 털썩 주저앉아 쉴 새 없이 머리를 조아렸다.

"도련님, 제발 제 아들을 살려주십시오. 제 아들을 살려주세요."

몽룡은 고개를 들어 얼굴에 칼자국이 있는 사내를 바라보며 말했다.

"일도야, 이 노파는 얼마 전에 대희루에서 나가 죽림촌에 정착한 맹달이의 어머니가 아니냐?"

일도-刀라는 사나이는 몽룡의 오른팔 격인 건달패의 우두머리로 얼굴에 길게 난 흉터 때문에 일도라는 별명으로 불리고 있었다.

"예, 맞습니다. 대장."

몽룡은 노파의 손을 잡아 의자에 앉히곤 말했다.

"무슨 일이십니까?"

노파는 눈물이 범벅된 얼굴로 두 손을 모아 몽룡에게 빌었다.

"도련님, 맹달이를 살려주세요. 우리 맹달이가 누명을 쓰고 죽게 생겼습니다. 맹달이는 억울합니다요. 우리 맹달이를 살려주세요."

몽룡이 고개를 돌려 칼자국이 있는 사내에게 물었다.

"일도야, 도대체 어찌 된 일인지 자세히 이야기해보거라."

"죽림촌에 살인사건이 일어났는데 맹달이가 살인죄를 뒤집어쓴 모양입니다. 맹달이가 오랫동안 건달노릇을 했지만 노모와 함께 정착한 후에는 농사를 지으며 정말 착실하게 살고 있었는데 이런 일이 생길 줄은 몰랐습니다."

노파가 목몽룡의 손을 잡고 매달려 애원하였다.

"도련님, 죽은 여자아이는 죽림촌의 부호인 양대인의 아들과 그렇고 그런 사이였습니다요. 맹달이는 그 여자와 한 번도 만난 적이 없습니다. 죽은 계집과 양대인의 아들이 그렇고 그런 사이라는 것을 마을 사람도 다 아는데 맹달이가 무엇 때문에 그 계집을 죽인단 말입니까? 맹달이가 대희루에서 건달짓을 한 적은 있지만 지금의 우리 아이는 새사람이 되었습니다. 도련님, 우리 맹달이를 살려주십시오. 사람들이 그러는데 내일 형을 받으면 바로 사형될 거라 합니다요. 제 아들을 살려주세요. 도련님."

일도가 끼어들었다.

"대장, 맹달이는 사람을 죽일 만큼 흉악한 놈은 아닙니다. 그건 대장도 잘 아시잖아요."

몽룡이 팔짱을 끼고 잠시 생각하다가 노파에게 말했다.

"제가 백방으로 힘을 써 볼 것이니 걱정 마시고 집으로 돌아가 계십시오."

노파가 몽룡의 손을 잡으며 흐느꼈다.

"도련님, 저는 맹달이 하나밖에 없습니다."

"알고 있어요. 가서 기다리고 계세요."

"도련님, 저는 도련님만 믿겠습니다요."

노파가 손을 모아 간절하게 빌었다.

몽룡이 자리에서 벌떡 일어났다.

"일도야, 가자."

"예."

하인이 놀란 얼굴로 몽룡에게 말했다.

"도련님, 지…집에는……."

"무고한 사람의 목숨이 달린 일인데 어쩌겠느냐? 네가 알아서 아버님께 잘 말씀드려라."

몽룡은 일도라는 부하와 함께 누각을 내려가버리고 말았다.

하인은 난간에 기대어 멍한 얼굴로 몽룡이 사라지는 모습을 바라보다가 의자에서 흐느끼고 있는 노파를 바라보았다. 노파는 염주를 붙잡고 중얼거리며 염불을 외고 있었다.

점원 하나가 다가와 몽룡이 마시던 차를 치우기 시작하였다. 하인이 점원에게 말을 걸었다.

"이보시오."

"왜 그러십니까?"

"얼굴에 칼자국이 있던 사람이 우리 도련님을 대장이라고 하던데 무슨 말이오?"

점원이 눈치를 살피며 말했다.

"아직 모르세요?"

"뭘 말입니까? 그 사람이 대희루의 주먹이라는 것은 저도 알고는 있습니다만 그런 사람이 도련님에게 대장이라고 굽실거리는 것은 무엇 때문입니까?"

점원이 얼굴을 일그러뜨리며 눈치를 살피다가 슬며시 다가와 속삭이듯 말했다.

"집안의 하인들도 모르고 있었다니 놀랄 일입니다요. 사실 대희루의 주인은 목몽룡 도련님이에요. 이곳의 건달들과 저희들은 모두 도련님을 대장으로 모시고 있구요."

"예에?"

하인은 자신의 귀를 의심하였다. 도박을 좋아하여 대희루에 사는 줄로만 알았는데 기루가 도련님의 것이라니… 목몽룡의 나이 이제 16세일 뿐이다. 집안에서 큰돈을 준 것도 아니었으니 이 큰 대희루의 주인이라는 말을 좀체 이해할 수 없었다.

"나는 무슨 말을 하는 것인지 모르겠는 걸요? 도련님이 대희루의 주인이라니……."

"하긴 쉽게 믿기는 어려운 이야기니까요."

"어떻게 도련님이 대희루의 주인이 된 건지 이야기를 좀 해주세요. 궁금하네요."

점원이 차를 치우다 말고 의자에 털썩 앉아 입을 열었다.

"대장은 이곳 대희루에서는 전설과 같은 존재이지요. 여섯 푼으로 2년 만에 대희루를 인수하였으니 말이죠."

"이보쇼, 장난치쇼? 도련님이 특별나게 머리가 좋으신 분인 줄은 나도 알고 있지만 여섯 관도 아니고 여섯 푼으로 이렇게 큰 대희루를 인수한단 말이오?"

"그러게 전설과 같은 존재라는 것 아니오. 처음에 대장이 대희루를 찾아온 것이 2년 전이었죠. 도박판 언저리에 서서 물끄러미 구경만 하던 대장이 어느 날 여섯 푼을 가지고 도박판에 끼어 든 것이 아니겠습니까? 첫날 여섯 푼이 은전 한 냥이 되었는데 매일매일 은전 한 냥을 가지고 시작해서 세 냥을 따서 돌아갔지요. 한 번도 잃은 적이 없었어요."

"그럼 도박판에서 딴 돈으로 대희루를 샀단 말인가요?"

"그렇죠. 그렇지만 돈만으로 대희루를 살 수는 없어요. 여자와 도박판이 있는 기루를 사려면 돈뿐만 아니라 반드시 주먹도 필요한 법이죠."

"도련님은 무예를 연마하신 분은 아닌데… 나이도 어리고……."

"그러니까 전설이라는 거죠. 돈도 없고 주먹도 없이 대희루를 접수했으니 말이죠."

"거 참 정말 믿기 어려운 이야기네."

"그렇죠? 대장은 매일매일 도박에서 딴 돈으로 할 일 없는 건달들의 가족들에게 은혜를 베풀었죠. 직업이 없는 건달들의 집안은 항상 생계에 곤란을 받을 수밖에 없으니 말이에요. 그런 가난한 집에 매일 매일 은혜를 베풀었으니 이 년 만에 이 지역의 모든 건달 가족들이 대장의 은혜를 받게 되었고 신세를 진 건달들이 스스로 머리를 숙이게 된 거죠."

점원은 염불을 외고 있는 노파를 가리키며 말했다.

"저 노파는 대희루의 주먹 중의 한 사람이었던 맹달이란 자의 어머니죠. 맹달이 건달생활에 환멸을 느끼고 떠나려 하자 대장이 집과 땅을 사서 노모를 부양하며 살라고 정착시켜준 거죠. 대장을 잘 따르면 언제가 맹달이처럼 미래를 보장받게 되는데 어떻게 사람들이 머리를 숙이지 않겠어요?"

"과연……."

하인은 감탄을 하며 머리를 끄덕였다. 병서兵書를 읽은 8살 무렵부터 몽룡은 대장이라 불리기를 좋아하였다. 대장이라 불리기를 좋아하는 만큼 사람들은 몽룡을 잘 따랐다. 아니, 사람들이 잘 따랐다기보다 사람들을 잘 따르도록 만들었다. 그는 언제가 몽룡이 약을 지어 찾아왔을 때를 기억하였다. 엄동설한에 어린 소년 하나가 방문을 열고 고사리 같은 손으로 대롱대롱 매달린 약봉지를 건네주던 순간을 생각하였다.

"부하는 내 손가락과 같다. 대장이 아픈 부하에게 이렇게 하는 건 당연하다."

찬바람을 맞아 빨갛게 상기된 볼에 두 눈을 내리깔고 제법 의젓한 얼굴로 말하던 몽룡을 생각함에 어쩌면 대장은 타고난 것인지도 모른다 생각하였다.

장난기가 많은 아이였지만 몽룡은 하인들을 가족처럼 생각하였으며 그 때문에 하인들 역시 몽룡을 대장으로 부르며 친자식처럼 아끼고 사랑하였다. 그런 몽룡의 성품을 너무도 잘 알고 있기에 거친 사람들을 덕으로 감화시켜 가는 몽룡의 이야기가 낯설게 느껴지지 않았다.

"대희루는 언제 어떻게 산겁니까?"

"작년 가을에 대희루에서 큰 도박이 벌어졌지요. 대장이 대희루를 손에 넣겠다고 작정을 한 날이었어요. 그날은 대장이 작정한 듯 은화 삼백 냥을 가지고 시작하여 판돈만 수천 냥으로 불어나는 큰 도박판이 되어버렸죠. 사흘 동안 벌어진 도박판에서 대장은 그 돈을 몽땅 따버렸고 대희루는 결국 알거지가 되고 말았죠. 전 주인인 곽도치郭倒治는 이 지역에서 주먹으로 알려진 사람이었는데, 대장을 없애려고 하다가 도리어 그가 거느린 부하들에게 당하고 말았어요. 이런 곳에서의 인간관계는 의리보다는 돈이 우선하지요. 건달들 간에 말이 의리지 의리를 아는 인간이 얼마나 되겠습니까? 전 주인인 곽도치만 하더라도 돈을 위해 부하를 희생시키는 비열한 인간이었어요. 그런데 도련님은 곽도치와는 다르게 돈보다는 부하들을 먼저 생각하는 의리 있는 사람이었지요. 돈만 알던 곽도치와 의리와 신의로 사람들의 마음을 산 대장의 싸움은 처음부터 결말이 뻔한 승부였어요. 곽도치는 도련님을 노렸다가 도리어 부하들에게 죽을 뻔했는데 대장이 그에게 큰돈을 주어 온전한 몸으로 떠나보내셨죠. 그야말로 맥없이 대희루가 도련님 손으로 넘어와 버린 거죠."

"도련님은 정이 많은 분이라 하인들에게도 가족처럼 대해주세요.

도움도 많이 주시고요. 그래서 집안의 하인들은 도련님에게 고마움을 느끼고 있지요."

"그렇죠? 그러고 보면 대장은 아무나 되는 것이 아닌 것 같아요. 도련님처럼 난 사람이 되는 거지. 그렇지 않나요?"

"그렇긴 합니다."

하인이 점원의 이야기를 들으면서 왠지 씁쓸한 마음이 드는 것은, 어려서부터 남달리 총명한 목몽룡을 보아왔던 때문인지도 몰랐다. 10살 무렵, 온갖 책을 두루 섭렵하고 줄줄 외우던 몽룡을 보며 집안 사람들은 목몽룡이 큰 인물이 될 것이라 짐작하던 바였다. 나이에 비해 생각이 너무도 숙성하고 장난을 좋아하여 집안사람들 사이에서는 소사야少邪爺라는 별명이 있는 몽룡이었다.

큰물에서 놀아야 할 인물이 아버지를 잘못 만나 재주를 감추고 변방의 작은 마을에 처박혀 있는 현실이 점원의 이야기를 들으면서 더욱 안타깝게만 생각되는 것이었다.

몽룡은 일도와 함께 살인사건이 난 현장을 돌아본 후 여러 가지 정황들을 사람들로부터 들었다. 그리고 관아로 달려가 형부의 관원에게 사건의 전말을 들었다.

전날 아침 죽림촌의 대숲에서 목이 반쯤 잘린 젊은 처녀의 시신이 발견되었으며 양대인의 하인이 전날 밤 맹달과 계집이 다투는 것을 보았다는 것이다. 하인의 말에 따라 맹달의 집을 급습한 관원은 헛간에서 피 묻은 낫을 발견하고 맹달을 관아로 압송하였다는 것이다.

소문에 맹달이 죽인 계집은 양대인집의 여종으로 반반한 얼굴 탓에 양대인의 아들과 그렇고 그런 사이라는 것이었다.

심증의 범인은 양대인의 아들이 틀림없지만 현실은 이와 다른 것이 문제였다. 법은 언제나 부자나 권력자의 편에 있었으니 돈 없고 권세 없는 맹달이 죄를 뒤집어쓸 것이 자명해보였다.

맹달이 농사꾼으로 자리 잡기 전에는 주먹으로 사람들을 괴롭힌 경력이 있었으며, 아직 혼례를 올리지 못한 노총각인 까닭에 이 살인 사건은 여러모로 맹달에게 불리한 조건이었다.

목몽룡과의 만남에서도 맹달은 전날 밖에 나간 적도 없으며 낫도 자기 것이 아니라고 결백을 주장하였지만 피 묻은 낫과 증인은 맹달의 결백을 증명하지 못하는 장애물일 수밖에 없었다.

"대장, 누가 보아도 양대인의 아들 양관이란 자가 범인이 아니겠습니까?"

"그걸 누가 몰라? 무죄를 입증할 수가 없으니 문제지."

"대장, 내일 최종 판결이 나면 사형이 뻔한데 이렇게 될 바에야 현령에게 뇌물을 듬뿍 안기고 맹달이 목숨만이라도 살리면 안 되겠습니까?"

"안 돼, 누구 좋으라고? 양대인, 그 빌어먹을 놈이 착하게 살려는 나의 부하에게 죄를 뒤집어씌우고도 무사하다면 내 체면이 서지 않잖아."

"그럼, 방법이 있습니까?"

"이에는 이, 눈에는 눈. 방법이야 만들면 되지."

몽룡의 눈빛이 반짝거렸다.

그날 밤, 몽룡은 양대인의 집을 찾아갔다. 양대인은 죽림촌 일대의 절반이 넘는 땅을 소유한 부호였으므로 그의 집을 찾아가는 것은 어렵지 않았다.

"문을 열어라. 양대인에게 볼 일이 있다."

일도가 문을 두드리자 하인이 문을 열고 나왔다.

"무슨 일이오?"

"살인자 맹달의 부탁을 받고 양대인에게 전할 말이 있어서 찾아왔소."

하인이 얼른 집으로 들어갔다가 되돌아와 두 사람을 장원으로 안내하였다. 크고 뚱뚱한 체구의 두꺼비 같은 양대인이 정청 앞에 서 있고 건장한 사내들이 창과 몽둥이를 들고 그 주위에 둘러서 있었다.

"무슨 죄라도 지었나? 뭐가 무서워서 이렇게 사람들을 많이 모은 건지 모르겠네."

양대인이 얼굴을 찌푸리며 말했다.

"넌 누구냐? 어린놈이 맹랑하게… 나를 찾아온 용건이나 말하거라."

"양관을 만나고 싶습니다. 양관은 어디에 있습니까?"

몽룡이 고개를 좌우로 돌리며 두리번거렸다.

양대인이 심술궂게 소리를 질렀다.

"양관은 왜 찾아? 잔말 말고 어서 할 말이나 해봐. 도대체 그놈이 무슨 말을 했단 말이냐."

목몽룡이 양대인을 노려보며 말했다.

"맹달이 아시죠? 그 자식, 막 산 놈이란 거 잘 아시죠? 그놈, 가진 것이라곤 몸뚱아리하고 악밖에 없습니다."

"그래서 어쩌란 말이냐?"

"죽는 놈이 밑 감추겠습니까? 맹달이 놈이 이리 죽으나 저리 죽으나 죽기는 매한가지니 칼 물고 뜀뛰기로 내일 재판정에서 양대인의 자재인 양관이 시켜서 한 일이라고 말하겠다지 뭡니까?"

양대인의 얼굴이 사색이 되었다.

"뭐, 뭐라구? 그런 미친놈. 그걸 현감이 믿을 거라 생각하느냐?"

"믿고 말고는 현감 맘이겠지요. 맹달이가 죽어도 혼자 죽지는 않겠다고 합디다. 아주 독이 올랐나 봐요. 어휴, 무서워. 저는 다만 그 말을 전해주러 왔으니 다음 일은 알아서 하십시오."

몽룡은 목을 제쳐 크게 웃으며 성큼성큼 걸음을 옮겼다.

"자, 잠깐."

양 대인이 소리쳤다.

"뭐요?"

"너, 너희들은 누구냐?"

양 대인의 얼굴에 놀란 기색이 역력하였다.

"내 이름은 알아 뭐하려구요? 나는 그저 이야기를 전하러 온 사람입니다. 내일 재판정에 양관이 오지 않으면 그렇게 말하겠다 합니다."

"흥, 이 꼬맹아! 우리 양관은 죄가 없어. 죄가 없다고……. 어림없는 짓이지. 바늘도 들어가지 못할 소리하지 마라. 가서 허튼수작하지 말라고 전해."

"하하하. 어쨌거나 저는 맹달의 말을 전했으니 이만 물러가겠습니다."

목몽룡은 화통하게 웃으며 성큼성큼 집을 나섰다.

"버릇없는 꼬마 녀석……"

양 대인이 몽룡을 노려보며 이를 갈았다.

양 대인의 집을 나서며 일도가 말했다.

"대장, 이렇게 사기를 쳐도 되는 겁니까?"

"양관이 죄가 없다면 모르겠지만 어찌 되었건 죄지은 놈이 찔리는 법이지. 현령에게 뇌물을 많이 주었다 하더라도 법정에서 물귀신처럼 늘어진다면 양 대인도 부담스러울 거야. 지금으로서는 달리 수가 없으니 지켜볼 수밖에."

늦은 밤 목몽룡이 비로소 목원유의 장원을 들어가니 대청 가운데에 있는 의자에 목원유와 유부인이 등롱을 밝히고 등을 돌린 채 앉아 있었다.

"아버님, 잘 다녀오셨습니까?"

목몽룡이 인사를 하며 빙그레 미소를 지었다. 도박판의 한량이 되어버린 몽룡이 늦은 밤에 집으로 돌아와 인사를 하는 것을 보니 목원유의 이마에 핏대가 솟았다. 그러나 끓어오르는 노기를 애써 참으며 입을 열었다.

"오늘 어딜 다녀왔느냐?"

몽룡은 하인이 자신을 위해 변명하였으리라 생각하고 빙그레 웃으며 말하였다.

"예, 날이 더워 물놀이를 다녀왔습니다."

목원유는 밤낮없이 놀러만 다니는 한량이 되어버린 목몽룡을 자신이 저렇게 만들어버렸다는 자책이 들었다. 타고난 재주를 가진 아들을 이제는 염치도 없는 날건달로 만들어버린 것 같아서 절로 한숨이 나왔다.

"몽룡아, 세상이 만만한 것만은 아니다."

그것은 그동안 수도 없이 과거 공부를 하지 말도록 권했던 이야기의 서두였다.

"잘 알고 있습니다."

"글을 잘 아는 것이 두려운 세상이 되었다."

"그 역시 잘 알고 있습니다."

명나라를 개국한 주원장朱元璋 홍무제洪武帝가 즉위한 후에는 문장 때문에 죽음을 당하는 문자의 옥獄이 속출하였다.

대표적인 예로 항주 교수인 여일기가 하표賀表 속에 "광천光天의 밑에 하늘은 성인을 낳고生, 세상을 위해 규칙則을 만들었다"라는 문장이 있었는데 홍무제는 그 문장을 보자마자 그 자리에서 장살杖殺하고 말았다.

그 이유는 홍무제가 거지 중으로 행세했던 과거 때문이었으니, 광光은 중머리를 표현한 것이며, 생이란 중僧을 일컫는 말이고, 즉은 적賊을 빗댄 것이라 생각했기 때문이었다. 홍무제는 거지였던 자신의 과거를 부끄럽게 생각하여 승려 중에 독禿이나 광光이라는 글자를 사용한 자까지 가차 없이 죽였다.

덕안德安 부학府學의 훈도 오헌吳憲 역시 "천하에 길道이 있다"는 한 문장으로 죽음을 당하였으나 도道는 도盜-도적와 음이 같아서 옛날 홍무제가 도적 출신이었다는 것을 빙자했다는 이유에서였다.

문장 때문에 죽게 되는 사람들이 각 부현의 교수, 훈도 할 것 없이 속출하였으니 이 때문에 예신들이 자유롭게 문장을 쓰지 못하고 표식表式에 맞춰 쓰게 되었던 것이다.

그 밖에 위관魏觀과 고계高啓, 양기, 장우, 예운림倪雲林과 같은 당대 이름 있는 시인들도 모두 글 때문에 죽음을 당하고 송강의 원개 같은 명사가 미친 것처럼 행동하여 일생을 무사히 지낸 것을 보면 목원유가 아들의 재주로 화가 미칠 것을 두려워하는 것은 당연한 일처럼 생각되었다.

목원유는 다시금 말을 하려다가 문득 입을 다물었다. 너무나 반복한 이야기를 이 총명한 아이가 모를 리 없다는 생각에서였다.

"난세다, 난세. 태공망 여상은 칠십 평생을 때를 기다렸다. 현자는 진정한 주군을 만나기 위해 때를 기다린다. 언젠가 때가 찾아올 것이니 때가 되면 과거를 보아도 좋다. 그러니 때를 기다려보자꾸나."

목몽룡은 목원유를 올려다보았다.

"아버님, 저는 태공망처럼 하염없이 때를 기다리지 않겠습니다. 이제 세상은 바뀔 것입니다. 저는 그 변화의 바람을 타고 싶습니다."

"뭐라고?"

"아버님, 아버님 말씀대로 태공망 여상은 여든 살에 비로소 문왕을 만났습니다. 그가 무왕의 눈에 들어 주나라를 통일하고 천하에 한 일이란 것은 겨우 제齊나라 하나를 봉한 것에 그칠 뿐이었습니다. 저는 때를 기다리지 않고 때를 만들어갈 것입니다. 그래서 제 손으로 모든 백성들이 행복하게 살 수 있는 세상을 만들고 말 겁니다."

"몽룡아, 고금의 영웅들이 모두 너와 같은 생각을 했었다. 하지만 모두가 그 뜻을 이룬 것은 아니다. 항우 같은 힘으로도, 제갈량 같은 지혜로도 천하를 통일하지 못하고 한 줌 흙이 되어 사라졌다. 하늘이 내린 영웅들도 뜻을 이루지 못하는 것이 부지기수인데 어찌 우물 안 개구리 같은 말만 하는 것이냐? 너는 아직 멀었다. 헛된 꿈 꾸지 말고 스스로를 갈고 닦아라. 그것이 바른 선비의 도리이다. 알겠느냐?"

몽룡은 처량하게 웃으며 말했다.

"아버님은 언제나 같은 말씀만 하시는군요."

목몽룡은 빙그레 웃으면서 자리에서 일어났다. 그리고 힘찬 발걸음으로 대청을 빠져나왔다.

목원유가 멍하니 몽룡의 뒷모습을 바라보았다.

몽룡의 뒷모습을 바라보던 유씨가 매서운 눈으로 목원유를 바라보았다.

"당신은 정말 어쩔 수 없는 고집쟁이로군요. 선비들을 무지하게 죽이던 천자는 작년에 죽었고, 그 손자인 건문제建文帝가 황위를 이어 받아 올해 2년째가 되었어요. 당신이 걱정하는 말은 객관성을 잃었어요. 태평성대가 찾아왔다구요."

"당신은 하나만 알고 둘은 모르는군."

"제가 뭘 모른단 말인가?"

"아직 심복지환이 남았소. 그것이 해결되지 않고서는 태평성대란 먼 이야기요."

"심복지환이 대체 뭔가요?"

"말할 수 없소. 아무튼 한 가지 큰 걸림돌이 없어지지 않고서는 몽룡이 큰 뜻을 펼치기는 어려울 것이오. 명나라의 기반은 아직도 약하오. 지금은 때를 기다려야 할 때요."

"또 그 소리. 이제 당신의 말을 더 듣고 싶지 않아요."

유부인이 눈물을 닦으며 몽룡의 뒤를 따라가 버렸다.

목원유는 하늘을 바라보았다. 먹장같이 시커먼 하늘에 금방이라도 쏟아질 것 같은 별들을 바라보다가 목원유는 길게 한숨을 내쉬었다.

유부인은 몽룡의 방으로 따라가 몽룡을 위로하였다.

"몽룡아, 조금만 더 기다려 보면 안 되겠느냐?"

몽룡은 어머니의 손을 잡고 빙그레 웃으며 말했다.

"어머니, 아버님을 탓하지 마세요. 아버님께서 저를 생각해서 하신 말씀이니까요."

"몽룡아, 나는 네가 바깥에서 헛돌지나 않을까 염려되는구나."

"그런 염려는 마세요. 이 몽룡이는 헛으로 사는 사람이 아니니까요. 저를 믿어보세요."

유씨가 눈을 흘기며 말했다.

"몽룡아, 어린 것이 또 노인처럼 말하고 있구나."

"하하하. 어머니, 제 별명이 소사야 아닙니까? 애늙은이가 어디 가겠습니까? 어디 오늘은 오랜만에 어머니 젖이나 만져볼까?"

몽룡은 유씨의 품으로 파고들었다.

"호호호. 이 녀석, 점잖지 못하게……."

"헤헤헤. 어머니, 저는 노인네라는 소릴 듣지만 아직 열여섯이라구요. 어린 자식이 어머니 젖을 만지겠다는데 누가 뭐랍니까? 하하하."

한동안 유씨와 장난을 치던 몽룡이 유씨의 가슴에 기대에 말했다.

"어머니, 큰사람이 되지 않고는 많은 사람들을 변화시키기 어렵다는 것을 깨달았어요."

"과거를 보거라. 네 아버지 말은 신경 쓰지 말고. 알았지? 때가 되면 과거를 보러 가거라. 알겠느냐?"

몽룡이 무언가를 결심한 듯 유씨에게 말했다.

"어머니, 내일 저는 떠날 생각입니다."

유씨가 창백한 얼굴로 말했다.

"어딜 간단 말이냐?"

"멀리 공부를 하러 가려구요. 이대로 놀고 있어봐야 시간낭비일 것 같아서 어머니에게 미리 말씀드리는 겁니다. 제가 보이지 않으면 공부하러 간 줄 여겨주세요. 언젠가 금의환향錦衣還鄉할 테니 말이에요. 아버님에겐 비밀입니다."

유씨가 몽룡의 손을 꼭 잡으며 말했다.

"몽룡아, 너를 부르러 갔던 하인에게 대희루의 주인이 너라는 이야기를 들었다. 나는 너를 걱정하고 있었지만 이제 네가 정신을 차렸다니 안심이구나. 이 어미는 너를 믿으니 염려마라. 네가 마음만 먹으면 무엇이든 할 수 있는 아이라는 것을 알고 있으니 말이다."

"어머니……."

몽룡은 유씨의 품에 안기었다. 어머니의 따사로움에 눈물이 나올 것 같았지만 눈에 힘을 주어 참았다. 사나이는 눈물이 많아서는 아니 된다. 큰일을 할 사람은 더더욱 눈물을 아껴야 하는 법이니까.

다음 날 승덕현 관아에서는 맹달의 살인사건에 대한 재판이 열렸다. 몽룡은 아침을 먹자마자 집 앞에서 기다리고 있던 일도와 함께 관아로 달려왔다. 이날 관아에는 사건에 관계된 사람들과 구경꾼들이 이른 아침부터 모여들었는데 이들 중에 양 대인과 그의 아들 양관도 있었다.

"걸려들었다."

목몽룡은 쾌재를 불렀다. 하지만 옆에 있는 일도는 무엇 때문에 목몽룡이 걸려들었다는지 알 길이 없어 멍하니 재판이 시작되길 기다릴 따름이었다.

잠시 후 칼을 찬 맹달이 끌려와 관청 앞에 꿇려졌으며, 현령이 위엄 있게 나타나자 재판이 시작되었다. 형부의 관원이 사건을 설명한 후 현령의 심문이 시작되었다. 맹달에게 몇 가지 통상적인 심문을 하였지만 맹달이 끝까지 부인하는 바람에 증인을 불러 다시 한 번 대질케 하였다.

"그날 밤, 저는 맹달이 낫을 들고 대나무숲을 뛰어가는 것을 보았습니다."

"거짓말쟁이, 나는 그날 바깥에 나간 적이 없어."

"내 두 눈으로 똑똑히 보았는데 거짓말할 테냐?"

"아니라구요, 저는 아니라구요. 저는 정말 억울합니다."

맹달이 흐느껴 울었다. 목몽룡은 사람들 사이에 있는 양 대인과 양관을 노려보았다. 돈의 힘으로 사람을 매수한 것이 틀림없었다. 증인은 양 대인 집의 하인이었다. 아마 재판이 끝이 나면 하인에게 큰돈을 지불할 것이 분명하였다.

"저놈이 끝까지 범행을 부인하는구나. 범행을 인정할 때까지 매우 쳐라. 사정 봐주지 말고 매우 쳐라."

나장들이 몽둥이로 사정없이 매질을 하였다.

"아이고, 불쌍한 우리 아들. 맞아 죽겠구나. 맞아 죽겠어."

관아 앞에서는 맹달의 늙은 노모가 땅을 치며 서럽게 통곡하고 있었다.

초다듬이질을 당하던 맹달이 끝내 매를 이기지 못해서 비명을 질렀다.

"내, 내가 죽였다. 내가 죽였어."

나장들이 매질을 멈추었다.

"그럴 줄 알았다."

현령이 미소를 지으며 피칠갑을 한 맹달을 내려다보았다. 지켜보고 있던 양 대인의 입가에도 미소가 피어났다.

관청에서 일어나는 송사는 대개 이런 식이었다. 무지막지한 고문에 무고한 죄인은 모든 것을 포기하고 하지도 않은 범죄를 자백하였다. 돈 있고 세력 있는 자들은 편한 대접을 받으면서 무죄를 받았고, 돈 없고 세력 없는 이들은 악형을 견디다 못해 유죄를 받았다.

'힘없는 자들이 당하는 세상, 구역질이 나는구나.'

목몽룡은 이를 악물었다.

형졸이 살인에 사용한 무기를 현령에게 확인시킨 후 현령이 판결을 하였다.

"맹달, 사형死刑!"

급창이 다시 한 번 크게 소리를 지르자 양 대인과 양관의 얼굴에서 미소가 피어올랐다. 증인까지 모두 매수한 상황, 살인한 무기는 맹달의 집에서 발견되었다. 더구나 악형에 자백까지 한 상황이었다.

"대장, 이제 어쩝니까?"

"어쩌긴 뭘 어째? 부딪히는 수밖에."

목몽룡이 손을 번쩍 들고 관청마당으로 걸어 들어갔다.

"상공대인, 맹달은 범인이 아닙니다. 진짜 범인은 따로 있습니다."

형리들이 멍하니 현령을 바라보았다. 이들 역시 대희루에서 번번이 목몽룡에게 신세를 진 사람들이었다. 그러니 몽룡을 막 대하지는 못하였다.

"상공대인, 제가 진짜 범인을 알고 있습니다."

현령이 물끄러미 목몽룡을 바라보다가 손을 번쩍 치켜들었다.

"진짜 범인을 알고 있다고?"

목몽룡은 사람들 사이에 있는 양관을 가리켰다.

"예, 진짜 범인은 저기 있는 양 대인의 아들 양관입니다."

현령이 몽룡을 내려다보며 말했다.

"너는 방금 맹달이 자백하는 것을 듣지 못했느냐?"

"들었습니다."

"그런데 어째서 양관이 범인이라 하는 거지?"

"저도 양관에게 범인이라는 것을 자백받을 자신이 있습니다."

"그래? 만약 자백을 받지 못한다면?"

"제 목을 걸겠습니다. 상공께서 제게 맡겨주시면 양관의 자백을 받아오겠습니다."

"좋다."

"사람들 앞에서 제게 약속하셨습니다."

"약속했다. 대신 양관이 아니라고 한다면 약속대로 네 목을 걸어야 한다. 알겠느냐?"

"예."

현령이 회심의 미소를 지으며 양관을 향해 손가락질했다.

"저자를 끌어내라."

형리들이 사람들 틈으로 들어가 양관을 끌어내어 무릎을 꿇리었다. 양관이 두려움으로 벌벌 떨었다. 푸른 비단옷을 입은 양 대인이 부채를 든 손으로 연신 포권을 취하며 말했다.

"나리, 제 아들은 죄가 없습니다. 이 꼬맹이가 무고를 하는 것입니다. 부디 살펴 주십시오."

목몽룡이 말했다.

"양 대인, 방금 듣지 않으셨습니까? 저는 이 일에 제 목을 걸었습니다. 그러니 물러서 주십시오."

양 대인이 불만에 가득한 얼굴로 물러났다.

"상공대인, 그럼 제가 이 자의 자백을 받겠습니다."

목몽룡은 현령에게 꾸벅 인사를 한 후에 나장들에게 소리쳤다.

"나장들은 저놈이 자백을 할 때까지 매우 쳐라. 인정사정없이 쳐라."

나장들이 양관에게 몽둥이질을 하였다.

"사람 살려."

양관이 몸을 옹송그리며 피했지만 나장의 몽둥이질을 감당할 수 없었다.

양 대인이 뛰어나와 소리쳤다.

“상공대인, 매질을 멈춰 주십시오.”

목몽룡이 말했다.

“아직 죄인의 자백이 나오지 않았습니다. 더 세게 매질하라.”

형리들이 더욱 거세게 매질을 하였다.

양 대인이 소리쳤다.

“상공, 상공. 제발 매질을 멈춰 주십시오.”

현령이 손을 들자 나장들이 매질을 멈추었다. 양관은 피투성이가 되어 있었다.

목몽룡이 포권을 하며 말했다.

“상공대인, 아직 죄인의 자백이 나오지 않았습니다.”

양 대인이 말했다.

“이런 법이 어디 있나? 그렇게 매질을 한다면 죄인 아닌 사람도 죄가 있다고 할 것이 아닌가.”

목몽룡이 현령에게 말했다.

“상공, 양 대인은 상공대인의 판결이 마음에 들지 않는 듯합니다. 양 대인의 말대로라면 맹달 역시 매를 맞아서 자백한 것이니 무죄가 아니겠습니까?”

현령이 울그락불그락한 얼굴로 헛기침을 하였다.

“그렇지만 저는 상공대인을 믿습니다. 상공께서 없는 죄를 만들지는 않으셨겠지요.”

현령이 헛기침을 하였다.

“목이 걸린 것은 없던 일로 하지.”

“상공, 만약 그렇다면 대인의 위엄에 누가 됩니다. 제가 반드시 죄인을 가리겠습니다."

목몽룡이 이번에는 증언을 했던 하인을 가리키며 말했다.

"양 대인이 이렇게 간청을 하니 이번에는 저놈을 심문해보겠습니다. 저자를 끌어내라."

형리들이 하인을 끌고 나왔다. 곤장을 든 나장들이 하인을 빙 둘러섰다.

겁에 질린 하인이 손을 모아 빌었다.

"양 대인 나리, 제발 살려주십시오."

몽룡은 증인과 양 대인 간에 어떤 관계가 있음을 느낄 수 있었다. 목몽룡이 재빨리 소리쳤다.

"저놈의 입에서 자백이 나올 때까지 매우 쳐라. 사정을 두지 말고 매우 쳐라."

하인이 몰매를 맞으며 소리쳤다.

"양 대인 나리, 살려주십시오."

양 대인이 슬그머니 고개를 돌렸다.

몽룡이 소리쳤다.

"매질을 멈춰라."

나장들이 매질을 멈췄다. 몽룡이 피투성이가 된 하인에게 다가가 조용히 말했다.

"양 대인의 짓이지?"

"……."

확신이 들었다.

"잘 생각하거라. 네가 만약 진실을 밝히지 않는다면 너는 이 자리에서 죽어. 양 대인이 네게 눈을 돌리는 것 방금 보았지? 양 대인은 자기밖에 모르는 사람이야. 아마 네가 죽으면 더 좋아하겠지. 진실은 영원히 묻히니 걱정거리도 없고 말이야. 네가 개죽음을 당한 후에도 대대손손 호의호식하면서 살겠지. 너 같은 종놈 하나 죽는다고 무슨 일이 있겠어? 잘 생각해봐. 무엇이 옳은 판단인지."

몽룡이 천천히 자리에서 일어났다. 하인은 무엇을 생각하는지 말이 없었다.

"나장들은 뭐하는가? 이 자의 입에서 자백이 나올 때까지 매우 쳐라."

나장들이 곤장을 힘껏 쳐들었다.

"살인자를 압니다. 살인자를 압니다."

하인이 소리쳤다.

몽룡이 손을 들어 나장들을 물리고 하인에게 말했다.

"누가 범인이냐?"

하인이 분노가 가득한 얼굴로 양 대인을 가리켰다.

"양 대인이 범인입니다."

사람들의 시선이 양 대인에게 향했다.

"나, 난 아니야. 난 아니야."

양 대인이 창백한 얼굴로 두 손을 내저었다.

하인이 목몽룡과 양 대인, 현령을 번갈아 바라보다가 바닥에 털썩 엎드려 말했다.

"죽을죄를 졌습니다. 모두 양 대인이 벌인 일입니다. 양 대인이 품행이 좋지 않은 아이와 아들이 만나는 것을 알고 제게 청부를 했습니다. 저는 다만 양 대인이 시키는 대로 한 죄밖에는 없습니다."

사람들이 와- 하고 소리쳤다.

현령이 양 대인에게 물었다.

"양 대인, 할 말이 있나?"

양 대인이 허탈한 얼굴로 입을 열었다.

"죽은 아이는 품행이 좋지 않은 아이였습니다. 반반한 얼굴 때문에 갈보처럼 이 남자 저 남자와 정을 통했지요. 그 애가 얼마 전에 나를 찾아와 내 아들과 정을 통해서 임신을 했다지 뭡니까? 감히 제 주제도 모르고 내 아들과 혼인을 해야겠다고 하지 뭡니까?"

"그래서 저자를 시켜 그 아이를 죽였나?"

"내 아들의 미래와 가문을 위해서 어쩔 수 없었습니다."

양 대인이 고개를 떨구었다.

목몽룡이 현령에게 몸을 돌려 포권을 하며 말했다.

"상공대인, 이제 사건이 명확해졌습니다. 양 대인이 여자를 살해하였고, 그것을 감추기 위해 하인으로 하여금 과거 건달이었던 맹달에게 모든 죄를 뒤집어씌웠습니다. 이제 하인이 자백을 하였으니 판결을 내려주십시오."

현령이 자리에서 벌떡 일어나 양 대인을 가리키며 소리쳤다.

"저자를 포박하라."

형리들이 일제히 양 대인을 포박하여 무릎을 꿇렸다.

"대인, 죽인 것은 제가 아니라 제 하인입니다. 하인이 죽인 것입니다. 그것만은 알아주십시오."

양 대인이 악을 쓰면서 횡설수설하는 것을 들으며 목몽룡이 현령에게 포권을 취하였다.

"진짜 범인을 찾아드렸으니 저는 이만 물러가겠습니다. 나머지는 상공의 현명한 판단에 맡기겠습니다."

현령이 감탄을 하며 말했다.

"허허허. 참으로 영리한 아이로구나. 네 이름이 무어냐?"

목몽룡이 고개를 들었다. 이때 시원한 바람이 뺨을 스치고 지나갔다.

"바람, 바람이라 하옵니다."

몽룡이 고개를 숙여 가볍게 읍을 하곤 맹달에게 웃음을 지었다. 맹달이 피와 눈물로 범벅된 얼굴로 말했다.

"대, 대장… 고맙습니다."

"빌어먹을 녀석, 앞으로는 잘살아라. 알겠느냐?"

"예, 대장. 정말 고맙습니다, 대장."

몽룡은 사람들 사이를 빠져나와 관아 앞에서 울고 있는 맹달의 노모에게 다가갔다.

"도, 도련님. 우리 맹달이 어찌 되었습니까?"

"맹달이는 누명을 벗었습니다. 이제 울지 말고 웃으세요."

목몽룡은 노모의 손을 잡고 빙그레 웃었다.

"도, 도련님. 고맙습니다. 도련님은 저희 집안의 은인이세요."

"그런 말씀 마시고 맹달이와 함께 건강하게 잘 사세요. 며느리도 들이고 아이도 낳고 말이죠. 맹달이가 앞으로 효도할 겁니다."

목몽룡은 미소를 지으며 후덥지근한 아지랑이가 일렁이는 대로를 향해 걸음을 옮겼다.

"도련님, 제가 도련님을 위해 항상 기도드리겠습니다. 고맙습니다, 도련님."

　두 손을 모아 기도를 하는 노모를 바라보며 몽룡은 미소를 짓더니 성큼성큼 걸음을 옮겼다. 어느새 일도가 몽룡의 옆에 달라붙었다.

　"대장, 정말 대단하시네요."

　"이에는 이, 눈에는 눈인 게지. 운이 좋았어."

　"운이라뇨? 대장의 말발이 아니었다면 언감생심 가능한 일이었겠습니까?"

　"아부가 날로 느는구나. 너는 맹달이가 풀려나면 뒤처리를 해주고 집으로 돌아가 노모에게 인사를 드린 후 대희루로 오너라."

　"예?"

　"먼 길을 떠날 것이다. 알겠느냐? 시간이 없다."

　"알았어요, 알았다구요."

　일도가 구시렁거리며 왔던 길을 되돌아갔다.

　몽룡은 부채를 펼쳐서 바람을 일으키더니 걸음을 멈추고 중얼거렸다.

　"바람, 바람이라……."

　문득 시 한 구절이 생각이 났다.

　一風出峀 去留一無所係　일풍출수 거류일무소계

　한 줄기 바람, 골짜기에서 생겨남에

　가고 머무름 조금도 거리낄 것이 없다네.

"바람, 그거 괜찮네."

몽룡은 하늘을 바라보며 빙그레 미소를 짓다가 그 길로 대희루로 돌아왔다.

건달들과 점원들의 인사를 받는 둥 마는 둥 콧노래를 부르며 누각 3층에 위치한 방으로 올라간 몽룡은 금고 속에서 어음을 꺼내어 품속에 집어넣은 후 은전 몇 냥도 주머니에 챙겼다. 그러고는 즉시 붓을 들어 세상을 바꾸기 위하여 연경으로 떠난다는 서신을 쓰기 시작하였다. 어젯밤 어머니께 미리 이야기는 하였지만 걱정하실 부모님을 생각하여 편지를 쓴 것이다.

'반드시 성공하여 돌아오리라. 그때까지 편안하시길……'

편지를 봉투에 집어넣은 후, 몽룡은 대희루의 관리를 맡고 있는 집사 풍계風季를 불렀다. 풍계는 곽도치 때부터 금전적인 관리를 맡아보던 집사로 지금은 몽룡을 대신하여 대희루의 제반사항에 관한 업무를 보고 있는 왼팔이었다. 몽룡은 풍계에게 한동안 자리를 비운다는 것을 이야기하고 이후의 수입 배분과 수하관리의 요령과 방법에 대하여 조목조목 이야기를 끝내니 어느덧 정오가 되었다.

점심 식사를 끝낸 후에 몽룡이 풍계에게 말했다.

"때때로 연락을 보낼 테니 요령부릴 생각은 말거라. 이 편지는 내가 떠난 후에 집으로 보내고 말이야."

"예, 예."

빈틈없는 몽룡의 성격을 아는 풍계는 편지를 받아 넣으며 굽실 고개를 숙였다. 나이는 어리지만 머리가 대단히 좋은 몽룡이 곽도치를 제거하고 대희루를 수중에 넣었을 때 풍계는 이미 죽은 사람이라 할 수 있었다. 그러나 목몽룡의 덕으로 목숨을 건지고 다시금 이인자의 자리를 건질 수 있었을 때 몽룡에게 순순히 복종하기로 마음먹었던 풍계였다.

몽룡은 점원에게 말 한 필을 준비하라 이르고는 풍계와 함께 대희루의 계단을 걸어 내려왔다. 뜨거운 한낮이라 사람이 한산한 대희루 안에는 도박장을 청소하는 듯한 점원들의 목소리가 요란하였다.

세상이 어려워지면 사람들은 한탕을 찾아 헤맨다. 일확천금을 노리며 도박장을 찾아오는 사람들은 어쩌면 혼란한 시대가 낳은 패배자들인지도 모른다.

"수입이 늘어나면 땅을 사도록 해. 맹달이처럼 서른이 넘어가는 부하들에게 차례로 분배해주고, 장사를 하고 싶다면 상점을 알선해주고 말이야. 부하를 다루는 데는 덕德이 최고야. 믿음이 있어야 배신이 없는 것이거든… 내 가족처럼 신경을 써주는 것이 부하들을 다루는 최고의 길이란 말이야."

열여섯답지 않은 몽룡의 말에 풍계는 고개를 굽실거렸다. 과거에 모셨던 곽도치는 부하보다 돈을 우선으로 생각하였지만 몽룡은 돈보다 부하를 먼저 생각한다. 아니 부하에서 끝나지 않고 부하 가족의 일까지 자신의 일로 생각하는 몽룡의 마음에 풍계는 나이를 떠나 진심으로 감복하는 것이었다.

"대장, 어딜 가십니까?"

1층으로 내려오자 눈가 뺨에 칼자국이 선명한 일도가 싱글벙글 웃으며 다가왔다.

"맹달이는?"

"예, 무죄로 방면되었습니다. 양 대인은 장 일백 대에 삼천리 귀양을 받았고, 여자를 죽인 하인은 사형이랍니다."

"참말 돈이 좋구나."

"그러게요. 더러운 세상이지요. 사주한 놈은 살고, 일 한 놈은 죽고."

일도가 침을 뱉었다.

"오는 길에 집에 인사는 드리고 왔느냐?"

일도가 갑자기 생각난다는 듯 자신의 머리를 치며 말했다.

"아니요, 잊어버렸는데요."

"이런 빌어먹을 놈, 내가 오늘 멀리 간다고 하지 않더냐? 노모에게 작별 인사를 드리라고 했더니 그걸 잊어버려?"

"다녀올게요, 다녀오면 되잖아요."

"어서 다녀오지 못해? 빌어먹을 놈. 이렇게 빌어먹을 짓을 하고 있다니 내가 너를 믿고 무슨 일을 하겠느냐? 어서 노모에게 인사드리고 따라오너라. 정방산 방면으로 갈 테니 얼른 인사드리고 따라오란 말이야. 알겠느냐?"

"예, 대장."

일도가 허겁지겁 마을로 뛰어가기 시작하였다. 이내 목몽룡은 바깥에 준비해 둔 말 등에 오르더니 고삐를 잡고 풍계와 부하들에게 말하였다.

"내가 없더라도 잘하고들 있어라. 이 대장은 반드시 금의환향한다. 나를 믿지?"

"그럼요. 잘 다녀오십시오, 대장."

건달들이 꾸벅 고개를 숙여 읍하였다.

"자, 가볼까?"

몽룡은 말고삐를 당겨 대로로 향하였다. 한참 달아오른 뜨거운 아지랑이를 뚫고 달려가는 몽룡의 얼굴에 후끈한 바람이 매섭게 스쳐 갔다. 그 바람마저 몽룡에게는 상쾌하게만 느껴졌다.

"그래, 이제부터 나는 바람이 되련다. 광활한 대륙에 휘몰아칠 바람이 되련다. 어지럽고 더러운 세상을 바꿀 사람. 천하백성들을 위해서……. 그래, 이제부터 내 이름은 목풍아木風兒다. 큰바람처럼 중원을 휘몰아칠 목풍아다. 와하하하하. 기다려라, 목풍아가 나가신다. 와하하하하."

운수 나쁜 날

　목풍아는 의기양양하게 승덕현을 떠나오기는 하였으나 말을 자주
타본 적이 없어 이내 허리가 결리고 사타구니가 저려와 십여 리를 채
가기도 전에 말에서 내릴 수밖에 없었다. 염천이라 등줄기를 훅훅 볶
아대는 더위가 넓은 대로 위에 아지랑이처럼 기어올라 왔다. 말고삐
를 잡고 한참을 걷다 보니 뱃속에서 꼬르륵 거리는 소리가 들려왔다.
　"멋있게 떠나온다고 밥도 안 먹었는데……."
　숨이 턱턱 막히는 더위에 사방을 살펴보던 목풍아는 열사의 아지
랑이 사이로 허름한 다점茶店 하나가 서 있는 것을 발견할 수 있었다.
　"잘 되었다. 좀 쉬었다 가자."
　목풍아는 고삐를 쥐고 엉성한 걸음으로 터벅터벅 대로를 걸었다.
잠시 후, 목풍아는 하얀 깃발에 차茶와 만두饅頭라고 쓰인 주련이 나
부끼는 다점에 도착하였다. 다점 앞의 기둥에 말고삐를 매고 불면 날
아갈 듯한 엉성한 다점 안으로 들어가니 비록 허술한 다점이지만 시

원한 그늘이 있어 그런대로 괜찮았다.

"앞으로는 저녁 무렵이나 새벽에 움직여야겠는걸……."

이마에 흐르는 땀을 닦으며 탁자에 앉으니 나이가 오십 가까운, 머리가 희끗하고 살쾡이같이 앙상한 중늙은이가 차를 가져왔다. 그는 문 앞에 매여진 말과 목풍아를 번갈아 바라보다가 햇볕이 내리쬐이는 대로를 살펴보곤 말하였다.

"도련님 혼자이십니까?"

주름진 얼굴에 눈빛이 간들거리는 것을 보고 목풍아는 탁자를 치며 말하였다.

"설마 내가 혼자 다니겠나? 하인들과 사냥을 나왔다가 말을 좀 달렸더니 하인들이 뒤처진 모양이군. 자자, 주문을 받아라."

"예, 예."

주인이 굽실거리자 목풍아가 말했다.

"하인이 십여 명 정도 되니 인원수에 맞춰서 푸짐하게 내오게. 비싼 것으로……."

"예, 예."

"사람고기 같은 것을 내놓으면 안 돼. 알겠지?"

"저, 저희 집에서는 그, 그런 것 없습니다."

"와하하하. 알았으니 어서 가져오기나 해."

주인이 연신 허리를 굽실거리며 물러나자 목풍아는 큰소리로 탁자를 치며 웃다가 차를 따라 마셨다.

목풍아는 도박장을 연연하며 수면제를 써서 사람을 잠재운 후 돈을 빼앗고 살해하여 사람 고기를 파는 도적들의 식당에 대한 이야기를 들은 적이 있었다. 강호는 무서운 곳이라 사람을 쉬 믿을 수 없었다. 목풍아는 자신을 얕잡아 보는 듯한 주인의 눈빛을 읽고 경각심을 북돋우기 위해 너스레를 떤 것이었다.

주인이 주방으로 들어가자 목풍아는 차를 들이켰다. 입안에 쌉쌀한 차향이 감돌았다.

쨍쨍 내리쬐는 햇살이 대로에 비쳐 뜨거운 공기가 불어왔다.

'젠장, 일도 그 자식 때문에 쓸데없는 곳에 신경을 쓰게 되었군. 빌어먹을 놈.'

승덕현에 있을 때는 기반이 있어서 아무렇지 않았으나 그곳을 벗어나니 곤란한 일이 생기는 것이었다. 일단 나이가 어렸고 키가 크지 않아 다른 이들에게 얕잡아 보일 수 있기 때문이었다. 글공부를 한 탓에 지모는 있으나 무예를 배운 것도 아니니 대책 없는 도적을 만났을 때나 시비가 붙었을 때 힘이 없는 자신이 낭패를 볼 일은 자명한 것이었다. 일도를 데려가려는 이유가 바로 그 때문이었는데 마음이 앞서 서두른 것이 마음에 걸렸다.

'하긴 그럴 만도 하지.'

일도의 입장에서는 그렇게 생각할 만도 하였다. 승덕현에서 잘 지내다가 갑자기 먼 길을 떠난다고 하니 일도가 농담으로 생각할 수 있었으리라. 그럼에도 자신의 명령을 그대로 따르지 않은 일도가 얄밉게 생각되는 것이다.

'이 자식, 대장의 말을 뒷전으로 듣다니 다음에 한번 정신이 바짝 들도록 교육을 시켜야겠어.'

목풍아는 입맛을 다시며 얼굴을 찡그렸다.

그때였다. 코끝을 마비시킬 듯 향기로운 냄새와 함께 주방에 들어갔던 중늙은이가 음식을 푸짐하게 들고 나왔다. 그 뒤로 앙상하게 마른 여자 하나가 만두를 들고 나왔다. 마른 장작같이 가늘고 주름이 많은 여자는 행동조차 무기력하여 병든 사람마냥 안쓰러워 보였다.

"도련님, 아직도 하인들이 도착하지 않았나 보네요. 식으면 맛이 없는데 말입니다."

중늙은이 주인이 목풍아의 탁자에 오리고기와 만두, 밥과 술과 소채를 내놓으면서 말했다. 밤새 식사를 하지 않은 목풍아는 음식을 보자 허기가 동하여 소리쳤다.

"시끄럽다. 늦게 오면 식은 것을 먹을 것이고, 빨리 오면 따뜻한 것을 먹겠지. 나는 배가 고파서 먼저 먹겠다."

목풍아는 오리 뒷다리를 뜯어 게걸스럽게 먹기 시작하였다. 시장이 꿀맛이라고 오랫동안 굶은 뒤라 그 맛이 기가 막혔다. 목풍아가 허겁지겁 먹다가 고개를 들어보니 주인과 마른 여자가 주방 앞에서 수군거리고 있었다. 마른 여자가 힐긋힐긋 목풍아를 바라보며 중얼거렸다. 중늙은이가 화를 내며 마른 여자에게 손가락질을 하였다. 마른 여자가 얼굴을 감싸 안으며 주방으로 들어갔다.

'뭐야? 손님 앞에서 부부싸움인가?'

목풍아는 품속에서 10냥짜리 은전 하나를 꺼내 흔들며 소리쳤다.

"이봐, 이봐. 그렇게 있지 말고 국수를 내오라구. 여기 음식이 참 맛있는걸."

중늙은이가 허겁지겁 다가와 목풍아에게 은전을 받아 들고 화색이 되어 돌아가더니 잠시 후, 국수를 들고 나왔다.

국수를 내놓던 주인이 목풍아에게 말했다.

"도련님, 오리고기하고 소채밖에 드시지 않았네요. 술도 한잔하시죠. 우리 집 술은 참 맛있답니다. 인근에도 우리 집 술이 너무 맛있어서 극락주極樂酒라는 별칭이 붙은 걸입쇼."

"극락주? 그럼 한잔 마셔볼까?"

목풍아가 잔을 드니 주인이 냉큼 술병을 들어 따랐다. 검붉은 빛깔의 술에서 향긋한 냄새가 풍겼다.

"오디주입니다요. 작년 이맘때 따서 담은 술인데 맛이 좋아서 공자님 같은 특별손님에게만 드립지요. 정력에 좋아서 근방의 부호들께서도 자주 찾아주십니다요."

"그래? 어떤 맛인가 한번 볼까?"

목풍아가 족제비처럼 웃는 중늙은이의 얼굴을 보고 은근슬쩍 잔을 내밀었다.

"세상이 하도 험해서 좀체 남을 믿을 수가 있어야지."

먼저 마셔보라는 의미를 다점의 주인이 모를 리 없다.

"에구, 공자님께서는 조심성도 많으시네. 저희 다점은 절대 그렇지 않습니다. 제가 먼저 먹겠습니다."

주인이 잔을 받아 가볍게 한입에 털어 넣었다.

"맛이 어떤가?"

주인이 입맛을 다시며 손가락을 쪽쪽 빨다가 말했다.

"에구, 기찬 맛이지요. 마음 같아서는 한 잔 더 마셨으면 좋겠습니다요."

"그래? 그럼 한 잔 더 주지."

"고맙습니다요, 공자님."

주인이 다시금 잔을 받아 마시니 그제야 목풍아가 안심이 되었다.

"그럼 나도 극락주나 먹어볼까?"

목풍아가 술병을 들어 술을 따랐다. 술잔에 차오르는 술의 검붉은 빛깔이 목풍아의 입맛을 당겼다. 직접 따른 술을 입가에 대고 은은한 향을 음미하던 목풍아는 가볍게 술잔을 들어 한입에 털어 넣었다.

극락주가 입안에 들어가니 그 향긋한 맛이 극락처럼 일품이었다. 독한 화주와는 달리 꿀을 넣은 듯 쓴맛과 단맛이 번갈아 입술을 자극하여 술이 절로 입안으로 꼴까닥 넘어갔다.

"우와, 이거 듣던 대로 굉장한 맛이군."

"그래서 극락주라 부른다니까요."

주인이 손을 치켜들며 웃었다.

"아하하하. 여기서 승덕현까지 멀지도 않은데 나는 왜 이런 좋은 술을 몰랐을까?"

목풍아가 웃으며 손가락을 치켜들고 다시금 술잔을 들어 따르려 하는데 갑자기 눈앞이 멍하면서 중늙은이 주인의 얼굴이 두세 개로 나누어졌다.

"모를 밖에요. 이 술을 먹은 사람은 살아 돌아간 사람이 없으니까요."

중늙은이가 누런 이를 드러내고 씨익 웃었다.

'당했다.'

정신을 차리려 하였지만 졸음이 눈꺼풀을 무겁게 눌렀다. 족제비 같은 중늙은이의 웃는 얼굴이 좌우로 흔들거렸다.

"히히히히……."

중늙은이와 마른 여자의 모습이 상하좌우로 흔들거리며 목풍아의 시야는 흐릿한 어둠 속으로 빠져들었다. 안간힘을 써 보았지만 두 팔과 다리에 힘이 들어가지 않았다. 목풍아의 몸이 썩은 나무처럼 쓰러졌다.

중늙은이가 팔짱을 끼고 목풍아를 내려다보았다.

"가출한 돈 많은 공자가 틀림없어. 하인이 있다는 것은 다 거짓말이야. 그렇다면 벌써 도착했겠지. 안 그래?"

"하지만 너무 어려요. 죄도 없는데 죽이지 않으면 안 되나요?"

"우리도 살아야지. 오죽하면 내가 이러겠어? 지금 이것저것 가릴 때가 아니라구. 입은 것하며 생긴 것이 잘 먹고 자란 놈 같으니 돈도 많을 거야."

"안 돼요. 제발 이러지 말아요."

여자의 우는 목소리와 중늙은이의 호통소리가 아련하게 사라지며 목풍아의 의식은 더욱 깊은 심연 속으로 빠져들었다.

"헉-."

목을 엄습하는 차가운 감촉을 느끼고 목풍아는 눈을 번쩍 떴다. 눈부시게 밝은 정오의 풍경과 타고 온 밤색 말이 시야에 드러났다. 갑자기 극락주를 마시기 전의 광경이 눈앞을 스쳐 지났다.

'살아 있다.'

목풍아는 생각을 정리했다. 지평선에 해가 기울고 있었다. 지금은 날이 선선해지는 저녁 무렵, 미혼약에 취한 자신이 멀쩡하게 깨어났다. 누군가 도와준 사람이 있었을 것이다. 무심결에 이름을 불렀다.

"일도냐?"

"엉? 대장, 어떻게 저를 아셨습니까? 이제 정신이 드셨습니까?"

일도의 목소리였다. 소리 나는 방향으로 고개를 돌려보니 일도가 다가오고 있었다.

"대장, 제가 조금만 늦었어도 큰일 날 뻔했습니다."

일도가 손가락으로 목을 긋는 시늉을 했다.

"그 년놈들은?"

"마가 부부 말이죠? 제가 잡아놓았습니다."

일도가 손가락으로 어딘가를 가리켰다. 탁자 뒤에 멍이 시퍼렇게 든 중늙은이와 마른 여자가 포박되어 앉아 있었다.

"내 참. 대장같이 똑똑한 분이 미혼약에 당했을 줄이야 상상이나 했겠어요?"

목풍아는 자존심이 상했지만 사실임을 인정하듯이 뾰로통한 얼굴로 고개를 끄덕였다.

"내가 방심을 했어."

"헤헤헤. 제가 대장의 목숨을 한번 구했습니다. 훗날 큰 인물이 되시더라도 제 공을 잊으시면 안 됩니다."

일도가 큰 공을 세운 사람처럼 우쭐거렸다.

'보거라. 너는 아직 멀었다. 마음만 앞서면 큰일을 할 수 없는 법이다. 큰사람이 되기 위해서는 기다릴 줄을 알아야 하느니.'

귓가에 아버지 목원유의 목소리가 들려오는 것 같았다. 씁쓸한 기분이 들었다. 마음이 앞서 서둘렀던 것이 문제였다. 큰일을 하려는 장도의 첫걸음부터 일이 꼬이다니, 모두 자신의 탓이니 누굴 탓할 일도 아니 되지만 아직 피어보지도 못하고 어육이 될 뻔한 것을 생각하면 부아가 치밀어 올랐다.

목풍아는 씹어 먹을 듯한 눈으로 중늙은이와 마른 여자를 바라보았다.

"잘못했습니다, 도련님. 제가 사람을 몰라보고 죽을죄를 지었습니다."

"도련님, 살려주세요. 용서해주십시오."

중늙은이는 마룻바닥에 머리를 박고, 마른 여자는 손이 발이 되도록 빌면서 용서를 구하였다.

"마가 부부는 이곳에서 자리 잡은 지 1년 반 되었는데 예전에 저희가 도움을 준 적이 있지요. 남편은 마갑보馬甲父라는 자로 젊었을 적엔 산적 노릇을 하다가 이곳에 자리를 잡았어요. 부부가 이곳에서 착실하게 사는 줄로만 알았더니 강도짓을 하는 줄은 정말 몰랐습니다, 도련님."

목풍아가 마갑보에게 물었다.

"그동안 얼마나 많은 사람들을 죽였나?"

"한동안 장사가 너무 안 되어서 궁한 나머지, 수면제를 쓴 것은 도련님이 처음입니다요. 여기서 장사하면서 사람을 죽인 적은 정말 없습니다. 손을 씻고 정말 착하게 살아보려 했는데 장사가 너무 안 되서 돈을 빌리다 보니 사채가 걷잡을 수 없이 늘었습니다요."

"남편의 말은 사실이에요. 도련님, 빚이 너무 많아서 하나 남은 자식까지 팔려가게 생겼어요. 제가 오죽하면 이런 일을 했겠습니까? 다시는 안 그럴 테니 용서해주세요."

마른 여자가 연신 머리를 조아리며 빌었다.

목풍아는 기절하기 전에 마갑보의 아내가 했던 행동들과 말들이 떠올랐다. 마갑보가 하는 일을 아내는 반대했었다. 마갑보의 아내가 아니었던들 목풍아는 벌써 저승에서 염라대왕을 만나고 있을지도 모를 일이었다.

목풍아는 꿇어앉아 용서를 구하는 부부를 내려다보았다. 살아온 인생이 그대로 얼굴에 묻어 믿음감이 없는 얼굴의 남편과 피곤하고 쪼들리는 삶을 산 듯한 아낙의 모습이 부평초처럼 살아온 민초들의 얼굴을 대변하는 것 같았다. 열심히 살려고 애를 썼지만 삶은 이들을 더욱더 시궁창으로 몰아넣었다. 살기 위해 죄를 지어야만 하는 세상. 이런 세상을 만든 것은 이들이 아니라 높은 곳에 있는 사람들의 잘못이다. 일이 이러할 진데 이런 자들을 벌한 듯 무엇하겠는가.

"너희들의 빚은 내가 갚아주마. 내가 서신을 써 줄 테니 대희루의 풍계에게 가거라. 그럼, 모두 해결될 것이다."

"고맙습니다, 나리. 이 은혜를 어떻게 갚아야 할지 모르겠습니다."

마가 부부가 연신 머리를 조아렸다.

"그 전에 궁금한 것이 있다. 분명히 술을 같이 마셨는데 어떻게 나 혼자 의식을 잃었을까?"

"그거야 간단합지요. 약을 탄 술을 내놓기 전에 미리 손가락에 해독약을 발라놓는 거지요. 의심을 사지 않기 위해 먼저 술을 마신 후

손가락을 빨아 해독약을 먹는 거죠. 그럼 상대방은 의심을 풀게 되고 계교에 걸려들게 되는 겁니다요."

목풍아는 마갑보가 입맛을 다시면서 손가락을 빨았던 것을 떠올렸다. 그때는 무심하게 보았던 것인데 그러한 계교가 숨어 있다는 것을 깨닫자 목풍아는 무릎을 치며 웃었다.

"와하하하. 그것 참 기가 막힌 묘수로군. 내가 보기 좋게 당했군. 좋아, 좋아."

"아이코, 도련님께서 그렇게 웃으시니 저희가 부끄럽습니다."

"아니야, 좋은 수법이야. 무예가 뛰어난 무림인들도 종종 당했겠군그래."

"헤헤헤. 많이들 당했지요. 옛날, 제가 마적단에 있을 때 마적단에서 운영하는 다점에서 그렇게 사람들을 해쳤습니다요. 강호의 고수들도 그렇게 많이들 당했지요. 심성이 착한 아내 때문에 손을 씻고 양민으로 살아가려 했는데 사는 것이 쉽지 않더군요. 배운 것이 도둑질이라고 벼랑 끝에 몰리니 별별 생각이 다 들더라구요……. 마침 그때 도련님께서 나타나신 거죠. 혼자이신 데다가 워낙 잘 차려입으셔서……, 제가 빚에 쪼들리지 않았다면 앞길이 창창한 도련님을 처음부터 죽일 마음은 없었겠지요."

목풍아는 두 사람이 머리를 조아리며 빌고 있는 모습을 보자 마음이 착잡하였다.

"자자, 그러고 있지만 말고 시장하니 음식을 내오너라."

"네, 네. 알겠습니다. 도련님."

마갑보와 아낙이 큰절을 연신해 대다가 부산하게 주방으로 뛰어가서 푸짐하게 음식을 내놓았다. 돼지고기 수육에 닭튀김, 삶은 달걀과 소채, 그리고 극락주라는 별칭이 있는 오디주까지 상다리가 부러질 정도로 푸짐하게 올려놓았다.

"기억나시지는 않겠지만 대인께서 승덕현의 도박장 앞에서 구걸을 하고 있는 저에게 무려 다섯 냥을 선뜻 내주셨지요."

탁자에 턱을 기대고 있던 목풍아는 고개를 끄덕이며 말했다.

"이건 이상하군. 그때 나는 자네의 자식이 굶어 죽어 간다고 하기에 선뜻 돈을 주었던 것인데……."

마갑은 소매로 눈시울을 닦으며 말했다.

"도련님께서는 기억하고 계셨군요. 그때 저희에게는 아들과 딸이 있었는데 정말로 먹지 못해서 사경을 헤매고 있었습니다. 대인께서 주신 돈으로 쌀을 사서 먹였지만 약한 아들놈은 끝내 목숨을 잃고 말았답니다."

"저런, 안 됐군그래."

"괜찮습니다, 대인. 제 자식이 비록 허무하게 죽었지만 그렇게 소망하던 쌀밥에 고깃국을 죽기 전에 먹은 것이 어딥니까? 그렇게 행복해하던 아이의 얼굴을 생각하면 대인에게 빚진 은혜를 어떻게 갚을 수 있을지……, 그것도 모르고 저희가 큰 죄를 저지를 뻔하였으니 제 죄를 용서해주십시오."

마갑보의 아내가 붉어진 눈망울을 소매로 닦으며 미소를 지었다.

마갑보가 가져온 음식을 입에 넣으면서 목풍아는 부모님을 떠올렸다. 말없이 떠났다고 노기충천한 아버님의 얼굴과 아들의 장래를 걱정하며 눈물을 흘리고 있을 어머님의 얼굴이 눈앞에 선하여 맛있어

보이는 음식도 맛을 느낄 수 없었다.

'약해지지 말자. 약해지면 안 된다.'

목풍아는 자신의 꿈을 생각하고 마가 부부를 만난 것으로 귀중한 인생의 교훈 하나를 깨달았다 생각하였다.

'맹자는 시련은 큰사람을 만드는 양약이라 하였다. 이제 시작이다. 약해지지 말자. 목풍아, 너에게는 꿈이 있다. 이런 불쌍한 사람들을 구제하여 천하를 태평스럽게 만들 의무가 있나니 힘내라 목풍아. 아자, 아자!'

다음 날 일찍 목풍아는 일도와 함께 마가 부부의 배웅을 받으며 다점을 나왔다.

"마갑보가 봉 잡았습니다. 대장을 만나지 않았다면 사채업자들에게 큰 변을 당했을 텐데 말입니다."

"나는 어깨가 무겁다."

"어디 아프십니까? 갑자기 어깨가 무거우시다니요?"

"마음이 무겁단 말이다. 어떻게 하면 이 세상을 더 좋게 만들 수 있을까? 살기 위해 죄를 저지르지 않고 다투지 않고도 배부르게 살 수 있는 세상을 어떻게 만들까? 어떻게 하면 태평성대를 만들 수 있을까 마음이 무겁단 말이다."

"아! 그런 것이었군요. 그래서요?"

"내가 너하고 무슨 말을 하겠니? 가던 길이나 가자."

목풍아가 한숨을 내쉬며 고삐를 당겼다.

"대장, 같이 가요."

일도가 고삐를 당겨 목풍아와 어깨를 나란히 하였다.

말을 타고 머리를 번쩍 든 목풍아의 얼굴은 밝았다. 먼 곳을 바라보는 그의 눈빛은 어린 나이가 무색할 정도로 크게만 보이는 것이다. 목풍아는 옆에서 따라오는 일도를 보니 마음이 든든하였다. 일도는 승덕현의 건달패들 중에 제법 주먹실력이 출중한 까닭에 이제 다시는 어제 같은 낭패를 당할 염려를 하지 않아도 되었다. 남에게 얕잡아 보일 일도 없으니 이제 앞길은 순탄하리라.

정오 무렵이 되어서 목풍아는 등줄기와 허리가 아프고 사타구니가 흔들릴 때마다 결려서 할 수 없이 말에서 내릴 수밖에 없었다. 어제 오늘 타지도 못하는 말을 탄 때문이었다. 말에서 내리니 그 걸음이 가관이었다. 사타구니에 밤송이를 끼워 넣은 것처럼 어기적거리며 걷는 모습이 우스꽝스럽기 그지없었다.

"진작 말 타는 것을 배워 놓을 걸 그랬다."

"그러게 말입니다. 날도 덥고 배도 고픈데 저 앞에 있는 객잔에서 하루 쉬어갈까요?"

일도가 가리키는 방향을 바라보니 과연 커다란 느티나무 옆에 객주가 하나 있었다.

목풍아는 고삐를 잡고 어기적거리며 말에 올랐다.

"대장, 말에 타시게요?"

"그럼, 명색이 대장인데 너와 함께 걸어서 가야겠느냐? 어서 고삐나 잡아."

일도가 웃으며 고삐를 잡았다. 긴 해가 서산으로 기울기 시작하고 있었다. 마지막 열기를 품어내듯 태양은 대로를 뜨겁게 달구었다. 등줄기를 볶아대는 뜨거운 더위와 사타구니를 파고드는 통증 때문에 연신 얼굴을 찡그리는 목풍아였다.

"대장, 대장질하기 힘들죠?"

"그걸 말이라고 하냐?"

목풍아는 들고 있던 부채를 펴 태양을 가리며 말했다.

"어째서 대장질이 힘든지 내가 이야기해줄까?"

일도가 고개를 돌려 목풍아를 바라보았다. 일도는 목풍아가 찡그린 것을 보고 웃자고 농담 삼아 한 말이었으나 목풍아는 다가오는 객잔을 바라보며 정색을 하고 있었다.

"대장이란 말이야 높은 데 있는 것 같지만 언제나 낮은 곳에 있는 사람이란 말이야. 졸개들이 두려워하고 있는 것 같지만 언제나 깔보는 자리, 좋아하는 것 같지만 미움받는 자리에 있는 것이 대장이란 말이야."

"그렇게 나쁜 자리에 있다면 하지 않으면 될 것 아닙니까?"

"어쩔 수 없어. 나는 대장의 재목材木이니까 말이야. 나서지 않았다면 모르지만 나섰다면 대장밖에 할 수 없단 말이야. 아! 그것은 어쩔 수 없는 나의 운명."

일도가 피식 웃었다.

"웃어?"

목풍아가 두 눈을 부라렸다.

"심각하게 말씀하시는 모습이 배우 같아서요. 솔직히 웃겼습니다. 그런데 대장, 대장의 재목이 뭡니까?"

"대장의 재목이라는 것은 집으로 말하자면 큰 기둥을 말하지. 목수로 말하자면 도편수라고나 할까? 기둥이 없다면 집이라는 것은 존재할 수도 없고 집을 만드는 데 필요한 모든 재목들이 소용이 없게 되는 것이지. 결론적으로 집이 만들어질 수 없다는 말이야."

"대장, 알 것도 같은데 잘 모르겠습니다."

일도가 머리를 갸웃거리자 목풍아가 물었다.

"도편수가 무엇인지 아는가?"

"그럼요, 대장. 도편수는 집을 짓는 목수의 우두머리 아닙니까?"

"잘 아는군. 도편수는 집을 도면대로 만드는 목수의 우두머리란 말이야. 도편수가 하는 일이 무엇이냐? 먼저 재목을 배치하겠지. 곧고 옹이가 좋고 보기 좋은 재목은 눈에 띄는 입구 쪽 기둥으로 사용할 것이고, 조금 옹이가 있더라도 곧고 튼튼한 재목은 눈에 띄지 않는 장소의 기둥으로 사용하겠지. 그리고 다소 약하더라도 옹이가 없고 보기 좋은 재목은 문턱, 문, 미닫이 등에 사용할 것이고, 옹이가 있거나 약간 휘어졌더라도 도편수는 그 재목에 맞추어 용도를 마련하고 튼튼한 집을 만들겠지. 도편수가 목재의 용도에 맞추어 집을 짓는 것처럼 모든 부분의 용도에 맞게 부릴 수 있는 눈을 가진 사람이 대장의 재목이란 말이야."

"그럼 대장께서는 그런 눈을 가졌다는 말이군요."

"당연한 말. 너는 힘과 무예솜씨가 제법이지만 많은 사람을 부릴 만한 재주가 없고, 풍계 역시 금전이나 사무에 관한 일이 뛰어나고 부하를 다루는 재주 역시 조금은 있지만 나만은 못하지. 비유하자면 너와 풍계는 도편수의 명을 받는 목수 정도일까?"

"대장은 힘이 없지 않습니까?"

"제갈공명은 힘이 있어서 조조曹操나 사마의四馬懿와 어깨를 겨루었느냐? 항우項羽가 힘이 없어서 한신韓信에게 죽임을 당했느냐? 한고조漢高祖는 건달 출신이고, 명태조께서는……."

목풍아는 일개 도적 땡중 출신이라는 말을 하려다가 재빨리 입을 다물었다.

"아무튼 대장은 모든 사람에게 의지가 되고 믿음을 주는 사람이어야 된단 말이야. 알겠냐? 잘 생각해보라구. 까막눈이라는 것을 둘째 치더라도 너는 너무 생각이 모자라. 그래서는 대장이 될 수 없어. 알겠어?"

일도가 가만히 생각해보니 그런 것도 같았다. 주먹을 쓰는 일로는 우두머리가 될 수 있겠지만 대희루의 여러 가지 문제를 해결한다던가, 껄끄러운 관원들과 상대한다던가 하는 문제에서는 번번이 벽을 만난 것 같은 기분이 들 때가 있었다. 부하들을 휘어잡는 능력이나 사람을 다루는 재주, 맹달의 일을 처리한 것 같이 불가능한 일을 가능케 하는 능력은 아무나 가질 수 있는 것은 아니었다.

이야기를 나누는 사이에 두 사람은 커다란 느티나무가 넓은 그늘을 드리우고 있는 큰 객잔에 다다랐다. 객잔 앞의 넓은 그늘에는 활과 창을 든 무사 20여 명이 차를 마시고 있었다. 그 옆의 마가馬架에는 30여 기의 말이 메어져 있었다. 일행들의 차림새를 보니 사냥을 나온 무리들 같았다.

"대장, 내리십시오."

객잔 앞에서 말을 세운 일도가 손을 깍지 끼우고 대기하자 목풍아가 얼굴을 찡그리며 일도의 손을 밟고 간신히 땅바닥에 내렸다.

허벅다리와 사타구니가 욱신거렸다.

"이런 것을 타고 다니는 사람들이 용하네."

"처음이라서 그렇지요. 말도 자주 타다 보면 익숙해질 겁니다."

"그렇겠지."

목풍아가 어기적거리며 객잔의 계단을 올라갔다. 그때였다. 종달새 같은 여자의 웃음소리가 허공에서 들려왔다.

"오호호호. 저것 봐. 사타구니에 밤송이를 끼웠나봐. 호호호호."

목풍아가 고개를 들어 올려보니 누각의 난간에 여자 하나가 손뼉을 치며 웃고 있었다.

"엉?"

커다란 까만 눈동자에 입술은 앵두를 입에 문 듯 붉어 뽀얀 얼굴과 대비되어 한눈에 쏙 들어올 미인이었다.

"대장, 괜찮으십니까?"

일도의 물음에 목풍아가 손을 내저으며 말했다.

"놔둬라. 내 걸음걸이가 천상 사타구니에 밤송이 끼운 것 같은데 뭐. 틀린 말도 아니고, 저깟 어린 계집년이 뭐라 지껄이던 무슨 상관이냐."

누각에서 웃고 있는 여인에게서 시선이 떠나지 아니하였다. 다시 보아도 입에서 침이 꼴깍 넘어갈 정도의 미인이었다. 시골에서는 보기 어려운 귀티가 나는 옷하며 반짝이는 장신구가 소녀의 아름다움을 더욱 빛나게 해주었다. 소녀의 예쁜 얼굴을 바라보니 부글거리던 마음이 호수처럼 잔잔해지는 것 같았다.

"뉘 집 딸인지 정말 미인이군. 보기 드문 미인이야."

"그렇죠? 입은 옷하며 꽤 높은 집안의 여식 같습니다요. 헤헤헤."

일도와 이야기를 나누며 계단을 올라가고 있을 때, 또다시 여인의 간드러진 웃음소리가 들려왔다.

"오호호. 저, 저것 좀 봐. 어기적어기적. 마치 골난 자라가 걸어가는 것 같아. 오호호호."

부아가 솟구쳤다.

'골난 자라 같다구? 저년이?'

목풍아가 걸음을 멈추고 난간에 기대어 웃고 있는 미녀에게 말했다.

"소저, 제 걸음걸이가 꼴불견이라는 것은 잘 알고 있습니다만 골난 자라라는 말은 소저처럼 교양 있고 아름다운 미녀의 입에서 나올 만한 말이 아닌 것 같습니다만."

"호호호. 그럼 골난 자라라는 말이 어떤 사람의 입에서 나오는데?"

"그런 천박하고 상스러운 말투는 노류장화들의 입에서나 나오는 말이지요."

"노류장화가 뭐지?"

"갈보들입지요."

소녀가 난간에서 벌떡 일어났다.

"뭐라구? 내가 갈보라고? 너 죽고 싶으냐?"

"허허. 선녀처럼 예쁜 소저의 입이 걸레로구만."

"뭐? 내 입이 걸레라구?"

소녀의 얼굴이 붉게 상기되었다.

"제 말이 틀렸습니까? 무릇 사람의 인격은 그 말에서 나오는 것이

지요. 소가 이슬을 먹으면 우유를 만들고 뱀이 이슬을 먹으면 독을
만드는 것처럼 말이지요. 아무리 좋은 옷을 입고 아름다운 얼굴을 한
요조숙녀라도 내면이 갈보와 같다면 입으로 나오는 말이 어찌 갈보
같지 않겠습니까? 소저께서는 겉모습보다 내면을 치장하는데 신경
을 쓰셔야 할 것입니다. 와하하하."

목풍아가 한바탕 목을 젖혀 웃다가 옆에 있는 일도의 배를 툭 치며
유쾌하게 말했다.

"자자, 우린 밥이나 먹으러 들어가자."

"대, 대장. 밥 먹을 분위기가 아닌데요?"

일도는 창백한 얼굴로 목풍아의 허리를 찔렀다. 목풍아가 주변을
둘러보니 느티나무 아래에 있던 20여 명의 무사들이 험악한 얼굴로
주위를 둘러싸고 있었다. 2층 객잔의 계단 아래로 10여 명의 무사들
이 시퍼렇게 날이 선 장검을 꺼내 들고 뛰어나왔다.

시퍼런 칼날들이 목풍아와 일도의 목에 겨눠졌다.

"이거 왜 이러십니까? 이러지 말고 말로 하십시다. 강호의 사람들
끼리 왜 이러십니까?"

일도가 웃으며 말했다.

"이 자식이 웃어?"

무사 하나가 일도의 멱살을 잡아 마당으로 끌고 갔다. 서너 명의
무사들이 둘러서서 일도를 개 패듯이 때렸다.

"아이고, 사람 살려."

일도가 고래고래 비명을 질렀다.

2층 난간 위에서 여인의 목소리가 들려왔다.

"그놈들을 사로잡아서 끌고 와."

잠시 후, 포박된 목풍아와 왼쪽 얼굴에 시퍼렇게 멍이 든 일도가 그 앞에 끌려와 무릎을 꿇고 앉았다. 목풍아가 천천히 고개를 들자 아미를 바짝 치켜세운 성난 얼굴을 한 소녀가 매서운 눈빛으로 노려보고 있었다.

"금방 뭐라 그랬지?"

소녀가 허리에 두 손을 잡고 노려보았다. 나이는 자신과 비슷한 듯, 가까이서 보니 더욱 아름다운 미인이었다.

목풍아는 빙그레 웃으며 말했다.

"제가 뭐라 그랬습니까?"

소녀는 얼굴이 붉게 상기되어 소리쳤다.

"네가 나를 갈보라고 했잖아."

소녀는 참을 수 없었던지 목풍아의 뺨을 세차게 때리고 가슴을 힘껏 차버렸다. 목풍아는 맥없이 벌러덩 넘어져버렸다. 뺨이 화끈거리고 가슴이 욱신거렸다. 화가 치솟았다. 먼저 시비를 건 것은 소녀가 아닌가. 시립한 무사들에게 겨드랑이를 잡혀 다시금 꿇어앉은 목풍아의 시야에 연燕이라고 쓰여 있는 인장이 보였다.

'이런 망할 일이 있나? 연왕부의 사람이었구나. 연왕부의 사람이라면 혹, 연왕의 딸? 이런, 재수 옴 붙었네.'

목풍아가 침착하게 말했다.

"소저, 제가 언제 소저를 갈보라고 했습니까? 골난 자라라는 말은 소저처럼 교양 있고 아름다운 미녀의 입에서 나올 만한 말이 아닌 것 같다고 했지 않습니까?"

"내가 골난…, 아무튼 넌 나를 갈보라고 했어."

"제가요? 그럴 리가요? 소저께서 제게 노류장화가 뭐냐고 물어보셨잖습니까? 노류장화가 갈보가 아니면 뭡니까? 갈보를 갈보라고 말하지 요조숙녀라고 말합니까? 무사님들, 제 말이 틀렸습니까?"

무사들이 일제히 고개를 끄덕였다.

소녀가 뾰로통한 얼굴로 다시 말했다.

"좋아, 그건 그렇다고 쳐. 넌 내 입이 걸레라고 했잖아."

"제가요? 그럴 리가요?"

"넌 분명히 내 입이 걸레라고 말했어."

"소저가 선녀처럼 예쁘다고는 말한 적이 있습니다만 소저의 입이 걸레라고 말한 적은 없습니다요."

"아냐, 넌 분명히 내 입이 걸레라고 말했어. 넌 내 내면이 갈보 같다고 했잖아."

"제가요? 아! 이거 미치고 환장할 노릇이에요. 제 말을 잘 들어보세요. 저는 분명 이슬을 소가 마시면 우유가 되고 뱀이 마시면 독이 된다고 했습니다. 제 말이 맞지요?"

소저가 고개를 끄덕였다.

"그리고 내면이 아름다워야 더욱 아름답다고 말했지요. 아름다운 요조숙녀가 되기 위해서는 내면을 아름답게 해야 한다고 말이지요."

"너는 분명 내 내면이 갈보 같아서 내면을 아름답게 가꿔야 한다고 했단 말이다."

"제가요? 저는 요조숙녀도 내면을 가꾸지 않으면 갈보처럼 된다고 말했던 것으로 압니다만……."

소저의 얼굴이 울그락불그락해졌다.

"이 죽일 놈. 세 치 혀로 나를 농락해? 죽여버릴 테다."

소녀가 허리춤에서 칼을 뽑아들었다. 무사들이 소녀를 막아서며 말했다.

"공주님, 이러시면 안 됩니다. 죄 없는 양민을 죽이시면 대왕께서 큰 벌을 내리실 겁니다."

"저놈을 죽이지 않고 나는 도저히 분해서 못살겠어."

"그래도 죄 없는 사람을 죽일 수는 없습니다."

"죄가 없다니? 저자가 나를 모욕했으니 저놈을 흠씬 때려줘. 그럼 내 화가 풀릴 것 같아."

무사들이 서로의 얼굴을 바라보다가 고개를 끄덕였다. 무사 하나가 목풍아에게 다가와 말했다.

"미안하지만 매를 좀 맞아줘야겠소."

"매를 맞으라구요?"

"우리도 달리 방법이 없소. 미안하오. 10대만 맞아주시오."

무사가 목풍아를 달랑 들어 탁자 위에 올려놓았다. 목풍아의 몸이 탁자 위에 엎드린 자세가 되었다.

목풍아의 엉덩이 위로 몽둥이가 떨어졌다. 눈앞이 아찔하며 엉덩이에 불이 나는 것 같았다.

"아이고, 목풍아 죽네."

태어나 이렇게 맞아본 것이 처음이라 죽는소리가 절로 났다. 형벌이 끝나자 무사가 목풍아의 덜미를 잡아 공주 앞에 무릎을 꿇렸다.

드센 힘에 목풍아는 허수아비처럼 무릎을 꿇을 수밖에 없었다.

공주가 목풍아의 이마를 쿡쿡 누르며 말했다.

"어서 잘못했다고 말해. 그렇지 않으면 네놈의 새 치 혀를 잘라버리겠다."

"잘못한 것이 없는데 어떻게 잘못했다고 말한단 말입니까?"

"어쭈, 꼴에 사내라고 호기를 부리는구나. 오냐, 나는 네놈에게 반드시 사과를 받아야겠어. 네놈이 사과를 안 하고는 못 배기게 해주지."

공주가 일도를 가리키며 말했다.

"저놈의 손을 잘라라."

일도가 놀란 얼굴로 소리쳤다.

"저는 아무 잘못이 없는뎁쇼?"

"시끄러워. 네 주인이 잘못했으니 네가 벌을 받아야지."

공주가 무사에게 소리쳤다.

"뭐해? 저놈의 손을 자르지 않고?"

일도의 옆에 있던 무사가 허리춤에서 칼을 꺼내어 허공으로 치켜들었다. 시퍼런 칼날이 햇살에 반사되었다.

"아이고, 일도가 병신되게 생겼네. 대장, 일도 살려요."

일도가 고래고래 소리를 질렀다.

"잠깐 기다려."

공주가 목풍아를 노려보며 말했다.

"어쩔 테냐? 이래도 나에게 사과하지 않을 테냐?"

목풍아가 빙그레 웃으며 말했다.

"소저, 제가 죽을죄를 지었습니다. 부디 자비를 베풀어 소인의 죄를 용서해주시오."

"진작에 그럴 것이지."

공주의 입가에 미소가 피어났다.

"이 자들을 풀어주어라."

호위무사가 칼을 거두고 일도와 목풍아를 풀어주었다.

"오늘 일진이 좋지 않았다고 생각하시오."

목풍아는 허리가 땅에 닿도록 읍을 하며 말했다.

"감사합니다. 여러분들의 호의는 잊지 않겠습니다."

목풍아는 일도와 함께 객점을 나왔다.

일도는 미안한 마음에 목풍아의 얼굴을 쳐다보지도 못하였다.

"대장, 죄송합니다요. 저 때문에……."

"미안할 것 없다. 그까짓 한마디 말로 네 손을 건졌는데 그만하면 성공한 거지. 생각해보면 한때의 화를 참지 못하여 소인배들에게 대들었다가 개죽음당하는 것이 사나이의 의기가 아니다. 한신韓信은 비천할 때에 일개 불량배의 가랑이 사이를 기어 다녔다. 그러나 사람들은 그를 소인배라 하지 않는다. 상황이 여의치 않으면 머리를 숙이는 것도 나쁜 것이 아니다. 한때의 분한 마음을 참아내는 인내도 대장이 가져야 할 덕목이다. 분한 것을 참지 못하면 사나이라는 소리는 들을지 몰라도 큰일을 해낼 수 없는 거다."

일도는 감격하여 가슴이 찡하였다.

"하지만 죄도 없이 일방적으로 당하고 나니 너무 분하고 억울합니다요. 엉덩이는 괜찮으세요?"

"호위무사들이 사정을 봐줘서 그럭저럭 견딜만하구나. 아! 힘이 없다는 것은 이렇게 서러운 것이다. 어쩔 수 없는 일이지. 그렇지만 걱정 마라. 나도 사나이인데 이런 모욕을 당하고 어떻게 복수를 생각하지 않겠느냐."

복수라는 말에 찡그린 일도의 눈이 번쩍 떠졌다.

"복수라고요? 지금 복수라고 하셨습니까?"

"왜? 내가 못할 말을 했느냐? 그 계집에게 죄 없이 모욕을 당했는데 그냥 물러나면 대장부 목풍아가 아니지."

"대장, 포기하시죠. 상대방은 연왕의 딸이잖아요. 호위무사들도 서른 명이나 되는데 가능하겠어요? 그냥 똥 밟은 셈 치시죠."

"그냥 넘어가자고? 겁이 난 거냐?"

"겁이 아니고 이건 미친 짓이라구요. 다른 사람도 아니고 연왕의 딸이잖아요. 전 못해요. 절대 못해요."

일도가 손사래를 쳤다.

연왕燕王이 대관절 누구인가? 그는 명나라를 세운 주원장의 넷째 아들로 주원장이 명나라 초기에 막북으로 도망친 원나라의 잔존세력을 막기 위하여 연왕에 봉해 놓은 실력자 중의 실력자였다. 듣기에 남경의 황제까지 연왕을 두려워하고 있으며 근래에 연왕은 연일 군사들과 함께 사냥을 생활처럼 하고 있는데 이는 남경을 치기 위한 것이라는 풍문이 돌았다. 그런 연왕의 딸을 납치하여 복수하겠다니 일도는 목풍아가 미친 사람처럼 생각되었다. 미친 사람이 아니라면 생각할 수도 없는 일이었다. 눈을 뻔하게 뜨고 사지로 달려드는 일을 어찌 그냥 보고만 있을 수 있겠는가.

"대장, 하지만 이것은 아닌 것 같습니다."

"내게 생각이 있어. 잘하면 원대한 꿈을 이룰 수 있는 좋은 기회가 될 지도 몰라. 절호의 기회가 나에게 찾아왔어. 그러니 너는 내 말을 따르기만 하면 돼."

"대장, 그러지 말고 다시 생각하시죠."

"딴 생각하지 말고 너는 내 말만 들어. 겁쟁이 같으니라구."

목풍아가 일도의 귀를 잡아당겼다.

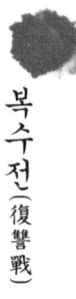

복수전(復讐戰)

목풍아가 어이없다는 표정으로 술병을 들었다.

"이게 뭐야? 이걸로 뭘 하란 말이야?"

"수면제가 든 것은 이 오디주 한 병밖에 없다는데 어쩝니까?"

마갑보의 가게에서 수면제가 든 술을 잔뜩 가져오라는 목풍아의 명령을 받은 일도가 가져온 것은 술병 하나가 고작이었다.

"너 사실대로 말해. 겁이 나서 한 병만 가져온 거지?"

"대장도 잘 아시잖아요. 마갑보가 하도 장사가 안 되서 빚 갚으려고 어제 처음으로 개시한 거라고 말입니다. 그냥 포기하세요, 대장."

"난 그렇게는 못해."

"그럼 어쩌자구요? 이 오디주 한 병으로 삼십여 명이 넘는 무사들을 어떻게 처리할 수 있단 말입니까?"

"그러니 수면제를 많이 가져오라 하지 않더냐?"

"난 몰라요."

"으이그. 이걸 부하라고… 해독약은?"

일도가 품속에서 작은 호리병 하나를 꺼내었다.

목풍아가 호리병을 낚아챈 후에 말했다.

"나에게 찾아온 일생일대의 기회를 놓칠 수는 없지. 좋아, 한 병으로 수를 내는 수밖에. 내키지 않는다면 너는 그대로 돌아가도 좋다."

반짝이는 눈망울을 이리저리 굴리는 목풍아의 머릿속에 이중삼중으로 무슨 생각인가 들어 있다는 것은 짐작할 수 있지만 자신의 머리로는 파악이 안 되는 일도였다. 분명히 무엇인가 깊이 계산한 일일 것이다.

일도가 그동안 겪어본 경험으로 비추어 볼 때에 목풍아는 다소 엉뚱한 점은 있지만 승산 없는 일은 벌이지 않는 사람이었다. 하지만 그러기에는 상대방이 어마어마한 인물이었다. 마치 거대한 말벌집을 건드리는 것처럼 말이다.

일도는 땅이 꺼져라 한숨을 내쉬었다.

"대장이 생각이 있다면 저도 대장을 돕겠습니다. 사나이 인생, 죽기 아니면 살기 아니겠습니까?"

"좋아, 좋아. 너도 사나이였군. 약을 더 가져오지 않은 것은 안 된 일이지만 어쩔 수 없는 일이지. 일도야, 분명히 말하지만 이것은 나에게 일생일대의 기회다. 그러니 나를 믿어 보거라."

뭔가 생각이 있는 것이 분명하였다. 일도가 아는 목풍아는 빈말을 떠벌리는 사람이 아니었다. 목풍아의 한마디에 일도는 알 수는 없지만 자신의 미래에 대한 희망이 생겨났다. 이제까지 그가 벌였던 일에 실패란 없었으므로…….

온종일 대지를 달구었던 해가 지평선에 걸려 보랏빛 노을이 장관을 이루었다. 목풍아는 일도에게 말고삐를 잡게 하여 어슬렁거리며 객잔으로 다시 왔다. 객잔 앞에서 어기적거리며 걷는 모습과 이곳에서 한바탕 곤욕을 치른 탓에 무사들은 한 번에 목풍아를 알아보고 자리에서 일어났다.

"그 모욕을 당하고 여길 다시 왔단 말이오?"

호위무사들이 목풍아에게 책하듯 말했다.

"내가 죄지은 것도 아니고 못 올 곳에 온 것도 아니지 않습니까? 날도 저물어가고 쉴 곳도 없소. 나는 다만 조용히 쉬러 온 것뿐이니 신경 쓰지 마시오."

목풍아는 객점 모퉁이 탁자에 자리를 잡았다. 엉덩이가 따끔따끔하였다. 아마도 엉덩이에 붉은 줄이 섰을 것이었다.

'못된 것. 내가 가만두지 않을 테다.'

목풍아는 이를 갈았다.

객잔 안에 있던 점원 하나가 목풍아에게 달려왔다.

"나리, 무엇을 시키실 건가요?"

"수육하고 국수 두 그릇 가져와. 만두도 있으면 푸짐하게 가져오구."

점원이 꾸벅 인사를 하고 물러났다.

바로 그때였다. 머리 위에서 낯익은 목소리가 들려왔다.

"이봐, 밤송이."

목풍아는 머리를 들었다. 아리따운 미모의 공주가 난간에 기댄 채 목풍아를 내려다보고 있었다.

"그만큼 혼이 나고도 부족했나? 무슨 일로 다시 온 거지?"

"요기도 할 겸 하룻밤 쉬려고 왔습니다."

공주가 코웃음을 치며 말했다.

"다른 곳을 알아봐."

목풍아는 노기를 참으며 태연하게 말했다.

"옛부터 미녀의 마음은 종잡을 수 없다고 하더니 과연 그렇군요."

공주의 아미가 올라갔다.

"뭐라고?"

"옛날 주나라 절세미녀 포사褒姒가 그랬다지요? 포사는 천하제일의 미녀였지만 웃음이 없었답니다. 하지만 비단이 찢기는 소리를 들을 때마다 미소를 지었는데 임금이 포사의 웃는 모습을 보려고 천하의 비단을 소진했다지요. 공주께서는 포사처럼 제가 눈앞에서 없어져야 마음이 슬거우신 모양입니다."

공주의 입가에서 미소가 피어올랐다.

"내가 포사 같아?"

"포사처럼 아름다운 외모를 지닌 것은 확실합니다."

"호호호."

공주가 쾌활하게 웃었다. 일도가 목풍아와 공주를 번갈아 살피며 눈치를 보았다.

공주가 턱을 괴고 호기심 어린 눈망울로 목풍아를 내려다보았다.

"네 이름이 뭐지?"

"목풍아라고 합니다."

"집은 어디냐?"

"바람에게 집이 있을 리 있겠습니까? 온 세상이 집이지요."

"재미있는 아이로구나."

"감사합니다."

목풍아가 포권을 취하곤 다시 자리에 앉았다.

"송구스러운 말씀입니다만 공주님의 존성대명은 어찌 되시는지요?"

"존성대명? 호호호. 난 주소천朱小天이라고 한다."

"아! 소천이라. 얼굴처럼 아름다운 이름이군요."

그때, 점원이 국수와 수육을 가지고 나왔다.

"공주님, 저는 이만 식사를 해야 할 것 같네요. 이야기 즐거웠습니다."

목풍아가 젓가락을 들어 허겁지겁 국수를 먹었다. 말상대가 없어진 공주의 얼굴에서 아쉬움이 묻어나왔다.

이내, 2층 누각과 연결된 층계로 여종 하나가 내려와 목풍아에게 말했다.

"저희 아가씨께서 공자님을 뵙고 싶다는군요."

"저를 말입니까?"

"저녁을 같이 드시고 싶다고 하십니다."

"가기 싫다면 공주께서 볼기를 때리시겠죠?"

여종이 입을 가리며 웃었다.

"아마 그럴지도 모르지요."

"그럼 가야죠. 엉덩이가 죄 없이 화를 입게 할 수는 없으니 말입니다."

목풍아가 일도에게 눈을 찡긋하며 자리에서 일어나 여종을 따라 갔다. 계단을 따라 누각으로 올라가니 층계 바로 앞에서 험상궂은 무장들이 시퍼런 장검을 꺼내든 채 엄중한 호위를 하고 있었다.

연왕의 딸이 잠시 쉬어 가는 탓인지 2층에서도 일반인의 흔적은 찾아볼 수가 없었다. 사방에는 고수인 듯한 호위무사들이 장검을 탁자 위에 꺼내 놓고 앉아 있는데 경관이 좋은 난간의 탁자 바로 앞에 주소천이 앉아 있었다.

주소천이 손짓으로 앉으라 하였다. 목풍아가 의자에 앉아 헛기침을 몇 번 하다가 들고 있던 부채를 쫙- 하고 펼쳤다. 주소천의 뒤편에 있던 호위무사들이 자리에서 벌떡 일어났다.

목풍아가 놀란 토끼 마냥 두 눈을 뜨고 소리쳤다.

"에구, 무서워라."

"호호호호."

주소천이 자지러지게 웃었다. 시녀도 입을 가리고 웃었다. 목풍아가 주소천을 보고 웃었다. 주소천이 정색을 하고 목풍아에게 말했다.

"너는 나에게 혼이 나고도 내가 무섭지 않으냐?"

"무섭지요. 저는 정말 괴팍한 미인이 무섭습니다."

"괴팍한 미인? 호호호. 너는 정말 웃기는 아이로구나."

"뭐가 웃긴다는 말씀입니까?"

"너는 참 말을 재미있게 하는구나."

"제가요? 하하하. 그렇게 봐 주시니 감사합니다. 말이 나와서 그런데 제게 신기한 술이 있는데 한번 드셔보시겠습니까?"

"신기한 술?"

"며칠 전에 제가 승덕현의 객점에서 술장수 하나를 만났습니다. 날도 덥고 목이 말라 술 한 잔을 달라 하니 그 술장수가 저에게 말하길 '이 술은 아무에게나 드릴 수 없는 술이다' 하는 것이 아니겠습니까?"

주소천은 머리를 갸웃거리며 말했다.

"어째서?"

"저도 이유가 궁금해서 물었지요. 그 술장수가 말하길 '이 술은 멀리 고려국의 장백산이라는 곳에서 가져온 것인데 귀하기가 이를 데 없어서 아무에게나 드릴 수 없다'는 것이 아니겠습니다. '어째서 귀한 술이라고 하는 것이냐?' 하고 물어보니 그 대답이 이러하더군요. '장백산 꼭대기에는 이슬처럼 맑고 깨끗한 호수가 있는데 그 호수 가운데에 뽕나무 하나가 있다 하더군요. 옛날 사람들은 이 뽕나무에서 해가 떴다고 부상扶桑이라 불렀다고 합니다."

주소천은 고개를 끄덕였다. 고려땅의 장백산은 몽고족들까지 신성시 여기는 산이고, 부상이라는 나무에서 해가 뜬다는 이야기는 들은 적이 있었기 때문이었다.

"그 부상에는 일백 년마다 오디가 열리는데 자기가 가진 술이 바로 그 오디로 담근 술이라는 겁니다. 그 때문에 극락주極樂酒라는 별칭이 있는데 한 잔을 마시면 눈이 맑아지고, 두 잔을 마시면 피부가 고와지고, 세 잔을 마시면 몸속에 온갖 병이 사라져서 오래오래 살 수 있는 술이라는 것이 아니겠습니까?"

"호호호. 거짓말."

"그러게 말입니다. 저도 거짓말이라 생각했지만 호기심이 동해서

참을 수 있어야죠. 그래 돈은 얼마든 줄 테니 한 잔만 마셔보자 하였습니다. 그러자 술장수가 하는 말이 극락주는 처음에 한 잔을 마시면 잠이 쏟아지듯 밀려오는 명현明玄 현상이 일어난다는 겁니다. 제가 호기심을 참을 수 없어서 먹자고 조르니 술장수가 일백 냥을 달라는 것이 아니겠습니까? 술 한 잔에 말입니다."

주소천의 두 눈이 동그래졌다.

"한 잔에 일백 냥?"

"그러게 말입니다. 대체 얼마나 좋은 술이기에 한 잔에 일백 냥이나 한단 말입니까?"

"그래서 어떻게 되었지?"

"일백 냥을 주고 마셨지요. 저는 호기심을 참는 성격이 아니거든요."

"네가 정말 일백 냥을 주고 마셨다고?"

"저를 못 믿으시나 본데 정말입니다."

목풍아는 품속에서 일백 냥짜리 지전紙錢 수십여 장을 꺼내놓았다. 지전을 본 주소천이 호기심 어린 눈으로 목풍아에게 말했다.

"돈이 많네."

"조상을 잘 만나서 가산은 넉넉한 편입니다요."

"그래서? 한 잔 마셔보니 어땠지?"

"장백산의 부상에서 따온 오디로 만든 술이라서 그런지 정말로 맛이 좋았습니다. 그런데 잠시 후에 갑자기 정신이 띵– 하고 하늘이 빙글빙글 도는 것이 아니겠습니까? 저는 그만 맥없이 잠이 들고 말았지요. 얼마나 있었을까? 번쩍 눈을 떠서 일어나 보니 그 술장수가 내

앞에 그대로 앉아 있더군요. 내가 가만히 일어나 이리저리 살펴보니 술장수 말마따나 정신이 샘물처럼 맑아지고 눈앞이 밝아진 것이 아니겠습니까? 날아가는 참새의 암수를 구별할 정도로 말입니다."

주소천이 크게 웃음을 터뜨렸다. 목풍아의 말에 귀 기울여 듣고 있던 하녀와 호위무사들까지 목풍아의 마지막 말을 듣고 웃음을 터뜨려 누각 안이 웃음바다가 되고 말았다.

목풍아가 웃으며 말했다.

"제 말을 믿지 못하시나 본데 눈이 밝아진 것은 농담이 약간 섞인 말이라 하더라도 머리는 정말 좋아지더군요. 사실 저는 며칠 전까지만 해도 머리가 좋은 사람이 아니었습니다. 그런데 그 술을 한 잔 마신 후에 머리가 맑아지면서 그동안 읽은 책들이 모두 기억이 나는 것이 아니겠습니까?"

"피, 거짓말."

"정말입니다."

"호호호. 그래? 그럼 한번 시험해보지. 맹자孟子 진심편眞心篇을 한번 외워보거라."

목풍아는 잔뜩 인상을 찌푸리곤 눈을 들어 천정을 바라보다가 머리를 지끈 누르며 입을 열었다.

"맹자가 말하기를 '자기의 마음을 다하는 자는 자기의 진심을 알게 되며, 자기의 근본 마음을 알게 되면 하늘을 알게 된다. 그 마음을……."

목풍아는 한마디도 틀리지 않고 마치 눈앞에 책이 있는 사람처럼 맹자 진심편을 줄줄 외웠다. 듣고 있던 사람들의 눈이 커지고 입이 쩌억 벌어졌다.

　호위하는 무사들의 대부분은 글을 많이 아는 사람이 아니었지만 주소천은 어려서부터 학식이 높은 선생에게 공부를 배운 까닭에 어느 부분까지는 알고 있었지만 이렇게 정확하게 외우는 것을 본 적은 없었다.

　진심편을 끝까지 외우고 난 목풍아는 자신도 못 믿겠다는 듯이 소녀를 바라보며 말했다.

　"보십시오, 공주님. 제 말이 틀렸습니까?"

　주소천은 부럽다는 듯이 물었다.

　"어떻게 그것을 모두 외울 수가 있지?"

　"그러게 말입니다. 책이 눈앞에 있는 것처럼 글자가 막 보입니다. 술 한 잔을 먹었을 뿐인데 말입니다."

　"그럼 한 번 더 시험해봐도 되겠어?"

　"그럼요, 저는 소저의 시험을 더 받아 보고 싶은걸요?"

　"그렇다면 춘추春秋 장공莊公편을 외울 수 있겠어?"

　"예?"

　"어렵겠지?"

　"춘추는 하도 오래전에 딱 한 번 건성으로 읽어본 적이 있을 뿐이지만 한번 기억을 되돌려 보겠습니다."

　목풍아는 눈을 감고 머리를 짜내듯이 생각하는 척하다가 이윽고 입을 열었다.

　원년 봄 천자가 쓰는 역으로 정월.

3월에 부인이 제나라로 피해갔다.

여름에 선백이 왕녀의 시집가는 길을 모셨다.

가을에 왕녀가 머무를 집을 성밖에 지었다.

겨울 10월 을해날에 진나라 군주인 후작임이 세상을 떠났다.

천자께서 영숙으로 하여……

이미 여섯 살 때 사서삼경을 달달 외우던 목풍아였다. 춘추를 외우는 것쯤은 일도 아니었다. 목풍아는 눈앞에 책을 두고 읽는 것처럼 줄줄줄 외워나갔다.

주소천과 하녀, 그리고 둘러앉아 있던 호위무사들은 목풍아가 어려운 춘추를 줄줄 외우는 것을 보고 입을 다물 줄 몰랐다. 좋은 약술 탓이 아니라면 누구나 천재라고 인정할 만큼 목풍아의 암기력은 일품이었다.

'이 소년의 말이 사실이 아닐까?'

주소천은 연왕부에 들어가 하기 싫은 공부를 할 생각에 머리가 지끈거리던 참이라 목풍아의 모습을 보자 부러운 마음이 솟았다.

"나도 그 술을 먹어보고 싶은걸?"

목풍아가 시를 멈추고 말했다.

"와하하하. 그렇지 않아도 제가 다시 온 이유가 그 때문이었습니다. 공주님께 극락주를 맛보여 주려고 말입니다. 천하에 이렇게 귀한 것을 맛볼 수 있는 것은 전생의 인연因緣이 있기 때문이 아니겠습니까? 따지고 보면 오늘 이렇게 만난 것도 인연, 제가 며칠 전 우연하게 천하에 다시없는 극락주를 사게 된 것도 인연. 그리고 보면 세상에 인연이 아닌 것이 어디 있겠습니까.”

“그렇지, 세상은 인연인 게지. 그런데 그런 술이라면 가격이 참 비쌌겠군.”

“당연한 말씀이죠. 제가 가져온 술 한 병이 일천 냥입니다.”

“그렇게나 많이?”

“그만한 가치가 있으니 돈이 아까울 턱이 없지요.”

“그런 귀한 것을 왜 나에게 주려는 거지?”

“그러게 말입니다. 공주님께 볼기를 맞고 돌아가는 길에 문득 시경의 시 한 편이 생각나지 뭡니까?”

“어떤 시지?”

“들려드릴 테니 음미하며 들어보십시오.”

목풍아가 천천히 입을 열었다.

검은 옷이 잘도 어울리네
헤지면 내가 다시 지어주리
그대 숙소 몸소 찾아갔다가 돌아와
그대 슬기 더할 음식 내리리.

검은 옷이 좋기도 하네
헤지면 내가 다시 지어주리
그대 숙소 몸소 찾아갔다가 돌아와
그대 슬기 더할 음식 내리리.

검은 옷이 편안해 보이네

헤지면 내가 다시 지어주리

그대 숙소 몸소 찾아갔다가 돌아와

그대 슬기 더할 음식 내리리.

목풍아가 미소를 지으며 말했다.

"시경詩經 정풍鄭風편의 시입니다. 돌아가는 길에 문득 소저가 생각났습니다. 저 혼자 먹기에는 너무나도 귀한 술이니 만큼 태어나 처음 만나보는 아름다운 분과 함께 먹을 수 있다면 얼마나 좋을까 하고 말입니다."

주소천은 얼굴이 달아오르는 것을 느끼었다.

확실히 시경 정풍편의 시는 사랑하는 이를 위해서 슬기를 돕는 음식을 준다는 내용이니 목풍아가 술을 가져온 내용과 부합되는 시였다. 주소천은 자신을 위해 좋은 술을 가져온 목풍아가 고맙게 느껴졌다.

"내가 그대에게 못되게 대했는데도 나를 위해 다시 돌아온거로군."

"그거야 공주께서 워낙 미인이시다보니… 하하하. 남자들이란 미인에 약한 법이지요. 초나라 항우도 우미인 앞에서는 힘을 못 썼고, 한나라 고조도 여황후 앞에서 기를 못 펴셨다지 않습니까? 하하하."

"넌 참 말도 재미있게 잘하는구나."

주소천이 흡족하게 웃었다.

"극락주가 어디 있더라?"

목풍아가 소매 속을 뒤적거렸다. 넓은 소매 속에서 하얀 자기로 만든 작은 술병이 나왔다.

사람들의 시선이 그 하얀 자기로 집중되었다. 한 잔에 일백 냥, 한 병에 일천 냥짜리 희대의 명주에 사람들의 시선이 쏠릴 수밖에 없었다. 목풍아가 워낙 교묘하게 사람들을 홀려놓아서 설령 술이 거짓이라 할지라도 한번 마셔보고 싶은 마음이 드는 것은 어쩔 수 없는 인심人心이었다.

술병의 마개를 뽑은 목풍아가 자기를 기울여 극락주를 부었다. 붉은빛이 은은한 극락주가 술잔에 가득 찼다.

"자, 공주님. 한 잔 드시죠."

목풍아가 잔을 권할 때에 뒤편에 있던 호위무사가 일어났다.

"잠깐."

"왜 그러십니까? 제가 이 많은 사람들 앞에서 무슨 짓이라도 할 것 같습니까? 저를 못 믿겠다면 제가 먼저 한 잔 마시겠습니다."

목풍아는 들었던 술잔을 입에 대고 마셨다.

"카! 정말 기가 막힌 술이로군."

목풍아는 손가락으로 술잔의 오디주 방울을 닦아 빨면서 말했다.

"아! 일백 냥이 뱃속으로 들어갔네요. 정말 이 술을 먹고 나면 아까운 생각이 드는 것은 무엇 때문일까요?"

주소천이 눈을 흘기며 호위무사를 노려보았다.

호위무사가 고개를 돌리며 슬그머니 자리에 앉았다.

"나도 한 잔 줘."

"예, 공주님."

목풍아가 새 잔에 술을 따라 주소천에게 건넸다.

"이걸 먹으면 똑똑해진단 말이지?"

입맛을 다시던 주소천이 주저 없이 술잔을 비웠다.

"어떻습니까?"

"맛있네. 향도 독특하고 참 맛있어. 어, 그런데 어지러워… 내, 내가 왜 이러지?"

말이 끝나기 무섭게 주소천의 머리가 맥없이 탁자에 기울었다. 곁에 있던 하녀와 호위무사들이 걱정스런 얼굴로 다가왔다.

"걱정 마십시오. 명현 현상입니다."

호위 무사가 다가와 목풍아에게 물었다.

"어떻게 된 거냐? 너는 어째서 괜찮은 거지?"

목풍아가 머리를 갸웃거리며 말했다.

"저는 며칠 전에 명현 현상을 겪어서 괜찮은 모양입니다. 공주님은 처음이니 당연한 일 아니겠습니까?"

"그도 그렇군."

하녀들이 주소천을 2층 처소에 옮겨놓으러 가는 동안 호위무사의 눈이 극락주가 든 사기병에서 떠나지 아니하였다. 그도 사람이니 좋은 술에 욕심이 나는 것은 당연한 이치. 그러나 그것이 또한 목풍아가 바라는 것이었다.

"무사 나리도 한 잔 드시고 싶으시죠?"

"나, 나야 그럼 좋지."

호위무사가 입맛을 다시며 고개를 돌리자 뒤편에 있는 호위무사들이 차례로 일어났다.

"이 작은 병의 술이 다 돌아가겠습니까?"

목풍아는 자리에서 일어나 객점 주변을 휘둘러보다가 호위무사에게 말했다.

"사람이 많으니 일일이 한 잔씩 돌리지는 못하겠네요."

"그, 그럼 할 수 없지."

"아닙니다. 아까 볼기를 때릴 때 사정을 봐 주신 것도 고맙고… 제가 여러분께 신세를 갚지 않을 수 없지요. 제게 좋은 수가 있는데 말입니다."

"무슨 수가 있단 말이오?"

"이 술을 보통의 술에 타서 마시면 될 것이 아니겠습니까?"

"아! 그거 묘수요."

"그럼 딱 한 잔씩만 마실 수 있도록 술을 준비하도록 하지요."

"목 공자, 우리는 무사들이라 참새처럼 맛만 보지는 못하는 성격이오. 이왕이면 큰 술항아리에 그것을 부어 양껏 마신다면 약효는 보지 못하더라도 좋은 술맛이라 보았다는 기분은 나지 않겠소?"

목풍아는 자신이 생각했던 말을 대신해서 해주는 무사에게 고마움을 느끼며 술잔을 탁자에 내려놓고 손뼉을 쳤다.

"내가 그 생각을 못했습니다. 정말 좋은 생각입니다."

목풍아는 큰 술항아리를 가져오게 하였다. 점원 세 사람이 낑낑대며 술항아리를 가져왔다. 엄청나게 큰 술항아리였다. 그동안 객잔아래에 있던 호위무사들까지 2층으로 모여들었다.

목풍아가 술잔을 항아리에 부었다. 독한 화주에 극락주가 붉게 퍼져갔다.

'화주가 너무 많아서 극락주의 약효가 있을지 모르겠군.'

목풍아는 마음이 놓이지 않아서 한 잔을 더 부어 술항아리에 넣어 섞었다.

"한 잔을 부으면 매정하다는 소릴 들을 것 같아 일백 냥짜리 술 한 잔을 더 붓습니다."

약효가 더 있으라는 속뜻도 모르고 무사들은 목풍아의 도량에 감탄하여 저마다 엄지손가락을 치켜들었다.

목풍아는 자리에서 일어나 포권을 취하였다.

"오! 이렇게 좋아하시는데… 저는 도저히 의리를 저버릴 수가 없군요."

목풍아는 감동한 사람처럼 술병을 들어 술항아리에 극락주를 모조리 부어버렸다.

무사들이 환호성을 질렀다.

"목 공자, 이럴 것까지는 없는데……."

"아닙니다. 그까짓 돈이야 다시 벌면 되는 것이지만 무사님들과의 의리는 돈으로 살 수 있는 것이 아니지 않습니까? 아무쪼록 맛있게 먹어주십시오."

호위무사들이 감격한 얼굴로 고마움을 표했다. 목풍아는 큰 잔을 항아리에 담아 채웠다.

"자, 한 잔씩 드십시오."

무사들이 큰 대접에 든 술을 받아 가져갔다. 목풍아는 하녀들에게도 작은 잔에 술을 따라주었다.

"누구는 입이고 누구는 입이 아닙니까? 모두 한 잔씩 마시는 거죠."

하녀들도 저마다 감사의 인사를 전하였다.

마지막으로 목풍아도 큰잔에 술을 채웠다.

호위무사의 우두머리쯤 되는 이가 술잔을 들고 말했다.

"자, 우리를 위해 극락주를 기꺼이 희생한 목 공자의 찬란한 미래를 위하여 건배합시다."

무사들이 소리를 지르며 술잔의 술을 비웠다.

"아! 정말 좋은 술인 모양이로군. 약간 섞었을 뿐인데 머리가 띵한걸."

"그러게, 정말 머리가 어질어질한데?"

무사들이 저마다 어지럽다고 중얼거리다가 맥없이 탁자에 엎어져 잠이 들고 말았다. 술을 한 잔씩 받아먹은 하녀 역시 쏟아지는 졸음을 참지 못하고 탁자 위에 쓰러져 잠이 들었다.

목풍아는 자리에서 일어나 맥없이 곯아떨어진 사람들을 바라보며 코웃음을 쳤다.

"크흐흐흐, 역시 난 천재라니까."

목풍아는 누각 아래로 고개를 숙였다. 일도가 놀란 표정으로 목풍아를 올려다보았다.

목풍아가 손가락을 까닥거리며 올라오라는 신호를 했다. 일도가 계단을 올라가니 2층 탁자와 바닥에 호위무사들과 하녀들이 죽은 듯 즐비하게 쓰러져 있었다.

일도는 경악한 얼굴로 말했다.

"이, 이 사람들을 모두?"

목풍아는 일도의 입을 손가락으로 막았다.

"잔말 말고 너는 계단을 잘 지켜. 아무도 올라오지 못하게 하고 말이야. 알겠어?"

목풍아는 가까운 호위무사의 허리춤에서 장검을 꺼내 일도에게 건넸다.

"대장은 뭐 하시려구요?"

"알아 뭐하게? 잔말 말고 보초나 잘 서."

목풍아는 2층 누각의 처소로 들어갔다. 누각 위에는 방이 두 칸 있었는데 방문을 열고 들어가니 침대 위에 주소천이 누워있는 것이 보였다. 가까이 다가가니 정신없이 잠이 들어 있었다.

한잠에 빠진 주소천 공주는 어린아이처럼 걱정 없는 뽀얀 얼굴을 하고 있었다.

"이 버릇없는 계집 같으니. 힘 있다고 사람을 무시해? 감히 이 목대인을 모욕하고도 무사할 줄 알았느냐? 단단히 혼을 내 주마."

목풍아는 두 팔과 다리를 침대 사방에 단단히 묶은 후, 소리를 지르지 못하도록 입에 재갈을 물렸다.

"이쯤 되면 반항할 수 없겠지?"

목풍아는 품속에서 해독제를 꺼내 주소천의 입에 넣었다. 이내 주소천의 눈썹이 꿈틀거리더니 두 눈을 번쩍 떴다.

공주는 몸을 움직일 수 없는 처지임을 안 듯 묶인 팔다리를 바라보다가 까만 눈동자로 목풍아를 바라보았다. 그 눈동자에 놀라움과 분노가 뒤섞여 있었다. 입에 재갈이 물려 말도 할 수 없는 처지임을 자각하고는 주소천 공주는 노기 어린 눈빛으로 목풍아를 노려보았다.

목풍아는 두 손을 양 허리에 대고 호령하듯 말했다.

"이런 것을 상전벽해라고 하지요? 후후후."

목풍아는 손가락으로 주소천의 뺨을 살짝 들었다.

"그렇게 노려보면 예쁜 얼굴이 살쾡이 같아 보인다니까?"

'이 죽일 놈.'

주소천은 머리를 세차게 흔들었다. 소리를 지르고 싶었지만 재갈 때문에 소리를 지를 수도 없었다.

"지금 앙탈하는 게야. 우헤헤헤."

한바탕 웃던 목풍아가 다시 허리에 두 손을 대고 말했다.

"네가 이 죄 없는 목 대인을 망신 주고도 무사할 것 같았나? 이 목 대인은 말씀이야. 큰바람 같은 사람이란 말이다. 얼굴이 예쁘면 뭘 해? 입이 걸레 같은데. 내가 말했지 갈보들이 걸레 같은 입을 가지고 있다고. 넌 스스로 갈보가 된 거란 말이야. 알겠어?"

왕실에서 태어나 곱게 자란 주소천이었다. 하고 싶은 것을 마음대로 하고 가지고 싶은 것을 마음대로 하던 공주가 상대방에게 이처럼 무시당하고 나니 분하고 억울한 마음에 노려보는 눈가에 저도 모르게 눈물이 글썽거렸다.

"우헤헤헤. 어디서부터 손을 봐 줄까?"

목풍아는 교활한 웃음을 지으며 두 손바닥을 비벼댔다. 목풍아의 두 눈이 주소천 공주의 손가락부터 발가락까지 샅샅이 누비듯 지나가다가 가슴에서 멈추었다.

"오, 여기가 좋겠군. 네년이 목 대인의 사타구니를 골란 자라 같다고 흉보았겠다? 그럼 이 목 대인께서는 너의 어느 부분을 흉보아주는

게 좋을까?"

목풍아가 음흉한 웃음을 지으며 다가오니 주소천은 앙탈하듯 몸을 움직였다. 그러나 사지가 묶여 움직일 수도 없었다.

목풍아의 손가락 끝이 천천히 주소천의 가슴으로 다가왔다.

'아, 안 돼. 이 죽일 놈.'

음흉한 웃음을 짓던 목풍아의 손끝이 가슴 바로 위에서 멈추었다.

"헤헤헤. 놀랐느냐?"

목풍아가 손가락을 회수하더니 천연덕스럽게 뒷짐을 지고 침대 앞을 서성거리며 노래를 불렀다.

목 대인께서 쌍화점雙花店에 갔더니

아리따운 만두가 두 개 있더라

목 대인께서 만두는 아니 먹고

만두雙花를 요리조리 바라보다가

콕콕 찔러보고 먹지는 않누나.

주소천은 질겁을 하여 몸을 뒤틀었다. 쌍화점이라면 가슴을 말함이다. 주소천은 자신의 가슴이 목풍아에 의해 겁탈당하는 것 같은 느낌에 몸을 미친 듯 흔들었으나 소용없는 노릇이었다.

버젓이 호위무사들이 바깥에 진을 치고 있는데 이렇듯 대담하게 희롱을 할 줄은 꿈에도 몰랐던 주소천이었다.

'죽여버리겠어. 죽여버리고 말겠어.'

주소천은 목풍아를 노려보았다.

목풍아가 다시 다가와 물끄러미 주소천을 내려다보았다.

"허, 성질은 개떡 같아도 얼굴 하나는 일색인걸? 이런 말 들어봤나 모르겠네? 얼굴이 예쁜 부인은 일 년, 마음이 예쁜 부인은 백 년이라고. 맛없는 음식은 매일 먹으면 질리지만 맛있는 밥은 평생을 먹어도 질리지 않는 법이라구."

목풍아는 흐뭇한 미소를 지으며 손가락을 들었다. 주소천의 얼굴이 사색이 되었다.

"다시 한 번 가 볼까?"

목풍아의 손가락이 가슴께로 다가왔다. 주소천이 몸부림을 쳤다. 목풍아의 손가락이 이번에도 가슴 위에서 멈추었다.

"으ㅎㅎㅎ."

손가락을 회수한 목풍아가 뒷짐을 지며 능글맞게 노래를 불렀다.

이 소문이 이 점포 밖에 나며 들며 하면
소문을 들은 여인들이 목 대인을 찾아와
쌍화를 내밀면서 애원하겠지.
그러나 이 소문난 목 대인께서는
만두를 요리조리 바라보다가
콕콕 찔러보고 먹지는 않누나.

목풍아가 노한 얼굴로 바닥에 침을 뱉었다.

"너 같이 막돼먹은 것과 더 이상 놀고 싶지도 않다. 이건 네가 나를 모욕한 벌이야. 알겠느냐? 나는 그만 갈 테다. 그러니 앞으로는 내면을 예쁘게 닦아 진짜 경국지색이 되라구 알겠지?"

용을 쓰던 주소천은 온몸에 힘이 탁 풀렸다.

"참, 이왕 여기까지 왔으니 이 목 대인께서 왔다갔다는 흔적은 남겨야 되겠지."

목풍아는 탁자 가운데 있는 필묵을 당겨 회칠을 해놓은 깨끗한 방안 벽에 글을 쓰기 시작하였다.

天風一逍淚蓮花　천풍일소루연화

風志不戲助昇龍　풍지불희조승용

하늘 바람 한번 놀다가니 연꽃이 운다.

바람의 뜻은 꽃을 희롱하는 것이 아니라

용의 승천을 돕는 것이라네.

일필휘지로 써 갈긴 후 목풍아는 껄껄 웃으며 다가와 주소천의 이마에 가볍게 입맞춤을 하였다.

"너무 예뻐서 그냥 갈 수가 없네. 다음에 이 목풍대인을 다시 만날 때는 고분고분하게 말을 잘 들어야 한다. 알겠지?"

목풍아는 코웃음을 치곤 소매를 털며 위풍당당하게 방문을 나섰다. 2층 난간 위에는 수면제에서 깨어나지 못한 무사들이 탁자에 널브러져 있었다. 계단을 지키던 일도가 재빨리 다가와 말했다.

"대장, 설마… 공주를 어떻게 한 건 아니죠?"

"걱정 마라. 내가 그렇게 생각이 없는 사람이냐?"

"생각 있는 사람이 이런 일을 벌인단 말입니까?"

일도가 널브러진 호위무사들을 가리켰다.

"저는 아직도 가슴이 벌렁거려요. 뒷감당을 어찌 하시려구요? 우린 죽은 목숨이라구요."

"죽을지 살지는 두고 보면 알겠지. 일단은 도망가는 것이 상책이다. 무사들이 깨어나기 전에 멀리 도망가야겠다."

"알겠습니다요."

일도는 급한 마음에 계단을 곤두박질하듯 내려가 마당에 매놓은 말고삐를 풀었다.

계단을 내려온 목풍아는 점원을 불렀다. 점원이 달려오자 목풍아는 품속에 백 냥짜리 지전 하나를 꺼내어 말했다.

"혹시 무사들이 나를 찾거든 말을 타고 서쪽으로 갔다고 하거라."

"알겠습니다요."

목풍아는 바깥에 기다리고 있는 말 위에 올랐다. 목풍아는 일도와 함께 유유히 객잔을 빠져나와 서쪽으로 난 길을 향해 말을 몰았다.

"대장, 점원에게 뭐라 하신 겁니까? 뭐라 하셨기에 지전까지 주신 겁니까?"

"뭐라 하긴? 내가 서쪽으로 간다고 했지."

"뭐라고요? 대장, 미쳤습니까? 그렇다면 우린 동쪽으로 가야 할 것 아닙니까?"

"이 한심한 놈. 세상 사람들이 모두 너 같으면 얼마나 좋겠느냐?"

"그럼 일부러 그런 거란 말입니까?"

"상대는 연왕부의 호위무사들이다. 그들이 점원의 말을 곧이곧대로 믿을 것 같으냐?"

"호위무사들이 점원의 말을 믿지 않는다고요?"

"호위무사 삼십여 명이 모조리 나한테 한번 당했으니 모든 일을 의심할 것이다. 그런 사람들이 점원의 말을 믿을 것 같으냐? 한 번 더 생각해보겠지. 아마도 점원을 의심할지도 모르지. 그런데 점원의 옷에서 은화가 한 냥도 아니고 일백 냥이나 되는 거금이 나온다면 점원이 아무리 곧이곧대로 말한들 믿겠느냐?"

"그렇다면 이런 거로군요. 잠에서 깨어난 호위무사가 점원에게 우리가 도망간 방향을 묻는다. 대장의 사주를 받은 점원이 서쪽 방향을 가리킨다. 그런데 왜 무사들이 점원의 말을 의심한단 말이에요? 난 아무리 생각해도 모르겠네."

"이 길을 쭉 따라가면 어디가 나오겠느냐?"

"이 길을 쭉 따라가면 연경이 나오겠죠. 잉? 연경이오?"

일도의 눈이 휘둥그레졌다.

목풍아가 빙그레 웃으며 말했다.

"그래. 연왕의 딸을 건드린 죄인이 호랑이 굴인 연경 방향으로 도망갔다면 호위무사들이 곧이 믿겠느냐?"

"그렇군요. 그래서 점원에게 그런 거금을 주신 거군요. 점원이 아무리 진실을 말해도 무사들은 거짓말이라 생각하겠지요."

"호위무사들은 흩어져서 나를 찾겠지. 가장 많은 인원은 동쪽으로 갈 것이고 나머지들은 흩어져서 다른 방향을 수색하겠지."

"참말 대장은 머리가 비상하시다니까요."

"쓸데없이 이야기나 할 때가 아니다. 우린 어서 빨리 연경을 향해 가야 한다."

"연경으로 가면 사는 수가 생기나요?"

"사는 수가 생기니까 연경으로 가자는 거지. 미쳤다고 연경으로 가겠느냐? 서둘러라. 시간이 없다."

산 넘어 산이라더니 연왕의 딸을 건드려놓고 연왕부가 있는 연경으로 도망을 치자니 목풍아가 미친 것이 아니면 무엇이겠는가? 일도는 기가 막혀 말도 나오지 않았다.

도망자

　일도는 대로를 따라 무작정 말을 달렸다. 어찌 되었던 지금으로서는 도망치는 수밖에 방법이 없었다. 수면제에서 깨어나는 즉시 호위무사들은 목풍아를 쫓아올 것이 분명하였다.

　목풍아가 계교를 부렸다 하더라도 잠시 시간을 연장하는 것뿐이었다. 언젠가는 호위무사들에게 잡히고 말 것이었다.

　사냥을 하러 나온 연왕부의 무사들에게 사냥감 신세가 되었으니 일도는 처량한 마음이 들었다. 그나마 다행스러운 것은 날이 저물고 있다는 것이었다.

　목풍아의 계교가 성공을 거두었다는 뜻이었다. 그러나 다음 날부터가 문제였다. 생각을 하면 할수록 불길한 생각밖에 들지 않는데 옆에서 따라오는 목풍아는 사타구니와 허리가 아픈지 연신 얼굴을 찡그린 체 말이 없었다.

　몇 시간을 정신없이 달려왔을까. 일도는 말을 멈추었다. 목풍아가 사타구니가 아프다고 비명을 질렀기 때문이었다.

"도저히 아파서 못 살겠다. 잠시 쉬다 가자."

일도는 말에서 내리자 객잔에서 미리 준비해 온 음식과 물을 목풍아에게 건네주었다. 목풍아는 목이 말랐던지 가죽 주머니 속에 든 물을 벌컥벌컥 잘도 마셨다.

"아! 이제 좀 살 것 같다. 아이고, 삭신이 쑤시네."

땅바닥에 큰 대자로 누운 목풍아를 보고 일도는 불만스러운 얼굴로 물었다.

"대장, 제가 알아들을 수 있게 이야기를 해주세요."

"뭘 말이야?"

"도대체 무슨 꿍꿍이로 연왕의 딸을 건드렸습니까?"

"무슨 꿍꿍이라니?"

"대장은 이 일도를 바보로 아십니까? 이대로는 한발자국도 움직이지 않겠습니다. 대장의 꿍꿍이를 말씀해주셔야 저도 믿고 대장을 따를 것이 아닙니까?"

"그냥 모르는 게 낫지 않을까? 내가 말해도 너는 납득하지 못할텐데?"

"어째서 제가 납득하지 못한다는 겁니까?"

"나는 천하를 바꾸기 위하여 연왕의 딸을 걸고 도박을 한 거였거든……."

"그, 그럼, 연왕을 상대로 도박을 하려고 공주를 미끼로 삼았단 말입니까?"

"그래. 인생이 걸린 도박 말이야. 나는 내 운을 시험해보고 있는 거라구."

뜬금없는 소리에 일도는 더욱 기가 막힐 지경이었다. 천하를 바꾸는 것과 연왕의 딸에게 복수한 것이 무슨 관계가 있단 말인가?

"대장, 이건… 너무 터무니없어요."

일도는 도대체 저놈의 머릿속에는 무엇이 들어있나 궁금하였다. 좋게 말하면 천재의 머리를 가진 것이요, 나쁘게 말하면 미친놈의 꿍꿍이였다. 일도가 보기엔 후자가 가까워 보였다.

목풍아가 천천히 몸을 일으켜 일도의 눈을 똑바로 바라보았다.

"일도야, 천하는 지금 둘로 나뉘져 있다."

"둘로 나뉘져 있다니요? 명나라가 언제 둘로 나뉘져 있었습니까?"

"내가 널 데리고 무슨 말을 하겠느냐? 관두자."

"아, 아닙니다. 천하가 둘로 나뉘져 있다고 하죠. 가만 천하가 둘로 나뉘졌다면 천자폐하와 연왕을 말씀하시는 겁니까?"

"그렇다. 너도 들었지 않느냐? 연왕이 인재를 모으고 병사들을 규합하고 있다는 소문 말이다."

"드, 들었습니다만 그건 역모가 아닙니까?"

"당사자에게는 죽느냐 사느냐의 기로에 선 한판의 일전이다. 내가 연왕의 딸을 건드린 것은 연왕이 인재를 알아보는 재주가 있느냐 없느냐 시험해보고 싶었기 때문이다."

"대장, 그게 말이나 된다고 생각하십니까? 생각해보십쇼. 자기 딸을 희롱한 자를 뽑아 기용한다니 그게 말이나 될 소립니까?"

"너는 아무리 생각해 봐도 이해할 수 없겠지. 하지만 천하를 생각하는 큰 인물이라면 이해할 것이다. 그것은 바둑 고수가 두는 한 수를 바둑의 고수가 이해하는 것과 같은 이야기니까 말이다."

목풍아가 이렇듯 자신 있게 말을 하고 있었지만 일도는 도무지 목풍아의 말을 이해할 수가 없었다. 목풍아의 재주가 뛰어난 것은 잘 알고 있지만 어느 미친 인간이 목풍아의 소행을 보고도 쓴단 말인가.

"대장, 저는 아무래도 마음이 놓이지 않아요."

"일도야, 나를 믿어라. 당당하게 관직을 얻으려면 과거를 보면 되지만 다른 사람들처럼 평범해서는 천하를 바꿔놓을 수 없다. 양수楊修 같은 이는 글자 한 자만으로 조조曹操의 의도를 한 번에 알아낼 정도로 뛰어난 인물이었지만 말단 주부主簿 벼슬을 하다 덧없이 살해당하였다. 이백이나 도연명 같은 이들은 또 어떤가. 당파에 시달리고 흔들려 속절없이 사라져간 수많은 인재들을 나는 역사를 통해 배웠다. 음모와 계략이 난무하는 관계官界에서 떳떳하게 자신의 뜻을 펼쳐 세상을 바꾸어 놓은 사람은 아무도 없었다. 나는 아버님이 항상 강조하시던 하염없이 때를 기다리는 사람이 되시 않으련나. 나는 때를 만들어가는 사람이 될 것이다. 그렇게 되려면 평범해서는 안 돼. 일도야, 내가 사고를 친 이유를 이제 알겠느냐?"

"대장, 저는 대장을 믿지만 솔직히 겁이 납니다. 저는 아무래도 대장만큼 담력이 없나봐요."

"와하하하, 걱정 마라. 내가 짐작하는 연왕은 야망이 있는 사람. 결코 작은 그릇이 아니다. 며칠만 잠자코 숨어 있으면 연왕이 틀림없이 나를 부를 것이다. 이 도박의 승패는 시간에 달려 있어. 그러니 나를 계속 믿어보란 말이다."

목풍아는 싱글벙글 웃으며 가슴을 쳤다.

'대장이 공주를 건드리고도 연왕에게 중용이 된다? 이거 일이 이

상하게 되었는데… 만약 대장이 부마가 되면 어떡하지?'

일도는 목풍아가 부마가 된 모습을 상상하다가 멀리에서 횃불 한 무리가 다가오는 것을 발견하였다. 상대가 누구인지는 보지 않아도 알 것 같았다.

일도가 놀란 얼굴로 목풍아에게 말하였다.

"대장, 추격병들이 벌써 따라오고 있습니다."

"과연 연왕의 정예부대라서 뭔가 다르군. 어서 도망가자."

"대장, 이건 저에게 맡겨주세요. 제가 추격병들을 따돌리겠습니다. 그동안 대장은 어디에라도 숨어 계세요."

목풍아가 고개를 돌려 횃불들이 빠르게 다가오는 것을 보곤 다시금 일도를 바라보았다.

"일도야."

일도가 굳은 얼굴로 목풍아의 손을 잡았다.

"대장, 저는 대장을 믿습니다. 이 도박에서 대장이 이길 거라고 말이에요. 그때 저를 모른 체하시면 안 됩니다. 이 일도는 대장의 심복이라구요."

일도는 말을 마치기 무섭게 말에 올라 고삐를 당겼다. 일도가 탄 말은 대로를 미끄러지듯 빠르게 달려나갔다. 텁텁한 흙먼지가 자욱하게 솟아났다. 목풍아는 가슴이 찡하여 멍하니 일도가 사라진 어둠을 응시하다가 횃불이 가까이 다가오는 것을 확인하곤 먹을 것을 싼 보자기를 들고 수풀 속으로 몸을 숨겼다. 잠시 후, 요란한 말발굽소리가 들리더니 10여 기의 말이 쏜살같이 대로를 지나갔다.

일도가 운이 좋아 그들에게 잡히지 않더라도 내일부터는 검문과

순찰이 심해질 것은 보지 않아도 뻔한 일이었다.

목풍아는 한숨을 내쉬다가 뻐꾸기 우는 소리를 듣고 고개를 들었다. 무수한 별이 내려앉은 하늘 아래에 우뚝하게 솟아난 산 하나가 정좌한 도인처럼 앉아 있었다.

목풍아는 그날 밤을 산중에 있는 커다란 나무 아래에서 보내고 다음 날 아침 일찍 의기양양하게 마을로 들어갔다. 빠르면 오후, 늦어도 저녁 무렵에는 인상착의가 실린 방문이 걸릴 터이니 미리 옷을 바꾸어 입으려는 속셈이었다.

어제저녁 마을에는 난데없는 수색으로 난리라 났으리라. 애꿎은 목풍아 나이 또래의 부잣집 아이들이 수난을 당했을 것이다.

마을 입구의 나무 뒤편에서 요리조리 마을을 살피던 목풍아는 농가 마낭에 설린 푸른색 바지와 서고리를 발견하었다. 논일을 나갔는지 집 안에 사람이 없음을 확인한 목풍아는 재빨리 사립문을 열고 들어가 옹기 항아리 뒤에 몸을 숨기었다. 집 안에서 키 작은 사나이가 뛰어나왔기 때문이다. 목풍아가 항아리 뒤에 몸을 숨기지 않았다면 단번에 들켜버렸을 것이다.

"큰일났네, 큰일났어."

그 사나이는 급한 사람처럼 사립문 바깥으로 뛰어나가버리고 말았다. 목풍아가 머리를 갸웃거리고 있으려니 집 안에서 여인의 비명소리가 들려왔다.

"살인이 일어났나?"

사나이가 사라진 것을 확인한 목풍아가 가만히 집 안을 들여다보니 만삭의 여인이 침상 가운데에서 비명을 지르고 있었다.

목풍아는 사나이가 급하게 뛰어나간 이유를 깨닫고 여유 있게 마당에 걸린 옷가지를 챙겨 집 밖으로 나왔다.

'일이 잘 풀리려나?

목풍아는 수풀 뒤에서 옷을 갈아입었다. 야숙을 한 터라 얼굴이 꼬질꼬질한데다 허름한 농부의 옷을 입으니 영락없는 초동이었다.

"이 정도면 누구도 나를 몰라보겠지?"

배가 고파왔다. 따뜻한 음식이 먹고 싶어 목풍아는 마을 한가운데로 걸어 들어갔다. 숨어 지내려면 건량도 푸짐하게 필요할 것이니 이참에 미리 준비해 둘 요량이었다. 그런데 마을 한가운데로 들어간 목풍아의 두 눈이 휘둥그레졌다.

벌써 마을의 담벼락에 목풍아의 인상착의가 걸린 방문이 붙은 것이다. 방문 앞에는 관원들이 신원을 확인하고 있었으며 가까운 객점에서도 말을 탄 무사들이 사람들을 검문하고 있었다.

'이렇게나 빨리?

연왕의 연락망이 이렇게 신속하리라 생각하지 못했던 터라 목풍아는 재빨리 몸을 돌려 마을 밖을 향해 달리기 시작하였다.

"야, 거기 서! 거기 서라!"

길가에서 사람들을 검문하던 사나이 하나가 목풍아를 발견하고 소리쳐 불렀다.

"제길."

목풍아는 자개바람을 일으키며 달리기 시작하였다.

"저, 저놈 잡아라."

등 뒤에서 소리치는 소리가 들리더니 말발굽 소리가 들려왔다.

'잡히면 안 돼.'

목풍아가 죽을힘을 다해 달렸으나 달리는 말을 당해낼 수 없었다. 사내가 탄 말이 목풍아를 앞질러 멈추어 섰다.

"이놈, 서라는 소리가 들리지 않더냐?"

사내의 호통에 목풍아가 달리던 걸음을 멈추었다. 날이 더운데 뛰기까지 하였으니 땀이 비오듯 흘러내렸다.

"죄송합니다, 사정이 있어서."

"사정? 무슨 사정? 혹 네가 죄인이 아니냐?"

사내가 한바탕 호통을 치더니 인상착의를 든 종이를 꺼내 들었다.

목풍아가 말했다.

"나리, 우리 엄마가 아기를 낳으려 하는데 빨리 산파를 데려가야 해요."

"뭐라구?"

"나리, 좀 도와주세요. 우리 엄마가 아기를 낳다 죽을지도 몰라요."

목풍아가 손을 모아 사정하였다.

"어디에 사는 아이냐?"

목풍아는 자신이 왔던 길을 손가락질하였다.

"저 언덕 위에 있는 집에 살아요. 나리, 빨리 산파를 데려가지 않으면 엄마가 죽을지 몰라요."

사나이는 머리를 갸웃거리다가 의심을 하였던지 손을 내밀었다.

"그럼 나와 함께 가자."

"나리가 가신다고요?"

"당장 산모를 구하기는 어려울 거다. 아이는 내가 받을 수 있으니 너는 어서 안내나 하거라. 어서 타거라."

사내가 손을 내밀었다.

목풍아는 사나이의 손을 잡고 말 등에 올라탔다. 사나이는 목풍아가 가리키는 방향으로 말을 몰았다.

잠시 후, 목풍아는 옷을 훔쳤던 농가에 도착했다. 산통이 극에 달했는지 마당까지 여인의 비명소리가 들리고 있었다. 사나이는 의심이 풀린 듯 말에서 내려 사립문에 고삐를 걸어놓은 후 목풍아의 머리를 쓰다듬었다.

"착한 아이고나. 내가 네 어머니를 구해줄 테니 너는 염려하지 말고 마당에서 기다리고 있으려무나."

"나리가 아이를 어떻게 받을 수 있어요?"

"전쟁터에서 피난하는 아낙의 아이를 몇 번 받은 적이 있단다."

사나이는 성큼성큼 걸음을 옮겨 마당으로 들어가다가 걸음을 멈추었다. 그리고 고개를 돌려 목풍아를 바라보며 말했다.

"착한 아이야. 네 이름은 뭐냐?"

"아저씨가 제 동생을 받아오시면 말해 드릴게요."

집안에서 비명소리가 들려왔다.

"그럼, 잠시 후에 보자꾸나."

사나이가 집안으로 들어가자마자 목풍아는 재빨리 고삐를 끌어 말에 올랐다. 곧 사실이 밝혀질 것이니 도망치는 수밖에 길이 없었다.

집안이 잠시 잠잠하다가 다시금 비명소리가 들려왔다. 목풍아는 조심스레 말을 몰아 대로를 따라 달렸다. 말 등에 걸린 종이에 목풍아와 일도의 인상착의가 눈에 들어왔다. 계란 같은 얼굴에 초롱초롱한 눈매가 제법 비슷하게 생겼다. 일도는 얼굴에 칼자국이 두드러져 한눈에 알아볼 수 있었다.

"정말 잘 그렸는걸? 일도는 인상착의가 정확해서 금방 잡힐 것 같은데 어쩌나?"

한편 아이를 받으러 들어간 사나이가 목풍아의 존재를 알게 된 것은 산모가 순산한 후 마당으로 나왔을 때였다. 말과 아이가 함께 없어진 것을 이상하게 생각한 사나이가 뒤늦게 산파를 데리고 돌아온 아낙의 남편에게 자초지종을 들은 후였다.

"저희에게는 그렇게 큰 아이가 없습니다. 나리께서 받아주신 아이가 첫애인걸요?"

뒤늦게 속은 것을 깨달은 사나이가 이를 갈았지만 이때는 어디에도 목풍아의 흔적을 발견할 수 없었나. 하시만 근방에 목풍아가 있음을 확인한 병사들의 검문은 더욱 강화되었다.

이 무렵, 목풍아는 먹거리가 든 짐을 들고 산으로 올라가고 있었다.

"아! 정말 연왕은 보통 사람이 아니야."

어제저녁 무렵에 일을 벌였는데 다음 날 아침 방이 걸리고 수색대가 검문을 시작하였다는 것은 연왕의 대처능력이 뛰어나다는 것을 반증하는 것이었다.

막북으로 물러간 원元의 잔존세력을 막기 위한 울타리로, 평생을 전장에서 살아온 군인다운 기민한 행동이 아닐 수 없었다. 사방의 대로는 검문하는 병력으로 막혀있으며, 마을마다 병사들이 투입될 것이 자명했다. 더 이상 도망칠 곳도 없는 사면초가의 상황이었다.

목풍아는 말 엉덩이를 찔러 도망치게 한 후 숨을 곳을 찾아 산으로 올라온 것이었다.

목풍아의 생각으로는 어차피 붙잡히게 되어 있는 결과였다. 그러나 일개 잡병들에게 잡혀서 죄인처럼 끌려가는 것보다 연왕부 정문에서 내가 목풍아올시다 하며 당당하게 잡히는 것이 목풍아가 생각하는 그림이었다.

연왕이 사람 보는 재주가 있다고 익히 들은 터. 일찍이 대희루에서 오가는 사람들의 이야기를 종합해보면 연왕은 죽음과 삶, 둘 중의 하나를 선택할 기로에 놓여있었다.

1년 전 명나라를 세운 홍무제가 타계하자 황태자 주윤문이 건문제로 즉위하였다. 건문제의 즉위는 또 다른 혈연 간의 갈등을 가져왔다. 건문제가 즉위한 지 3개월 후 주왕周王 주수가 체포되어 운남으로 유배되었고, 올해 4월에 제왕齊王 주부朱傅와 대왕 주계朱桂가 폐서인 되고 말았다. 이에 불안을 느낀 상왕 주백朱柏은 절망하여 분신자살하고 민왕 주편朱楩은 장주로 유배되었다. 각지의 번왕들이 왕호를 박탈당하고 종신 금고 혹은 폐서인이 되었다가 사형을 당하는 현상은 목풍아에게 이 시대가 전한前漢 초기의 상황으로 되돌아갔음을 말해주는 것이었다.

전한 초기, 한의 황실을 굳건히 하기 위해 수많은 번왕들이 차례로 죽음을 당하였다. 한고조인 유방 사후에 벌어진 일이었지만 장량과 소하를 제외한 개국공신들은 처참한 말로를 맞이하였다.

토사구팽兎死狗烹의 고사는 홍무제 때에도 수없이 일어났던 일이지만 아직도 명의 황실권력이 굳건하게 자리를 잡지 않았기에 또 다른 토사구팽이 반복되고 있는 것이다. 번왕이 된 삼촌들을 하나 둘 제거하고 있는 천자가 노리는 사냥감은 누가 될지 뻔했다. 천자가 노리는 사냥감은 연왕 주체였다. 이제 선택의 여지는 없었다. 연왕은 스스로 죽지 않으면 황제를 죽일 수밖에 없는 절박한 상황에 이른 것이다.

목풍아는 오랫동안 중원의 상황을 예의주시하고 있었다. 아버지의 말마따나 시대는 난세였다. 명이 세워진 지는 오래지만 이 정권이 얼마나 오래갈지는 누구도 장담할 수 없었다.

천자와 연왕, 둘 중의 승자가 천하를 차지할 것이다. 아버지가 기다리라는 시기는 ㄱ 이후였다. 하지만 ㄱ 시기가 언제 올지 누가 예측할 수 있겠는가? 목풍아는 강태공처럼 기다릴 수가 없었다. 기다리지 않을 바에는 스스로 바꾸는 것이 옳은 일이라 목풍아는 생각하였다.

구슬은 하나, 용은 두 마리
바람은 한 마리의 용을 선택하였네.
용은 바람을 타지 않고 구슬을 잡을 수 없나니
그 바람이 누구인가? 바로 목풍아라네.

목풍아는 태평스럽게 노래를 부르며 한낮의 더위가 푹푹 찌는 산길을 올라갔다.

"세상일이 내 맘대로 되는 것이 없다더니, 정말 어렵네. 어려워."

목풍아가 한숨을 내쉬었다. 그날 일도가 수면제를 넉넉히 준비해 왔다면 연왕부 앞에서 멋지게 잡히는 목풍아의 계획은 보기 좋게 성공했을 지도 몰랐다.

건장한 무사들이 소량의 수면제를 먹었으니 상대적으로 의식이 빨리 돌아왔을 것이다. 그들의 대처가 기민하게 이루어졌을 것이니 바로 거기에서 목풍아의 계획이 뒤틀어진 것이다.

어찌 되었건 이제는 되돌릴 수도 없는 일이 되었다. 수색이 잠잠해질 동안 깊은 산에서 너구리처럼 숨어 지내는 처지가 되었으니 심사가 편치만은 않았다.

"어쨌거나 연왕이 보통 인물이 아니라는 것은 증명이 되었군. 문제는 연왕이 내 능력을 알아보느냐 마느냐인데……, 하긴 연왕이 내 능력을 알아보지 못할 정도의 인물이라면 연왕에게 인생을 건 것 자체가 패착이지. 사람을 못 본 내가 문제이니 죽어도 누굴 탓하겠나."

나뭇꾼이 다니던 작은 길도 얼마 가지 않아 끊기고 목풍아는 얼마간 쉴 곳을 찾기 위해 잡목과 수풀을 이리저리 피하여 산으로 올라갔다. 무더운 여름이라 오랫동안 산을 헤매었더니 숨이 허리까지 찼다. 땀이 등줄기를 타고 흘러내리고 목이 턱턱 막혔다.

목풍아는 허리춤에서 보자기 하나를 풀었다. 객잔에 들렀을 때 사온 음식들이었다. 더위에 상하기 쉬워서 건량과 육포로만 챙겨놓았다. 술도 세 병 정도 있었으나 이 더위에 술을 먹으면 갈증만 더할 뿐이다. 목풍아는 육포를 입에 넣고 씹었다.

"젠장, 젠장."

물이 먹고 싶은데 물이 없다. 육포를 씹을 때 나오는 침도 한계가 있어서 목구멍으로 시원한 물 한 잔이 절실하였다. 솔잎이라도 씹어 먹어야겠다 생각하던 찰나에 목풍아의 귀에 찰찰거리는 물소리가 들려왔다.

"사람이 죽으라는 법은 없구나."

목풍아는 자리에서 벌떡 일어나 물소리가 들리는 곳을 향해 걸음을 옮겼다. 길도 없는 수풀을 헤치며 얼마나 갔을까? 미끈하게 솟아난 커다란 바위 벼랑 아래로 맑은 물이 흘러내려 오는 작은 도랑을 발견할 수 있었다. 목풍아는 도랑에 엎어져 벌컥벌컥 물을 들이켰다. 갈증이 심해서였는지 물맛이 달디 달았다.

"히유, 살았다."

고개를 들어 안도의 한숨을 쉬고 바라보니 물줄기가 벼랑 아래에서 흘러나오고 있었다. 벼랑 아래에 커다란 돌무더기가 많았는데 벼랑이 무너지며 커다란 바윗덩어리들이 얽히고설킨 듯 보였다. 주위를 둘러보니 수풀 사이로 건물 하나가 눈에 들어왔다.

"이런 산중에 웬 집이지?"

목풍아는 조심스럽게 건물로 다가갔다. 수풀이 무성한 벼랑 옆에 비라도 내리면 무너져 내릴 것 같은 작은 묘당이 하나 있었다. 묘당 앞에는 이끼 낀 나무 표석이 있었는데 조악한 글귀 몇 줄이 이끼 속에 모습을 드러내고 있었다.

목풍아는 표석의 이끼를 드러내었다. 비를 맞고 이끼에 잠식당해 훼손된 글자가 많았지만 전체적인 내용을 이해하는데 어려움은 없었다. 표석에는 명초에 마지막까지 저항하던 백련교白蓮敎의 잔당이 막북漠北으로 도망가던 끝에 이곳 묘탑산杳塔山에서 공격을 받아 수없이 죽었으며 그때 죽은 사람들의 혼을 기리기 위해 비문을 만들었노라고 쓰여 있었다.

나무껍질로 너와를 이어 만든 작은 묘당은 목풍아가 쉬기에는 안성맞춤이었다. 등 뒤의 벼랑이 바람을 막아주어 아득하고 가까운 곳에 물이 있어 며칠을 숨어 지내는 데는 그만이었다.

　"이런 산중에서 어떻게 밤을 지새우나 걱정했는데 역시 나는 운이 좋은 사람이란 말이야."

　한동안 어지러운 묘당 안을 청소하자 제법 아늑한 장소가 되었다. 너와 군데군데가 썩어 빛이 새어 들어왔지만 그래도 좋았다. 육포와 술 한 병을 꺼내 들고 시원한 묘당 안에서 먹고 마셨다. 취기가 동하니 노래가 절로 나왔다.

　구슬은 하나, 용은 두 마리
　바람은 한 마리의 용을 선택하였네.
　용은 바람을 타지 않고 구슬을 잡을 수 없나니
　그 바람이 누구인가? 바로 목풍아라네.

　"와하하하."

　목풍아는 한동안 크게 웃다가 길게 하품을 하였다. 하룻밤 낮을 쉬지도 못 한 터에 취기 때문인지 나른하게 졸음이 밀려왔다. 목풍아는 술병을 든 채로 스르르 잠이 들고 말았다.

　꿔릭―― 꿔릭―― 꿔릭―― 꾸르르르――――

　목풍아는 눈을 번쩍 떴다. 어디선가 이상한 소리가 들려오고 있었다. 천천히 몸을 일으켜 주변을 살펴보니 아무것도 없었다. 그러나 그 기괴한 소리는 계속해서 들려오고 있었다.

비둘기 울음소리 같기도 하고, 개구리가 우는 소리 같기도 하고, 짐승이 우는 소리 같은, 아니 세 가지 소리를 합쳐 놓은 듯한 그 소리를 인적도 없는 산중에서 홀로 듣고 있으려니 등줄기에서 소름이 끼쳤다. 한참을 멍하니 듣고 있자니 낙엽을 가르는 소리가 들렸다. 예민해져 있던 목풍아가 자리에서 벌떡 일어났다.

"이것이 무슨 소리지?"

불길한 마음에 다 떨어져 가는 묘당 문을 잡고 좌우를 두리번거렸다. 해가 져서 칠흑 같은 밤이라 눈앞조차 분간이 되지 않았다. 이상한 소리가 계속되었다. 수색을 나온 병사들의 소리는 아닌 것 같고, 그렇다고 짐승의 소리는 더욱 아닌 것 같았다.

"이상한 일이군? 술이 덜 깨어 헛것을 들었는가?"

목풍아는 묘당을 문을 꼭 닫고 눈을 감았다. 이상한 소리는 그치지 않았다.

잠을 이루지 못하던 목풍아는 날이 허옇게 밝아올 무렵 선잠이 들었다가 해가 중천에 떴을 때 잠을 깨었다. 육포를 우적우적 씹다 보니 목이 말랐다.

묘당을 나오니 염천의 태양이 내리쬐고 있었다.

"아! 날씨 좋구나."

수색하는 병사들의 진이 빠지기 좋은 무더운 날씨였다. 목풍아는 천천히 샘물이 있는 곳으로 가서 물을 마시기 위해 머리를 기울였다.

뀌릭-- 뀌릭-- 뀌릭-- 꾸르르르---- 꾸꾸꾝---- 꾸르르르

르－－－－－

또다시 이상한 소리가 들려왔다. 하던 동작을 멈추고 가만히 소리
가 나는 곳으로 돌아보니 벼랑 아래 돌무더기가 보였다. 돌무더기에
생긴 작은 구멍에서 들리는 소리 같았다.

"짐승이 있나?"

목풍아가 천천히 걸음을 옮겼다. 돌산이 무너져서 생겨난 작은 구
멍을 물끄러미 내려보던 목풍아는 고개를 숙여 귀를 기울였다.

뀌릭－－ 뀌릭－－ 뀌릭－－ 꾸르르르－－－－

이상한 소리는 이곳에서 시작되고 있었다. 참으로 이상한 소리였
다. 비둘기소리와 개구리소리를 섞어놓은 듯한 기이한 소리였다.

"바람소리는 아닌 것 같고, 짐승의 소린가?"

목풍아는 뻐끔한 구멍 옆의 작은 돌덩어리를 하나씩 치웠다. 돌덩
어리 몇 개를 치워내니 바윗 틈으로 뻐끔한 구멍이 생겨났다. 사람
하나가 겨우 들어갈 만한 작은 구멍이었다. 구멍 안에서 시원한 바람
이 불어나왔다. 구멍 뒤편에 넓은 공간이 있는 것 같았다.

'시원하네. 아마도 바람이 만든 소린가보다. 날이 더우면 여기서
피서나 할까 보다.'

목풍아는 도랑에서 샘물을 마신 후 묘당으로 돌아왔다.

신경 쓸 일도 많은데 쓸데없는 호기심으로 시간을 낭비했다는 자
책이 들었다.

묘당에 걸어놓은 건량을 씹던 목풍아는 산 위로 올라갈 생각을 하
였다. 마시던 술병의 술은 버리고 도랑의 샘물로 가득 채운 후 목풍
아는 산정으로 올라갔다.

쉼 없이 땀을 흘리며 산정으로 올라가던 목풍아는 그늘진 소나무 등걸에 앉아 쉬었다. 소나무를 스쳐 가는 바람이 이마의 땀을 식혀주었다.

목풍아는 숲 아래 망망한 대지를 바라보았다. 염천 더위에 뿌옇게 보이는 젖빛 대지가 산 아래 아스라이 펼쳐져 있었다.

중원.

고금의 영웅들이 자신의 뜻을 펼치던 대지. 수많은 영웅호걸들이 사슴을 쫓아 생사를 겨루던 전장. 대지를 질타하며 얼마나 많은 영웅들이 뜻을 이루기 위해 생사를 걸었던가. 뜻을 이룬 자와 이루지 못한 자. 그들의 넋과 한이 서린 대지는 오늘도 무심하게 그 자리에서 새로운 영웅을 기다리고 있었다.

목풍아는 깊은숨을 들이쉬었다.

"화살이 멀리 나가려면 시위도 크게 당겨야 하는 법. 뜻을 이루기 위해서는 인고忍苦의 시간은 당연한 것이 아닌가."

대희루를 손에 넣기 위해 2년의 시간을 허비한 것에 비하면 이번 일은 속성이었다. 하지만 그 시간만큼 위험부담이 컸다. 목숨을 걸어야 할 만큼 말이다. 목풍아는 다행스럽게 연왕부 군사들의 수색을 피해 묘탑산에 몸을 숨길 수 있었지만 일도가 걱정이었다.

"내가 연왕을 만나기 전까지 잡히지 않으면 좋으련만……."

후속 수단을 써 놓긴 하였지만 일도가 연왕에게 목숨을 부지할 수 있을지가 걱정이었다.

이 무렵, 연왕부의 내실에서는 연왕과 환관 하나가 밀담을 나누고 있었다.

"아직 그 맹랑한 녀석을 사로잡지 못했나?"

"송구합니다."

"호위무사의 말에 의하면 머리가 아주 비상한 놈이라면서?"

"예, 그렇다 합니다. 경서와 춘추를 보지도 않고 술술 외운다고 하더군요."

"그놈이 쓴 시를 보았나?"

"예, 그 시를 보니 제갈량의 시가 생각났습니다."

"제갈량의 시? 어떤 내용의 시인지 궁금하군."

大夢誰先覺　큰 꿈을 누가 깨울 것인가

平生我自知　일평생 나는 스스로 알고 있었지

草堂春睡足　초당의 봄잠을 늘어지게 잤어도

窓外日遲遲　창밖의 해는 더디더니 가는구나

시를 외우던 환관이 고개를 숙이며 연왕에게 말하였다.

"촉한의 소열제 유비가 제갈량을 얻기 위해 양양 융중의 초당으로 발걸음을 했을 때 세 번이나 찾아온 유비를 문밖에 세워두고 잠에서 깬 제갈량이 읊었던 시입니다. 제갈량이 자신을 써줄 현명한 군주를 오랫동안 초려에서 기다리고 있지만 그 사람은 오질 않고 시간은 더디게 가서 안타깝다고 말하는 내용이지요. 이 시의 뜻을 알아챈 유비는 제갈량을 수중에 넣을 수 있었지요."

"그렇다면 놈이 쓴 시가 자신을 써 달라는 내용이란 말인가?"

삼십 대 초반쯤 되어 보이는 환관이 고개를 숙였다.

"목풍아가 벽에 남긴 시를 살펴보면 그렇습니다. 둘째 구에 바람의 뜻은 용이 하늘로 오르는 것을 돕는 것이라고 하였습니다. 이 뜻이 무엇이겠습니까?"

연왕이 흡족한 얼굴로 말했다.

"그렇다면 놈의 최종 목적은 소천이 아니라 바로 나라는 거로군."

"네, 놈은 맹랑하게도 공주님을 이용하여 대왕을 시험하고 있는 것입니다."

"볼수록 맹랑한 놈이군. 감히 나를 시험하다니……."

"머리가 좋은데다가 배포까지 담대한 녀석 같습니다. 삼십여 명이나 되는 호위무사들을 속인 기지도 그렇고, 시로서 대왕님을 시험하는 배포도 그렇고……."

연왕이 정화의 얼굴을 바라보며 말했다.

"네 말을 들으니 그놈이 보고 싶군. 병사들에게 아직 소식이 없는가?"

"아직……."

그때 병사 하나가 급하게 들어와 무릎을 꿇고 말했다.

"전하, 목풍아의 부하가 사로잡혀 방금 왕부로 데리고 들어왔다는 전갈이 왔습니다."

"목풍아는?"

"회풍回風 마을에서 놓쳤다는 보고가 들어왔습니다."

"놓쳤다고?"

"예, 회풍 마을에서 검문을 하던 병사가 그놈의 계교에 속아 말을 빼앗겼는데 얼마 후에 검문을 하던 병사가 그 말을 발견했습니다. 말 등에 있는 목풍아의 수배지에 시 한 줄이 쓰여 있어 가져왔습니다.”

병사는 품속에서 종이 하나를 꺼내 환관에게 올렸다. 환관이 수배지를 다시금 연왕에게 건네었다. 연왕이 목풍아의 수배지에 두 줄로 쓰인 시를 물끄러미 바라보았다.

義軒遠矣悲何極 희헌원의비하극

太風不見心自傷 태풍불견심자상

복희씨伏羲氏 헌원씨軒轅氏의 태평한 상고시대上古時代는 멀다.

슬픔이 어찌 끝이 있으랴.

큰바람을 보지 못하니 마음 스스로 상하는구나.

목풍아의 화상畵像 앞에 쓰인 시를 보던 연왕이 환관에게 수배지를 건넸다.

“맹랑한 놈이군. 자신을 모셔 가면 태평한 상고시대를 열 수 있는데 내가 이 맹랑한 놈의 마음을 알아주지 않아 슬프다니. 이놈은 이 연왕이 소열제昭烈帝-유비가 제갈량에게 그랬던 것처럼 자기를 모시러 오기를 바라는 것인가?”

정화는 바닥에 부복해 있는 병사를 물러가도록 하고 연왕에게 말하였다.

“옛말에 하나를 보면 열을 안다 하였습니다. 그놈의 행적과 이 시를 보면 초야에 묻혀 있던 인재가 틀림없습니다. 아무래도 전하께서 수배를 푸시고, 연왕부로 올라오라는 방문을 다시 써서 붙이는 것이

상책이라 생각됩니다."

"무슨 소리? 나는 그럴 생각이 없어."

"소열제는 인재를 만나면 몸을 숙이는 수고를 아끼지 않았습니다. 지금은 전하께서 자신을 드러낼 시기가 아닙니다. 몸을 숙여 인재를 포용하실 때입니다."

연왕은 고개를 내저었다.

"그놈이 제갈량이 아니듯, 나 역시 소열제가 아니야. 놈이 바라는 대로 순순히 들어줄 수는 없지. 내 뜻을 알겠나? 정화."

정화라는 환관이 고개를 숙였다. 정화는 연왕부 환관의 우두머리로 연왕을 최측근에서 보필하는 수뇌부이며 오른팔이라 할 수 있었다. 그는 홍무 4년1371 운남의 곤양昆陽에서 태어났다. 본래 이름은 마삼화馬三和였는데 홍무 16년, 명의 운남 토벌군에 의해 12세에 거세당하여 선리품으로 연왕 주제에게 헌상된 인물이었다.

연왕이 재능과 능력을 높이 사서 정화라는 이름을 지어줄 정도로 신뢰하는 인물이었다. 정화는 연왕이 강경한 태도로 나가자 연왕의 체면을 세우면서 목풍아를 포섭하는 계책을 생각할 수밖에 없었다.

"그럼, 저는 물러가 보겠습니다."

"좋아, 목풍아 문제는 네게 일임하겠다. 내가 원하는 것은 내 머리 위에서 노는 버릇없는 천재가 아니라 말 잘 듣고 능력 있는 부하다. 목풍아란 놈을 고분고분한 강아지로 만들어서 데리고 와라."

"네."

정화는 내실에서 나오기 무섭게 금부의 역리들을 불러들였다. 생각해보면 연왕에게 한고조 같이 너그러운 마음을 기대하기는 글렀다. 출생부터 한고조와 달랐으며 기질이 거세 남의 비위를 맞추거나 남의 밑에 들어가는 것을 싫어하였다. 누군가에게 명령을 받거나 휘둘림을 받는 것을 싫어하기에 한고조나 소열제 같은 너그러움을 기대하기는 무리가 있었다.

지금 가장 시급한 일은 최대한 신속하게 군사를 풀어 목풍아의 움직임을 봉쇄하는 일이었다. 목풍아가 마음을 돌려 남경으로 가버린다면 연왕으로서는 인재 하나를 잃어버리는 손실을 입는 것이요, 훗날의 화근을 키우는 결과를 낳을지도 몰랐다. 건곤일척의 승부를 앞둔 마당에 능력 있는 인재를 적으로 삼는 것보다 어리석은 일은 없으니 말이다.

무엇보다 연왕은 목풍아보다 우위에 서고 싶어 했다. 연왕이 우위에 서기 위해서는 목풍아를 굴복시켜야 했다. 그러기 위해서는 목풍아를 사로잡는 것이 모양새가 있었다. 반드시 목풍아를 사로잡아 끌고 와야 연왕이 체면을 세울 수 있는 것이다.

금부관원들이 들어오자 정화는 전후사정을 들은 후 지도를 펼쳤다. 연왕이 맡고 있는 순천부가 그려진 지도를 바라보던 정화는 회풍현을 가리켰다.

"이곳에서 목풍아를 마지막으로 보았다 하였나?"

"그렇습니다."

"빼앗긴 말이 발견된 지점은?"

"오십 리 밖에 있는 상목현桑木縣입니다."

"길목은 철통같이 지키고 있겠지?"

"예, 고을과 고개, 길목마다 병사들을 풀어 검문을 하고 있습니다.

고을마다 철통 같은 경계를 취하고 있기 때문에 개미새끼 한 마리도 빠져나갈 수 없을 정도입니다."

"그래? 그렇다면 놈이 숨어 있을 만한 곳은 이곳밖에 없겠군."

정화는 회풍현과 상목현 가운데 있는 묘탑산을 가리켰다.

"묘탑산을 샅샅이 뒤져라. 놈은 이 산에 숨어 있을 것이다. 반드시 사로잡아야 한다. 털끝 하나 다쳐서는 안 된다. 알겠느냐?"

"네, 그런데 목풍아의 부하라는 놈은 어떡할까요?"

정화가 피식 웃었다.

"털끝 하나 건드리지 말고 놔둬라."

"예?"

놀란 눈으로 정화를 바라보는 금부관원을 향해 정화는 뜻 모를 미소를 지었다. 천자가 될지 모르는 호걸과 승상이 될지 모르는 천재의 만남. 정화는 왠지 모를 호기심이 솟았다. 정화는 갑자기 묘탑산으로 가서 목풍아라는 사내를 만나고 싶은 마음이 들었다.

"아무래도 내가 가야겠다. 말을 준비하라 일러라."

다음 날, 환관 정화는 군사들을 이끌고 묘탑산으로 왔다. 묘탑산은 골이 깊지 않고 그리 높지도 않은 작은 산이었다. 산 위에 삐죽삐죽 솟아오른 바위가 탑과 같이 생겨서 사람들이 묘탑산이라 부르는 모양이었다.

정화는 깊게 패인 눈으로 금부관원이 가져온 지도를 바라보면서 생각에 잠겼다. 회풍현에서 목풍아에게 빼앗긴 말이 상목현에서 발견되었고, 길목마다 병사들이 검문을 하고 있었다면 목풍아가 숨을 곳은 묘탑산밖에는 없었다.

정화는 탑을 쌓아놓은 듯한 묘탑산을 올려다보았다. 무수한 생각들이 교차하였다.

'목풍아는 저곳에 앉아 무슨 생각을 하고 있을까? 자신이 계자추介子推인양 착각하여 진晉나라 문공이 그랬던 것처럼 연왕이 애타게 불러주길 기다리는 것일까? 이곳에서 그를 정중하게 부르면 당장 어슬렁거리며 웃는 모습으로 나타나겠지? 그러나 연왕이 원하는 것은 고분고분한 강아지. 목풍아의 기를 살려놓기에는 연왕의 자존심이 용납지 않을 것이다. 독 안에 든 쥐에게 사정할 수는 없는 일이지. 어차피 가진 식량도 얼마 되지 않을 것이니 내 패가 절대적으로 유리하다. 좋은 패를 들고 꿀릴 수는 없는 일이지. 사나운 말을 고분고분하게 길들이기 위해서는 강수를 두는 수밖에.'

정화는 데려온 부장들을 막사로 집결시켰다. 파견된 군사들의 우두머리들이 속속들이 막사로 들어오자 정화는 명령을 내렸다.

"오늘 나는 전하의 명을 받고 한 사람을 사냥하러 이곳에 왔다. 그놈은 맹랑하게도 공주님을 희롱하고 전하를 욕되게 한 놈이다. 산에 숨어 있는 것이 확실하다. 제군들은 일렬로 열을 지어 흩어지지 말고 풀뿌리 하나 돌멩이 하나까지 샅샅이 수색하도록. 사냥을 하는 것이니 동물들을 사냥하는 것은 허용한다. 그러나 사람이라면 털끝 하나 다치지 않게 사로잡도록 하라."

명령이 떨어지자 군사들이 산 아래에서 대열을 이루어 호각을 부르고 징을 치며 묘탑산을 오르기 시작하였다.

"와아아――."

이만 명의 군사들이 일제히 소리를 지르자 묘탑산이 쩌렁쩌렁 울렸다. 새가 놀라고 노루가 뛰었다. 토끼, 오소리, 승냥이, 여우, 멧돼지 할 것 없이 묘탑산의 풀숲이며 바위 아래에 숨어 있던 온갖 짐승들이 놀라 뜀을 뛰며 어쩔 줄을 모르고 허둥거렸다. 공식적으로 사냥대회였기 때문에 숲을 날뛰던 동물들은 군사들의 손에 차례로 사냥감이 되었다.

목풍아 한 사람 덕에 죄 없는 묘탑산의 짐승들이 화를 입게 된 것이었다. 짐승들은 살기 위해 산 위로 뛰어올랐다.

묘당의 그늘에서 늘어져 있던 목풍아도 소리에 놀라 자리에서 벌떡 일어났다. 놀란 짐승들이 앞다투어 산 위로 뛰고 뒤를 따라 올라오는 함성소리와 호각소리에 목풍아도 정신이 번쩍 들었다.

"정말 무식하기 짝이 없는 연왕이구나. 이 목풍아를 사냥감으로 생각했단 말인가?"

제갈량을 모시기 위해 삼고초려한 유비 정도는 아니더라도 개도적이나 짐승흉내쟁이까지 능력이 있다고 뽑아들이는 맹상군 정도는 되리라 생각했던 예상은 완전히 빗나가고 말았다.

목풍아는 건량을 싸들고 벌떡 일어났다. 이대로 군사들에게 사로잡힌다면 그야말로 사로잡힌 사냥감 신세를 면치 못한다. 이것은 연왕과의 도박이었다. 두 사람의 기세의 싸움이었다. 이렇게 사로잡히게 된다면 연왕에게 휘둘리는 신세를 면치 못한다. 그것은 목풍아가 바라던 바가 아니었다. 이왕이면 다홍치마라고 목풍아는 인재로 대접받으며 중용 받고 싶었다.

산 아래에서 군사들이 일렬로 대오를 맞춰 창으로 수풀을 휘저으며 올라오고 있는 것이다.

"사면초가四面楚歌가 따로 없구나."

산정에 올라갔을 때 몸을 숨길 만한 곳을 찾아보았던 목풍아였다. 그러나 산 위로 올라갈수록 바위산이라 목풍아가 몸을 숨길 만한 곳은 찾을 수가 없었다. 아무리 생각해보아도 몸을 피할 곳이 여의치 않았다.

"아! 이대로 목풍아가 연왕의 허수아비가 되는 것인가?"

눈앞이 암담하여 목풍아는 바닥에 털썩 주저앉았다. 목풍아의 뇌리에 문득 한 가지 생각이 떠올랐다.

목풍아는 이상한 소리가 들려오던 바위 구멍이 생각났다. 시원한 바람이 나오던 구멍. 작은 돌을 치우면 몸을 숨길 수 있을 것 같았다. 과연 목풍아의 짐작은 들어맞았다. 구멍 주변의 돌을 치우니 가슴이 들어갈 만한 구멍이 있었다. 절벽에서 굴러떨어진 바위들이 자연적으로 있던 동굴 입구를 막은 것이었다.

병사들의 고함소리가 가까워지자 목풍아는 얼른 구멍 안으로 기어들어갔다. 딱 한 사람이 들어갈 만한 구멍이라 애벌레처럼 기어가다 보니 구멍이 점점 넓어졌다.

"하늘이 무너져도 솟아날 구멍이 있다더니 하늘이 나를 도왔다. 이렇듯 위급한 순간에 도망칠 곳이 생기다니. 이 목풍아의 운은 정말 질기다니까."

목풍아는 근처에 있는 바위로 구멍을 막았다. 구멍에서 흘러나오는 빛이 없어지자 눈앞을 분간하기 어려울 정도로 어두워졌다. 다행히 얽히고설킨 바위틈에서 흘러나오는 가는 빛 때문에 동굴의 천장이 흐릿하게 보였다.

'지금쯤 군사들이 빈손으로 허탈하게 산 아래로 내려가고 있겠지?'

웃음이 절로 나왔다. 묘당 벽에 남긴 시를 본 연왕의 표정이 궁금했다.

'내가 그렇게 신호를 보내었건만 토끼몰이를 하다니, 연왕은 인재를 보는 눈이 없는 것일까? 내가 사람을 잘 못 본 것일까?'

목풍아는 한숨을 내쉬었다.

홍무제의 뒤를 이어 황제가 된 건문제 주윤손은 연약한 인물이었다. 아직도 명나라의 기틀이 잡히지 아니한 시기에 학자들의 손아귀에서 힘을 펴지 못하는 황제는 목풍아가 바라는 이상적인 군주가 아니었다.

목풍아는 제갈량이 소열제昭烈帝를 만나지 않고, 스스로 조조를 만나러 갔다면 천하통일의 위업을 이룰 수 있었으리라 생각하였다. 돗자리나 짜는 빈천한 소열제에게 의탁하여 천하의 기재가 허무하게 생을 마감한 것을 보면 스스로의 운은 스스로가 개척해야 하는 것이라 생각했다. 그래서 목풍아는 연왕을 찾아 길을 떠났던 것이다. 뜻밖에 연왕의 딸 주소천을 만난 것은 목풍아에게 행운이라 할 수 있었다. 주소천을 통해 목풍아가 뛰어난 지략과 권모술수가 있다는 것을 우회적으로 보여줄 수 있었기 때문이었다.

연왕이 큰 인물이라면 응당 정중하게 인재를 모실 것이라 생각했지만 모든 정황이 그와는 반대로 흘러가고 있었다.

'묘당 벽에 남긴 시를 보고도 토끼몰이를 하는지 두고 보자.'

이 무렵, 사냥을 빌미로 묘탑산을 구석구석 수색했던 군사들이 산을 내려와 정화에게 보고하였다.

"상공의 말씀처럼 사람이 있던 흔적은 있었습니다."

"흔적이 있었는데 사람은 없더란 말이냐?"

"예."

"자세히 말해보라."

"묘탑산의 벼랑 아래에 허물어져 가는 작은 묘당이 하나 있었습니다. 그곳에서 사람의 흔적을 발견하기는 하였습니다만 주위에 사람이라곤 찾아볼 수 없었습니다. 묘당 벽에 글이 하나 적혀 있어 베껴왔습니다."

병사가 품속에서 종이를 꺼내어 정화에게 건네었다.

主失烏雛沈烏江　주인 잃은 오추마는 오강에 잠기고

白樂不顧千馬藏　천리마는 백락을 만나지 못하여 숨는다.

山東燕京咫尺間　산의 동쪽 연경이 지천간이건만

吐哺握發無周公　인재를 찾던 주공은 어디에도 없네.

시를 읽던 정화의 손이 떨리고 있었다.

토포악발吐哺握發이란 주공周公이 인재를 맞이할 때의 태도를 말함이다. 인재가 찾아오면 식사를 하다가도 뱉어내고, 머리를 감다가도 머리채를 잡은 채 맞이하였다는 고사였다.

연왕이 자신의 능력을 알아주지 않아서 슬프고 안타깝다는 말이었다. 돌려 생각하면 주공만도 못한 연왕이 사람 보는 눈이 없어서 능력 있는 목풍아를 몰라주니 심히 유감스럽다는 의미였다. 한마디로 예의를 갖추어 인재를 모시기 바란다는 말이었다.

"하룻강아지 같은 놈."

정화가 시문를 내려놓고 무심하게 말했다.

"산을 다시 수색한다."

"묘탑산을 다시 수색한단 말입니까? 이만이나 되는 병력이 샅샅이 뒤졌는데도 찾을 수 없었습니다."

"이 산에 있다. 이 산 어딘가에 반드시 숨어 있을 것이다. 그자를 반드시 찾아야 하다 규사들에게 전하라 여왕께서 공의 능력을 높이 사서 중용하실 것이니 어서 나오라고. 연왕께서 모든 죄를 용서하고 크게 쓸 거라고 그렇게 소리치면 놈은 분명히 나타난다. 알겠느냐?"

"그래도 나타나지 않는다면 어찌합니까?"

"그럴 리는 없겠지만 그래도 나타나지 않는다면 불을 질러도 좋다."

"불을 말입니까?"

"묘탑산을 모조리 태워도 좋다. 묘탑산이 잿더미가 되도록 나오지 않는다면 그놈이 이미 멀리 도망갔다는 말이겠지."

"예, 명을 받들겠습니다."

금부관원이 머리를 갸웃거리며 막사를 나갔다. 이내 막사 바깥이 시끄러워지더니 다시 수색에 들어가는지 호각소리와 징소리가 요란하게 들렸다.

정화는 들고 있던 시문을 내려다보았다.

"볼수록 지모가 돋보이는 녀석이군. 쫓기는 주제에 예의를 차리라고 이처럼 격조 높게 시문을 쓰다니 정말 볼수록 대단한 놈이야. 그러나 너는 상대를 잘못 만났다.”

정화의 입가에 뱀꼬리 같은 미소가 피어올랐다.

지모가 뛰어난 자들은 왠지 껄끄러웠다. 연왕의 신임을 빼앗아갈 염려도 있고, 대립각을 세워 훗날의 정적이 될 가능성도 높기 때문이다. 상대가 열등한 자라면 상관없지만 이처럼 똑똑한 자라면 두고두고 후환거리가 될 수도 있었다.

연왕에게 목풍아는 필요한 인재이지만 정화에게 목풍아는 후환거리가 될 수 있는 인물이었다. 정화에게는 있어도 그만 없어도 그만인 존재인 것이다. 목풍아가 천자의 편에 선다면 큰 문제가 되겠지만 지금은 오갈 데 없는 사면초가의 몸이라 그럴 수도 없었다.

정화는 목풍아를 어떻게 처리할지 이미 결정을 마친 터였다. 상책은 목풍아를 죽이는 것이고, 중책은 병신으로 만드는 일이고, 하책은 목풍아를 온전하게 연왕부로 데려가는 것이었다. 연왕부로 데려간다는 것은 연왕부 내에서 껄끄러운 정적을 만드는 꼴이고, 병신을 만드는 것은 손빈과 방연의 고사처럼 훗날의 후환거리를 만드는 꼴이었다. 결론은 목풍아를 죽이는 것이 가장 깔끔한 일이었다.

연왕이 문책하더라도 이 시를 보이며 이미 목풍아가 연왕에게 마음이 떠났노라 간단히 설득시킬 수 있었다.

“쥐새끼, 꼭꼭 숨어 있어라. 나에게 발견된다면 이곳이 네 무덤이 될 것이다.”

정화는 시문을 탁자 위에 내려놓고 차가운 미소를 흘렸다.

동굴 바닥에 누워있던 목풍아는 몸을 벌떡 일으켰다.

"이게 무슨 소리지?"

목풍아는 서둘러 동굴을 막고 있던 돌덩이를 치우고 바깥으로 귀를 기울였다. 병사들이 외치는 소리 같았다. 목풍아는 몸을 숙여 구멍으로 기어나갔다. 이내 밝은 입구가 나타났다. 조심스레 구멍바깥으로 고개를 내밀어 보니 멀리에서 병사들의 소리가 들렸다.

연왕께서 공의 능력을 높이 사서 중용하실 것이니 어서 나오십시오. 연왕께서 모든 죄를 용서하고 크게 쓰겠다 하셨습니다. 어서 나오십시오.

"진작에 그럴 것이지."

목풍아는 흐뭇한 마음에 동굴 밖으로 기어 나오다가 생각하였다.

"가만, 가만, 이건 아니지. 이 순간을 기다렸던 것처럼 홀딱 나가면 모양새가 빠지잖아. 건량이 하나도 없는 것도 아니고 하루 정도는 여유가 있잖아. 밥이 되려면 뜸을 들여야 하는 것처럼 하루쯤 애를 태웠다가 천천히 나가야지 이 목풍아가 더욱 돋보이지 않겠어?"

내일 아침 뜨는 해와 함께 내려가리라 마음을 정한 목풍아는 몸을 숙여 구멍 속으로 기어들어갔다. 어쨌거나 하룻밤만 동굴 속에서 보내면 그토록 바라던 연왕을 만날 수 있게 되는 것이다.

육포를 질금질금 씹으며 동굴 속에서 누워있노라니 온갖 아름다운 상상이 머릿속에서 일어났다. 연왕과 만나 작금의 정세를 논하고, 목풍아의 뛰어난 머리에 감탄한 연왕이 큰 벼슬을 내리는 그런 꿈같은 상상 말이었다. 행복한 상상에 잠겨있던 목풍아는 몸이 나른하고 눈꺼풀이 무거워지는 것을 느꼈다.

"한잠 자고 일어나서 연왕에게 가는 거다."

목풍아는 행복한 미소를 지으며 스르르 잠이 들었다.

꿔릭―― 꿔릭―― 꿔릭―― 꾸르르르――――

목풍아는 두 눈을 번쩍 떴다. 깜깜한 어둠 저편, 깊은 동굴 속에서 이상한 소리가 들려왔다. 목풍아는 소름이 끼쳤다.

눈앞이 보이지 않는 어둠 속에서 몇천 년을 살아온 괴물이라도 있다면 큰일이 아닌가. 아니, 여긴 백련교도들이 싸우다가 죽은 곳이었으니 한을 품고 죽은 귀신들이 내는 소리인지도 몰랐다.

"이, 이젠 나가야겠다."

목풍아는 머리를 숙여 구멍으로 기어갔다. 조심스레 바깥으로 고개를 내밀어 보니 밤이 깊어 교교한데 어디선가 찰찰거리는 물소리만 들려올 뿐이다.

구멍을 나와 온몸에 묻은 먼지를 털고 기지개를 켰다.

"기분 나쁜 동굴보다 묘당에서 지내다가 새벽녘에 산을 내려가자."

산비탈로 접어드니 눈앞이 환했다. 묘당이 붉은 불길을 일으키며 맹렬하게 타고 있었다. 묘당뿐 아니라 묘탑산이 맹렬히 타오르고 있었다.

"이, 이게 대체 뭐람?"

매캐한 연기가 바람을 타고 올라왔다. 후끈한 열기가 목풍아의 얼굴을 스치고 지나갔다.

"왜? 왜 불을 낸 거지?"

머릿속이 혼란스러웠다.

'진문공은 계자추를 불러내기 위해 회유를 거듭하다가 마지막 수단으로 산에 불을 질렀다. 연왕이 나를 불러내기 위해 불을 질렀다면 이건 너무 이상하지 않은가?'

계자추의 경우와 목풍아의 경우는 달랐다. 전자는 벼슬을 하기 싫다고 은거한 계자추를 찾기 위해 진문공이 마지막 수단으로 불을 지른 경우였다. 하지만 목풍아는 연왕에게 의탁하여 벼슬을 하고 싶다고 자천한 경우였다.

연왕이 중용할 것이라는 약속을 한 마당이니 느긋하게 목풍아를 기다리기만 하면 되었다. 연왕이 하루를 참지 못하고 일부러 묘탑산에 불을 지를 이유가 없었다. 묘탑산에 불을 질렀다는 것은 처음부터 목풍아를 제거하려고 했다는 말이 되었다. 낮에 병사들의 말을 듣고 내려갔다면 목풍아는 벌써 황천객이 되었을 것이었다.

"대체 왜 나를 죽이려고 하는 것이지?"

목풍아는 도저히 연왕을 이해할 수 없었다.

'그날 객점에서 주소천에게 한 일이 죽임을 당할 만큼 큰 죄인가? 지각이 있는 자라면 내 의도가 무엇인지 짐작할 수 있었을 텐데 이상하구나. 연왕의 수준이 이 정도밖에 안 되는가?'

승덕현에서 여행자들에게 들어왔던 연왕과는 너무도 상반된 모습이라 머릿속이 혼란스러웠다. 지금 연왕은 사느냐 죽느냐의 기로에서 있었다. 살기 위해서는 힘을 키우고 인재를 영입해야만 했다. 무예에 능한 병사들뿐 아니라 지모를 가진 선비들을 하나라도 더 자신의 수하에 들여야 했다. 그런데 도리어 인재를 제거하려는 것이라면 이것은 도저히 천자의 표적이 된 연왕의 행동이라고 볼 수 없었다. 한 가지 생각이 들었다.

'이것이 연왕의 뜻이 아니라면?'

목풍아가 연왕부에 들어와 중용되는 것을 껄끄럽게 생각하는 자라면 목풍아를 제거할 생각을 가질 수도 있었다.

'연왕이 지휘하는 것이 아니라면 충분히 가능성이 있지. 병사들을 지휘하는 자가 연왕의 신뢰를 받고 있는 지모가 뛰어난 자라면 나를 껄끄럽게 생각해서 죽일 생각을 품고 있을지도 몰라.'

목풍아는 무릎을 쳤다.

'아뿔싸. 내가 좋은 빌미를 제공했구나. 묘당에 적어놓은 시는 해석하기에 따라서 연왕에게 마음이 떠났다는 의미가 될 수 있다. 상대방이 지모가 뛰어난 자라면 충분히 내 시를 곡해하여 타당한 변명거리로 만들 수 있을 것이다. 아직 연왕부에 들어가지도 않았는데, 피지도 않은 어린싹을 떡잎만 보고 자르려 하다니……. 이거, 초장부터 살벌한데?'

묘당의 지붕이 무너지며 붉은 재가 허공으로 흩어졌다.

'오냐, 어떤 놈인지 모르지만 누가 이기는지 한번 두고 보자.'

목풍아는 마른 나무를 주워 동굴 앞으로 되돌아왔다. 이상한 소리가 들려오는 동굴 안으로 다시 들어가기 싫었지만 선택의 여지가 없었다.

내일 아침 대대적인 수색이 시작될 것이다. 잿더미가 된 묘탑산의 수색이 끝난 후, 군사들은 철수할 것이다. 이기기 위해서는 견디는 방법밖에 없었다. 쉽지는 않으리라 생각했지만 생각보다 어려웠다.

'하긴 세상일이 쉽게 되는 것이 있으랴. 칠십 년을 기다린 강태공에 비하면 아무것도 아니지.'

목풍아는 몸을 숙여 구멍 안으로 기어들어갔다. 이상한 소리는 더 이상 들리지 않았다. 밤이라 눈앞도 분간이 되지 않았다. 동굴 안에서 시원한 바람이 불어오자 기분이 으스스했다.

목풍아는 주머니에서 화섭자를 꺼내었다. 화섭자를 당기자 동굴 안의 윤곽이 드러났다. 준비해온 나뭇가지에 불을 붙이자 동굴 안이 환해졌다. 불꽃이 동굴 안에서 부는 바람으로 흔들렸다. 목풍아는 괴수의 아가리같이 깜깜한 동굴 안을 바라보았다.

'바람이 있다면 반드시 다른 쪽으로 통하는 출구가 있을지도 몰라.'

정신이 퍼뜩 들었다. 만약 다른 곳으로 통하는 길이 있다면 이 위기를 벗어날 수 있을지도 모른다. 누가 병사들을 지휘했는지 알아낸다면 정적이 누군지도 드러난다. 적을 알면 대응책을 찾기가 쉬워지니 통쾌한 반격수단을 찾아낼 수 있을 것이다.

"좋아, 죽기 아니면 까무러치기다. 한번 가보는 거야."

목풍아는 장포자락을 잘라 가져온 나무 가운데서 제법 둥치가 굵은 나무에 칭칭 감고 불을 붙였다.

"이 정도면 한두 시진 쯤은 문제없겠지?"

시커먼 아가리를 벌린 괴물 같은 동굴 속을 바라보다가 머리를 설레설레 내저었다.

'괴물이 있을 리 없다. 귀신도 있을 리 없지. 그건 단순히 바람소리인거다. 바람이 동굴 속을 빠르게 불면서 생겨나는 소리일 거다.'

목풍아는 자신의 운을 시험하기로 마음을 먹었다. 어차피 이곳에서 빠져나간다 해도 남경까지는 수많은 파수병들이 지키고 있어서 현실적으로 가기 힘든 것이 사실이다. 잡히면 죽을 목숨이었다. 불을 지른 것이 연왕의 측근 짓이라면 목풍아가 사는 길은 오직 하나, 연왕을 만나는 것이었다. 그러기 위해서는 어떤 수라도 써야만 했다.

'나는 도박에 진 것이 아니야. 운수가 약간 사나웠을 뿐이지. 이 목풍아라는 밑천이 건재한 이상, 연왕과의 한판 도박은 끝난 것이 아니라구.'

도박판에서는 누구나 푼돈을 딸 수는 있으나 큰돈은 아무나 만지는 것이 아니다. 운이 따르는 자가 만지는 것이다. 목풍아는 패를 모두 외우고 패가 돌아가는 상황을 주의 깊게 살피며 도박꾼들의 심리를 파악하였기 때문에 손쉽게 푼돈을 벌 수 있었지만 큰돈은 언제나 운이 좌우한다는 것을 잘 알고 있었다. 그렇기 때문에 밑천이 조금이라도 남아 있는 한 희망의 끈을 놓치지 않았다. 그 결과는 대희루를 손에 넣는 것으로 나타났다. 목풍아의 운수가 좋다면 대희루를 손에 넣은 것처럼 연왕의 신임을 받을 수 있을 것이다. 그렇게 되기 위해서는 위험을 감수하더라도 행동해야만 한다. 천 리 길도 한 걸음부터라는 말이 있지 않은가.

목풍아는 위풍도 당당하게 노래를 부르며 동굴 안으로 걸어 들어 갔다.

큰비 내리고 험한 바람
세상을 휩쓴 후에야
무지개 뜨고 맑은 날이 찾아온다.
목풍아의 운은
쇠심줄 같아서
밑천이 떨어지기 전엔 끝을 알 수 없다네.

동굴 속은 깊숙이 들어갈수록 점점 넓어지고 깊어졌다. 똑—똑— 떨어지는 물방울 소리가 동굴 벽을 울리었다.

울퉁불퉁한 동굴 바닥을 조심스럽게 들어가다 보니 뭔가가 발에 차였다. 불빛을 비춰보니 백골 하나가 뒹굴고 있었다. 모골이 송연하고 등줄기에 소름이 끼쳤다. 횃불을 기울여 바닥을 살펴보니 임자 없는 인골들이 무더기로 널려 있었다. 머리가 부서진 백골들, 갈비뼈가

산산이 부서진 백골들이 어지럽게 흩어져 있었다.

마른침을 꿀꺽 삼키며 마음을 진정시켰다. 백골 사이사이에 시꺼멓게 녹이 슨 칼과 창이 떨어져 있었다.

지금은 잿더미가 된 묘당의 비문 글귀가 떠올랐다.

'이들은 백련교의 사람들이로구나. 그들이 아니라면 강호의 사람이거나 관군일지도 모르지. 이렇게 어두운 동굴 속에 갇힌 채 죽어서 백골만 남았구나.'

숙연한 마음이 들었다. 인생이란 무엇인가. 무엇을 찾으러 왔다가 무엇을 찾아가는 것인가.

마음속에 품은 뜻은 누구에게나 있으련만 인적조차 없는 외진 동굴에서 뜻을 이루지 못한 채 외롭게 죽어간 백골들을 바라보니 목풍아는 무서운 마음보다 불쌍한 마음이 앞섰다. 그때 목풍아의 머릿속을 스쳐 지나가는 것이 있었다.

'출구가 없다.'

동굴이 무너지면서 살아남은 사람들은 목풍아처럼 출구를 찾아 헤매었을 것이다. 출구를 찾지 못한 사람들은 주림과 고독 속에서 하나둘 죽어갔을 것이다. 아쉬움이 가슴 가득 밀려들었다.

'결국 병사들이 철수하길 기다리는 수밖에 없구나.'

바로 그때였다.

꿔릭-- 꿔릭-- 꿔릭-- 꾸르르르---- 꾸르르륵---- 꾸륵-- 꾸륵---

동굴을 발견할 때 들었던 바로 그 소리였다. 숨을 죽이고 귀를 기울여보니 그것은 동굴 깊숙한 곳에서 들려오고 있었다.

'도대체 저 깊은 곳에 무엇이 있단 말인가? 바람소리인가? 그렇다. 바람소리인지도 모른다. 명이 건국된 지 30여 년이 지났다. 지형의 변화가 일어났을 수 있었다. 내가 이 동굴 속으로 들어올 수 있었지 않은가.'

다시금 희망이 솟아났다. 어차피 갈 곳도 없었다.

목풍아는 입을 질끈 다물고 자리에서 일어나 소리가 들리는 동굴 속으로 걸어갔다. 괴이한 소리를 따라 동굴 속을 얼마나 걸었을까. 동굴이 다시금 좁아지더니 몸을 기울여 들어갈 만한 작은 굴이 나타났다. 괴상한 소리는 그곳에서 들려오고 있었다. 목풍아는 횃불을 기울이고 몸을 숙여 작은 굴로 몸을 내밀었다.

"여긴?"

목풍아는 탄성을 질렀다. 천정이 보이지 않을 만큼 커다란 동굴이었다. 종유석과 석순들이 불빛을 받아 반짝거렸다.

"와! 정말 큰 동굴인데?"

동굴로 들어온 목풍아는 허리를 펴고 동굴의 장관에 감탄사를 연발하였다. 그때였다. 뭔가가 목풍아의 허리를 텁석 잡았다. 그와 동시에 목풍아의 몸이 허공으로 떠올랐다.

"내 거다."

괴성과 함께 시뻘건 불빛 두 개가 따라붙었다. 허공에서 쾅- 하는 폭발음이 들리며 목풍아의 몸이 바닥으로 내려앉았다. 목풍아의 허리가 풀리며 바람이 휙 하고 지나갔다.

"뭐, 뭐지?"

목풍아는 너무 놀라 바위 옆에 몸을 쪼그리고 앉았다. 깜깜한 허공

가운데에서 뭔가가 폭발하는 소리가 들리더니 잠시 후, 걸걸한 음성이 들려왔다.

"네놈에게 내놓을 수 없다."

"좋아, 그렇다면 싸워보자."

깜깜한 어둠속에서 맹렬하게 싸우는 소리가 들렸다. 아무것도 보이지 않았다. 이런 어둠속에서 무언가를 분간한다는 것 자체가 무리였다. 목풍아는 너무 놀라 엉겁결에 놓친 횃불을 찾기 위해 고개를 좌우로 돌렸다.

까마득하게 높은 절벽 위에 횃불이 걸려 있다. 누군가에 의해 저렇게 높은 곳을 내려온 것이었다. 횃불에 어스름이 보이는 것은 바람처럼 빠른 그림자 같았는데 짐승의 눈빛 같은 안광을 번쩍이며 험한 바위 이곳저곳을 엉켜서 뛰어다니다가 허공으로 솟구쳐 무서운 장력을 격출하고 있었다.

쾅ㅡㅡ

장력이 부딪히는 소리가 동굴 벽을 크게 울리었다. 두 그림자들이 한데 어울리면 큰바람이 일었다. 피부가 따끔따끔할 정도로 매서운 바람이었다. 무예가 뛰어난 무림의 고수들이 장력을 격출할 때 나온다는 경풍勁風 같았다.

목풍아는 깜짝 놀라 바위에 몸을 붙였다. 눈앞을 분간할 수 없는 어둠 속에서 싸우고 있는 사람은 무림인이 분명해 보였다.

'저들이 나를 잡아먹으려고 싸우는 것 아냐?'

동굴 안에서 발견한 백골들을 떠올리자 등줄기가 오싹해졌다. 인육을 먹고 있는 괴인들을 떠올리자 소름이 끼쳤다.

'이런 망할 일이 있나? 내가 괜한 짓을 했구나. 동굴 안으로 들어오는 것이 아니었는데…….'

알 수 없는 괴인들에게 붙잡히는 날에는 어떻게 될지 짐작할 수 없었다. 목풍아는 동굴바닥에 몸을 붙인 채 상황을 판단하려고 열심히 두 눈을 굴렸다.

펑――

또다시 강력한 폭발음이 일어났다. 검은 두 개의 그림자가 허공에서 마주칠 때는 언제나 무서운 굉음과 함께 살갗이 따끔따끔할 정도의 경풍이 불었다.

어둠에 눈이 익자 그림자가 보였다. 두 사람이었다. 동굴 안이 칠흑같이 어둡고 괴인들의 동작이 너무 빨라 그림자처럼 보이지만 두 괴인의 눈에서 나오는 안광이 반딧불이처럼 선명하였다.

'말을 하는 것으로 보아 사람이 분명하다. 더구나 무림의 고수. 이 깊은 동굴 속에 사람이 살고 있었다니 믿어지지가 않는데? 사람이 있는 것으로 봐서는 바깥으로 통하는 출구가 있을지도 몰라.'

만약 30여 년 전에 동굴 속에 갇힌 사람이라면 식량이 없는데 아직까지 살아 있을 수는 없을 것이다. 불빛이 없으면 눈앞을 분간할 수 없는 어둠. 이런 어둠 속에서 살아남을 수 있는 사람은 없다고 목풍아는 생각하였다. 그렇다면 저 두 사람은 다른 출구로 들어온 사람이 분명할 것이니 나가는 출구가 있다는 말이 된다.

목풍아는 희망이 생겨나 무섭게 싸우는 광경을 보면서도 얼굴에는 미소가 피어올랐다. 목풍아가 재빨리 자리에서 일어나 포권을 하며 말하였다.

"두 분 선배님들, 싸우지들 마십시오. 보아하니 무림의 고수분들 같은데 싸우지 말고 말로 하십시오."

매서운 장력을 종횡으로 휘몰아치며 치열하게 싸우던 두 개의 그림자가 맞은편 동굴 벽으로 물러났다. 동굴 끝에서 붉은 안광이 번쩍거리며 날카로운 음성이 들려왔다.

"네놈은 누구냐? 어떻게 들어왔느냐?"

목풍아는 붉은 안광을 향해 포권을 취하며 말했다.

"저는 목풍아라 하는데 운수 사납게도 군사들에게 쫓기어 이곳까지 왔습니다."

"그럼, 너도 백련교의 교도냐?"

목풍아는 머리를 갸웃거렸다. 백련교가 사라진 지는 30여 년 전이다. 하남河南에서 비밀리에 백련교의 남은 세력이 잔존하고는 있다지만 그 세력이 너무도 미약하여 없는 것이나 다름없었다. 아니 명맥이 완전히 끊겼다 해도 과언이 아니었다.

"아닙니다, 백련교는 벌써 사라진 지가 오랜걸요?"

"뭐라고?"

맞은편 절벽에서 웃음이 터져 나왔다. 귀청을 울리는 커다란 웃음소리에 목풍아는 고막이 터질 것 같아서 귀를 막았다. 바라보니 맞은편 어둠 속에서 푸른 안광이 빛을 내고 있었다.

"하하하하. 그럴 줄 알았어. 빛이 어둠을 이길 수 없는 법. 마교魔教는 결국 망할 줄 알았다."

"뭐라고? 이 자식아."

다시금 어둠 속으로 두 개의 안광이 빠르게 움직였다. 검은 그림자가 휙휙 지나가고 한데 모이더니 무서운 장력이 부딪치는 소리가 동굴 안을 울렸다.

"오늘은 반드시 네놈을 죽여버리고 말겠다. 네놈을 죽여 심장을 도려내고 간을 씹어 먹을 테다."

"흥, 그럴 수 있을까. 네놈의 간을 뜯어먹고 싶은 건 바로 나다. 좋다. 오늘은 승부를 내 보자."

말하는 것을 들어보면 식인을 하는 인간들이 틀림없었다. 붉은 안광은 백련교의 교도가 틀림없어 보였다. 백련교를 마교라 칭하는 푸른 안광은 강호의 인물일 것이다. 그렇다면 이들은 30여 년 동안 동굴 속에 갇힌 채 살았단 말이 된다. 도무지 믿을 수가 없었다. 불빛이 없다면 눈앞조차 분간할 수 없는 어둠 속에서 어떻게 30여 년이나 살 수 있단 말인가. 무엇을 먹고살았단 말인가. 목풍아는 동굴바닥에서 보았던 백골늘을 떠올렸다.

'그들은 정말로 이 괴물들의 먹이가 된 것인가?'

등줄기에 소름이 돋아났다. 이들은 자신을 먹이로 생각하고 서로 빼앗기 위해 싸우고 있는 것이다. 생각이 여기까지 미치니 눈앞이 빙글빙글 돌았다.

'망했다. 내가 호랑이굴로 들어왔구나.'

어찌 되었건 이 위기를 빠져나가는 것이 급선무였다.

목풍아는 반짝이는 두 눈을 굴리며 도망갈 계책을 생각하다가 문득 한 가지 생각이 떠올랐다.

'저들이 동굴 밖으로 나갈 수 없다면 몰라도 이제는 동굴 밖으로 나갈 수 있는데 내가 잡아먹힐 이유가 없잖아.'

안심이 되니 다른 생각이 들었다.

'저들의 무공이 아깝다. 당세에 저런 사람을 만나볼 수 있을까? 저들의 재능을 이용하는 방법은 없을까?'

목풍아는 포권을 하며 소리쳤다.

"빛이 어둠을 이길 수 없듯이, 어둠도 빛을 이길 수 없지요. 본래 낮과 밤은 공평하게 반씩 나누어 있지 않습니까? 두 분 선배님들, 노기를 가라앉히고 그만 싸우시지요."

한동안 무섭게 싸우던 두 사람이 싸움을 멈추고 물러났다. 붉은 안광은 맞은 편 동굴에서, 푸른 안광은 가까운 곳에 위치하고 움직이지 않는 것을 보니 아무래도 결과가 난 것 같지는 않았다.

"네놈의 말이 마음에 드는구나."

붉은 안광이 말하였다.

목풍아가 공손하게 포권을 하며 말하였다.

"실례가 되지 않는다면 두 분 선배님들의 존성대명이 어찌 되시는지 알고 싶습니다."

붉은 안광이 말하였다.

"나는 백련교의 흑면독왕黑面毒王 석달개石達開다."

그러자 푸른 안광이 지지 않고 말하였다.

"나는 무당파 2대 제자인 벽허진인碧虛眞人 홍화수洪禾水다. 장삼풍 스승님의 막내제자지."

목풍아는 무림의 일에 관해서는 백지에 가까웠다. 더구나 30여 년 전이니 목풍아가 태어나기도 전의 일이 아닌가.

흑면독왕黑面毒王 석달개石達開는 백련교의 사대법왕 중의 하나로 무림에서 100여 명이 넘는 고수들을 살해하여 악행을 떨친 마두였다.
벽허진인 홍화수는 무당파 장문인 장삼풍의 막내제자로 무림에서 혁
혁한 이름을 날린 사람이었다.

"너는 혹시 장삼풍 사부님의 소식을 아느냐?"

"저는 변방에 살아서 무림의 일을 잘 모릅니다만 무당조사 장삼풍
진인의 이야기는 들은 적이 있습니다. 장삼풍 진인께서는 이미 십수
년 전에 돌아가셨습니다."

"아! 사부님께서 돌아가셨구나."

한동안 홍화수는 눈물을 흘리는 듯 말이 없었다. 석달개의 목소리
가 들려왔다.

"지금 이 나라의 황제가 누구냐? 원나라는 어떻게 되었느냐?"

목풍아는 석달개의 물음으로 이들이 30여 년 전에 이곳에 갇혀버
린 사람이라는 것을 확실하게 알 수 있었다.

"원나라는 망했습니다. 원나라가 망하고 명明나라가 건국된 지가
벌써 30여 년이 넘었습니다."

"뭐라고? 그럼 원나라가 망했단 말이냐?"

"예, 원나라가 망하고 홍무제께서 명나라를 세웠는걸요?"

"홍무제? 홍무제가 혹 주원장이냐?"

"그렇습니다."

"그 교활한 건달 녀석이 명나라를 건국했단 말이냐? 그렇다면 백
련교는 어찌 되었느냐? 소명왕 한림아는?"

"백련교도 멸망한 지 오래입니다. 한림아도 죽은 지 오래구요."

석달개 역시 한동안 말이 없었다.

"두 분은 언제 이곳에 들어오셨습니까?"

홍화수의 차분한 목소리가 들려왔다.

"우리는 지정至正 24년 갑진甲辰; 1364해에 이곳에 갇혔단다. 아이야, 그렇다면 얼마나 시간이 흐른 것이냐?"

"지금이 건문建文 1년 기묘己卯; 1399해이니 35년이 지났습니다."

"아! 벌써 35년이 지났단 말인가? 깜깜한 어둠 속에서 지낸 시간이 35년이란 말인가?"

홍화수는 어둠 속에서 덧없이 보내버린 시간이 한스러운지 길게 한숨을 내쉬었다. 석달개가 앉은 곳에서도 긴 한숨 소리가 들려 나왔다.

목풍아가 눈치를 살피며 말했다.

"세상이 어떻게 바뀌었는지 궁금하지 않으십니까? 저와 함께 세상에 나가시지 않겠습니까?"

"안 돼."

홍화수의 목소리였다.

목풍아는 고개를 갸웃거렸다.

35년을 어둠 속에서 갇힌 사람이 세상에 나가려는 것을 거부하다니 도무지 이해할 수 없었다.

"홍 선배님, 무슨 이유가 있습니까?"

석달개의 웃음소리가 들려왔다.

"흐흐흐. 저 홍가 놈은 내가 세상에 나가 살인과 악행을 저지를까 싶어 나가고 싶지 않다 하는 게지. 바보 같은 놈, 이미 장삼풍은 죽었어. 그리고 35년이나 흘렀다. 홍가 놈아, 너도 속마음은 나가고 싶잖아."

"흥, 나는 나가고 싶지 않아. 혹 모르지. 네놈이 죽는다면 몰라도……."

"고집쟁이 같으니라고……."

석달개의 붉은 안광이 목풍아를 바라보았다.

"아이야. 네가 들어왔던 동굴을 무너뜨린 자가 바로 저 홍가 놈이다. 35년 전 이 산에서 강호무림의 수많은 방파가 연합하여 우리 백련교를 공격하였지. 많은 교도들이 강호인들의 손에 죽었고 나 역시 셀 수 없이 많은 사람들을 죽였어. 그때 무림인들이 나를 두려워하여 나와 홍가 놈이 동굴 속에 들어가 틈을 타서 바위를 무너뜨려 동굴 속에 가두어버린 것이란다. 배알도 없는 놈. 무림인들에게 배신당한 지도 모르고."

"흥, 그건 모두 내가 시킨 일이야. 무림인들을 욕할 것은 없어."

"미친놈. 시궁창같이 어둡고 습한 동굴에서 35년간을 갇혀 지낸 것이 억울하지도 않냐?"

"억울하지 않아."

"미친놈."

"그래 나는 미친놈이다. 미친놈이 죽기 전까지 너는 한 발자국도 나갈 수 없어."

"흥, 너를 반드시 죽여야겠군."

"얼마든지 환영하는 바이다. 나 역시 네놈을 죽이고 싶으니까."

잠시 침묵이 흘렀다.

석달개의 목소리가 들려왔다.

"오늘은 평소보다 많이 싸웠더니 배가 고프다. 든든하게 먹고 다시 한 번 싸워보자."

"좋다. 나 역시 바라는 바다."

말이 끝나기 무섭게 두 사람이 위치한 양쪽 벽에서 기이한 소리가 들리기 시작하였다.

꿔릭—— 꿔릭—— 꿔릭—— 꾸르르르————

석달개가 있는 곳에서 들려오는 소리였다.

꾸르르르———— 꾸꾸끅———— 꾸르르르르———— 뿌깍——— 뿌깍——— 뿌끼끽——— 끼끽—————

홍화수가 있는 곳에서 들려오는 목소리는 더욱 기가 막혔다. 이상한 소리의 정체는 홍화수와 석달개였다.

목풍아는 기괴한 목소리의 정체를 알게 되자 웃음이 나오는 것을 참을 수 없었다. 터져 나오는 웃음을 꾹 참다가 고개를 돌려 횃불을 바라보았다. 절벽 끝에 걸린 횃불이 꺼져가고 있었다. 바닥에서 돌을 주워 횃불을 향해 던졌다. 돌을 맞은 횃불이 바닥으로 떨어졌다. 재빨리 횃불을 주웠다. 꺼져가는 횃불을 살리자 넓은 동굴의 공간이 환하게 눈에 들어왔다.

횃불을 들고 석달개와 홍화수가 있는 곳을 바라보니, 두 사람이 웅크린 체 뭔가를 짭짭거리며 먹고 있었다.

"그, 그것이 무엇입니까?"

말이 떨어지기 무섭게 석달개 방향에서 뭔가가 날아와 얼굴에 툭 부딪히곤 바닥으로 떨어졌다.

목풍아가 횃불을 비쳐 바라보니 엄지손가락만한 지네들이 꿈틀거리며 바위틈으로 숨어 들어가고 있었다.

"헉."

놀란 목풍아가 바위 위로 기어 올라갔다.

"으허허허."

석달개의 웃음소리가 들려왔다.

"으허허허."

홍화수의 웃음소리가 뒤따랐다.

동굴 안에 두 사람의 웃음소리가 울림이 되어 그치지 않았다.

'이런 제길…….'

목풍아는 창백한 얼굴로 두 사람이 앉아 있는 곳을 번갈아 바라보았다.

'그럼 동굴 안에서 지네 같은 독충을 먹으며 살았다는 말인가?'

사실이라면 두 괴인들은 참으로 독한 인간들이 분명했다. 홍화수는 35년간을 이렇게 석달개를 지키며 짐승 같은 생활을 하면서도 아무런 불평조차 없었다. 석달개 역시 35년간을 이런 생활을 지속하면서 끈질기게 삶을 이어나가고 있었다니 목풍아는 인간의 집념과 고집이 놀라울 따름이었다.

한동안 쩝쩝거리며 맛있게 독충을 먹던 석달개가 배를 두드리며 말했다.

"아! 이제 배가 부르군. 힘이 난다. 그런데 시간이 어느새 35년이 지났다니 정말로 놀랍군. 나는 길어야 5년 정도 지났으리라 생각했는데 말이야."

"그러게 말이야. 시간이 화살처럼 지나간다 하더니… 어둠 속에서 싸우는 사이에 우리도 모르게 35년이 훌쩍 지나버렸어."

홍화수의 말을 듣고 목풍아가 재빨리 물었다.

"그럼 두 분은 이 동굴에서 매일매일 싸움만 하셨습니까?"

"따로 할 일이 있어야지. 저 홍가 놈을 죽여야 밖으로 나갈 수 있으니 허구한 날 싸움만 했지."

"흥, 내가 할 소리를 네가 하는군."

"뭐야? 이 자식이 따라 하지 마라 하지 않더냐?"

"내가 할 말을 먼저 하지 말라고 그랬잖아."

서로의 언성이 높아가더니 또다시 동굴 가운데에서 치고받는 싸움이 시작되었다. 목풍아는 재빨리 바위 뒤로 숨어서 생각하였다. 어둠속에서 살았으니 밤낮의 구별도 없었을 것이다. 석달개가 흑면독왕이라는 명칭이 있었으니 독물을 잘 다루었을 것이다. 먹을 것이 없을 때 기괴한 소리로 독물들을 불러내어 먹는 것을 보고 홍화수도 살기 위해 따라 했을 것이다. 끼니때마다 독충을 먹고 시간의 흐름조차 모를 정도로 싸웠다면 대체 얼마나 싸웠단 말인가?

무당조사인 장삼풍의 직계 제자와 백련교의 수뇌급 인물이 35년 동안 줄기차게 싸움만 했다면 그들의 무공은 상상을 초월하는 수준일 것이다.

'앞으로 큰일을 하기 위해서는 무공이 뛰어난 부하들이 필요한데…….'

목풍아의 입가에서 미소가 피어올랐다. 둘 중의 하나만 데리고 나갈 수 있다면 목풍아는 천군만마를 얻은 것이나 다름이 없었다. 늦은 밤 높은 벼랑을 한 번에 뛰어내리고 올라갈 수 있는 훌륭한 경신술이 있다면 연왕부로 잠입하는 것은 눈감고도 할 수 있는 일이다. 이렇게 되면 상황은 완전히 역전이 되어 연왕의 코를 납작하게 만들면서 처음의 계획대로 밀고 갈 수 있을 것이다. 목풍아를 죽이려 했던 인간에게 복수도 할 수 있고 말이다. 여러 가지로 이용가치가 있는 인간들이었다.

한동안 머리를 굴리던 목풍아는 두 사람의 싸움이 멈추기를 기다려 소리쳤다.

"두 분 선배님들 잠시 제 말을 들어보세요."

석달개와 홍화수가 목풍아를 돌아보았다.

"이렇게 만나게 된 것도 인연인데 제가 두 분을 위해 드릴 것이 있습니다."

"뭐냐?"

석달개가 물었다.

"헤헤헤. 저에게 약간의 술과 먹을 것이 있습니다. 오랫농안 녹충만 먹고 사셨을 텐데 이 후배가 가져다 드리겠습니다."

"그걸 왜 진작 말하지 않았나?"

검은 신형 하나가 목풍아 앞에서 멈추었다.

"혁."

목풍아는 비명이 목구멍으로 나오는 것을 입을 다물어 굳게 참았다.

"나를 보고도 비명을 지르지 않는 것을 보니 제법 담력이 있는 녀석이군. 나는 홍화수다."

길게 늘어뜨린 헝클어진 머리카락 사이로 불길 같은 안광이 번쩍이고 양쪽으로 툭 튀어나온 광대뼈와 뾰족한 콧날에 시커멓게 늘어뜨린 헝클어진 수염과 시커먼 얼굴이 괴기스럽기까지 하였다. 겉모습만 보기에는 명문정파의 제자 같지 않고 사파의 마두에 가까웠다.

"으허허. 간이 큰 아이로군. 나는 흑면독왕 석달개다."

등 뒤에서 들리는 소리에 몸을 돌려보니 머리가 벗겨진 통통하고 귀엽게만 보이는 늙은이가 웃고 있었다.

석달개는 머리카락도, 눈썹도, 수염도 없는데 피부가 뽀얗고 통통하여 사찰의 탱화에서 만날 수 있는 포대화상처럼 생겼다.

목풍아가 두 사람을 번갈아 보니 무당제자 홍화수가 흑면독왕에 가까웠고, 백련교도 석달개가 무당제자처럼 보였다. 횃불 앞에서 눈살을 찡그리던 두 사람이 불빛 앞에서 서로의 얼굴을 멍하니 바라보다가 웃음을 터뜨렸다.

"크하하하. 흑면독왕黑面毒王이 아니라 백면덕왕白面德王 같구나. 아니야 아니야. 머리도 없고 수염도 없고 눈썹도 없으니 무모백면포대화상無毛白面布袋和尙이 어울린다. 크하하하."

홍화수가 배를 잡고 웃음을 터뜨리자 멍하니 자신을 얼굴을 쓰다듬어보던 석달개가 지지 않고 웃으며 말했다.

"으허허허. 너야말로 기괴한 괴물 같구나. 벽허진인이 아니라 흑면괴인黑面怪人이라고 불러야겠다. 아니, 그것도 별로야. 무쌍발모흑면귀인無雙髮毛黑面鬼人이라 불러야겠다. 으허허허."

석달개가 목풍아의 횃불을 홱 하니 빼앗아 동굴 북쪽 편으로 뛰어갔다. 홍화수가 바람처럼 그 뒤를 따랐다. 목풍아는 일시 눈앞을 분간할 수 없어서 돌이 된 듯 서 있었다.

두 사람은 동굴 북쪽 벽 앞에 멈추어 서서 아래를 내려다보았다. 북쪽 벽면에는 석면을 타고 흘러내리는 물이 고여 있었는데 그곳에 비친 자신의 얼굴을 보고 있는 것 같았다.

잠시 동안 자신들의 얼굴을 바라보던 두 사람이 별안간 괴성을 질렀다.

"크아악--- 내, 내 얼굴이 왜 이렇게 되었지?"

"악---- 안--- 돼---- 내, 내가 왜 이렇게 된 거야. 내 얼굴을 돌려줘----."

목풍아는 동굴을 울리는 천둥 같은 고함소리에 고막이 나갈 것 같아서 두 귀를 막았다.

석달개가 횃불을 휙 던지며 소리쳤다.

"이럴 수 없어. 내 얼굴이 바뀌었어. 내 잘생긴 얼굴이… 이건 모두 너 때문이야."

"백옥 같은 내 피부가 시커멓게 바뀌었어. 이건 아냐. 이건 모두 너 때문이야. 이 사악한 놈, 죽여버리겠다."

"이 자식, 오늘은 사생결단이다."

또다시 두 사람이 어울려 싸우기 시작하였다. 펑- 펑-거리는 장력이 교차하여 무서운 경풍이 휘몰아치고 비명소리와 욕설이 난무하였다. 목풍아가 이 동굴에 온 지 얼마 되지 않은 것 같은데 벌써 다섯 번째 싸움이었다. 사소한 일이 시비가 되어 죽자사자 싸우고 있는 것이었다. 35년간을 한 공간에서 싸웠을 테니 이미 상대방에 대해서 알 것은 다 알고 있을 것이다.

목풍아는 저 싸움의 결과를 알 것 같았다. 승부는 언제나처럼 무승부가 될 것이 분명하였다. 목풍아는 바위에 턱을 기대고 욕설을 퍼부으며 싸우는 두 사람의 모습을 바라보다가 생각에 잠기었다. 명문정파의 수제자와 마교의 법왕까지 한 사람들이니 본래는 명석한 두뇌를 가진 사람이었을 것이다. 그러나 35년간 동굴 속에서 세상과 단절되면서 생겨난 반복된 싸움과 경쟁 심리가 두 사람을 단순하고 어수룩하게 바꾸어버린 것 같았다.

'사소한 일에 목숨을 걸며 쓸데없이 싸울 일이 무엇이람? 나이가 아깝다.'

목풍아는 잠자코 두 사람의 싸움이 끝나기만을 기다렸다. 한동안 싸우던 두 사람이 마침내 싸움을 멈추고 물러났다. 역시 무승부였다. 예상하고 있던 터라 목풍아가 소리쳤다.

"선배님들, 저를 저 절벽의 동굴입구로 올려주시면 먹을 것을 가져오겠습니다."

석달개의 목소리가 들렸다.

"네가 가져갈 것이 뭐 있어. 나와 함께 가면 되지."

말이 끝나기 무섭게 석달개가 눈앞에 있었다. 등줄기에 한 줄기 바람이 일며 홍화수가 귀신처럼 서 있었다.

"이 아이는 나와 함께 갈 테니 너는 여기서 있어라. 네 속을 어떻게 알고 너를 보낸단 말이냐?"

"흥, 그러는 네 속은 어떻게 알고… 겉 다르고 속 다른 명문정파 놈아. 크하하하."

석달개가 통쾌한 듯이 웃었다.

"이 자식이 정말 내 손에 죽고 싶은 게냐?"

"오냐. 바라던 바다. 오늘은 반드시 사생결단을 내보자."

"이 자식, 좋아. 오늘은 반드시 승부를 내보자."

"간다, 받아라."

또다시 두 사람의 신형이 번개처럼 동굴 안을 휘돌며 싸우기 시작하였다. 목풍아는 머리가 지끈거렸다.

'단순하다고는 생각했지만 생각보다 너무 단순한 사람들이로구나. 무공은 훌륭한데 머리가 너무 단순해.'

목풍아는 두 사람의 억지스러운 무식함에 혀를 내두르며 머리를 설레설레 내저었다.

목풍아가 두 사람과 함께 동굴 입구까지 온 것은 두 사람이 싸움을 하고 그만두길 몇 차례, 시장기를 한껏 느꼈을 때였다. 먹는 것 빼고는 싸움질만 하는 두 사람에게 목풍아도 기가 질려 반드시 무슨 수를 써야겠다고 생각하였다.

동굴 앞에 피워놓은 불은 붉은 재를 남기고 있었다. 남은 나무를 주워 불을 피우자 동굴 안이 밝아졌다. 홍화수는 구멍이 있는 동굴 앞에 팔짱을 끼고 태산처럼 앉아 있고, 석달개는 목풍아의 옆에서 떡고물을 고대하였다.

목풍아는 주머니 속에서 건량을 꺼내 두 사람에게 나누어주었다.

"헤헤헤. 많이 드십시오."

건량과 육포를 건네기 무서웠다. 30여 년을 지네 같은 독충만 먹고 살아왔던 사람들이라 소금기 있는 음식의 맛에 취한 듯 석달개는 연신 감탄을 하였다.

"아! 이건 정말 맛있구나. 짭짤한 이 맛. 아! 너무 좋구나."

목풍아가 말했다.

"바깥에 나가면 이것보다도 맛있는 것을 더 많이 먹을 수 있답니다."

홍화수가 무서운 눈빛으로 말했다.

"쓸데없는 소리하지 마라. 내가 죽기 전엔 석달개는 나갈 수 없다."

석달개가 소리쳤다.

"나는 나가야겠다. 나가서 내가 하고 싶은 대로 하고 살 거야."

"누구 맘대로?"

"내 맘대로……."

또다시 싸움이 시작될 것 같아서 목풍아가 재빨리 품속에서 자기로 만든 술병을 꺼내었다.

"선배님들, 이게 무엇일까요?"

둥그런 자기 술병을 보고 두 사람이 동시에 대답했다.

"술이다."

"우헤헤헤, 그런데 어쩝니까? 이 술병에 술이 얼마 남아있지 않는데 말입니다."

석달개가 말했다.

"얼마나 남아있는데?"

"한 사람이 마실 정도가 남았습니다."

석달개가 껄껄거리며 웃었다.

"그래? 그럼 당연히 내가 마셔야지."

홍화수가 지지 않고 가슴을 두드렸다.

"무슨 소리. 내가 마셔야지."

석달개의 두 눈이 번쩍거렸다.

"홍가야, 네놈 나이가 몇이냐?"

"네놈의 나이는 몇이냐?"

"내가 먼저 물었잖아."

"네가 말해주면 내가 말해주지."

"그렇게는 못하겠다."

"못하겠다면 어쩔테냐?"

"싸워볼 테냐?"

지긋지긋한 싸움이 또 시작될 것 같아 목풍아가 재빨리 끼어들었다.

"하하하. 두 분이 그렇게 싸우신다면 제 체면이 뭐가 되겠습니까. 두 분이 싸우시는 모습을 보기 싫으니 공평하게 제가 마시겠습니다. 그러면 될까요?"

석달개와 홍화수는 입을 다물었다. 술병을 바라보는 눈빛이 반짝거리며 목구멍으로 침이 넘어가는 소리가 목풍아의 귀에까지 들릴 정도였다.

"선배님들께 공평한 제의를 하겠습니다."

"어떤 제의?"

목풍아는 주머니 속에서 주사위 하나를 꺼내었다.

"내기를 하시죠."

"내기?"

"내기에서 이긴 사람이 이 술을 마시는 것은 어떻습니까? 그것이 제일 공평한 것 같은데요?"

"좋아, 하자구."

먼저 승낙한 것은 석달개였다.

"좋아, 좋아."

뒤따라 홍화수가 찬성을 하였다.

목풍아는 두 손 사이에 주사위를 넣고 말하였다.

"확률은 반반입니다. 짝수를 하시겠습니까? 홀수를 하시겠습니까?"

"홀수."

먼저 말한 것은 석달개였다.

"내가 먼저 말하려고 했는데……."

말끝을 흐리며 홍화수가 짝수를 선택하였다.

"자, 그럼 이긴 사람이 먹는 것입니다."

목풍아는 손을 마구 흔들다가 바닥에 주사위를 툭 떨어뜨렸다. 주사위가 바닥에 빙글빙글 돌다가 멈추었다. 여섯 개의 점이 선명하게 드러났다.

홍화수가 고개를 젖혀 목청껏 웃었다.

"그럼 그렇지. 내가 이겼다. 크하하하."

웃음이 끝이 나기도 전에 목풍아의 손에 있던 술병이 홍화수에게가 있었다. 마개를 빼어 향을 맡아보던 홍화수가 보라는 듯이 한 입에 꼴깍거리며 술을 털어 마시고는 웃으며 말했다.

"와! 이것은 정말 맛있는 술이군. 도대체 무엇으로 만든 술이냐?"

목풍아가 웃으며 말했다.

"그것은 평범한 화주입니다. 바깥세상에 나가면 얼마든지 구할 수 있는 술이지요."

홍화수가 물끄러미 목풍아를 바라보았다.

"넌 우리가 세상 밖으로 나가길 바라지만 우리가 세상 밖으로 나가 할 수 있는 것은 아무것도 없다."

석달개가 소리쳤다.

"왜 할 일이 없어?"

"시끄러워. 네가 세상에 나가봐야 마교를 부활시켜 세상을 어지럽게 할 뿐이야. 난 그걸 막아야 할 책임이 있고 말이야. 차라리 두 사람이 이 동굴 속에 갇혀있는 것이 나아."

목풍아가 말했다.

"왜 그런 생각을 하십니까? 세상은 넓고 할 일은 많습니다. 더구나 선배님들처럼 무공이 뛰어난 분들이라면 더 할 일이 많지요."

"그런 말이라면 더 듣기 싫다."

홍화수가 무서운 눈초리로 노려보았다. 입을 더 열면 죽여버릴 것 같은 눈빛이었다.

"저놈은 말이 통하지 않는 고집통이야."

석달개가 홍화수에게 손가락질을 하며 입맛을 다셨다. 돗자리를 팔던 비천한 유비가 촉한의 황제가 될 수 있었던 것은 휘하에 관우와 장비가 있었기 때문이다. 홍화수를 설득시킬 수만 있다면 목풍아는 유비처럼 큰 조력자 두 명을 얻을 수 있는 것이다.

"불경에 일체유심조라는 말이 있습니다. 모든 것이 마음에 달려있다는 뜻이지요. 짧은 시간이지만 제가 두 분을 보고 느낀 것은 두 분이 서로를 죽일 수 없다는 것입니다. 아마 누군가가 먼저 자연적으로 돌아가시지 않는다면 이 싸움은 끝나지 않을 것입니다. 제 말이 틀렸습니까?"

홍화수와 석달개는 말이 없었다.

"두 분은 고강한 무공을 가지고 있습니다. 선배님들이 무공을 배운 뜻이 무엇입니까? 부조리한 세상을 바꾸기 위한 것이 아닙니까?"

석달개가 주먹을 쥐며 소리쳤다.

"맞아, 내가 무공을 배운 것은 부조리하고 더러운 세상을 바꾸기 위해서지."

목풍아가 말했다.

"출중한 능력을 가지고도 쓰지 못한다면 그것처럼 안타까운 일이 어디에 있겠습니까? 그것은 장삼풍 진인께서도 바라시는 일이 아닐 겁니다."

눈을 감고 있던 홍화수가 깊게 탄식하였다.

'흔들리고 있다.'

목풍아는 말을 이었다.

"세상은 사나이가 한번 살아볼 만한 가치가 있는 곳입니다. 동굴 바깥에 그런 세상에 펼쳐져 있는데 어째서 자신을 속박하며 살아가시려는 겁니까?"

홍화수가 눈을 떴다.

"안 돼. 나는 사부님과 약속을 하였어. 그 약속을 지켜야 한단 말이야."

석달개가 벌떡 일어나 소리쳤다.

"젠장, 그놈의 사부 소리 집어치워. 내 나이 벌써 여든다섯이 되었다. 내가 너 때문에 내 남은 인생을 동굴 속에서 허비해야 되겠냐?

장삼풍은 이미 죽었잖아. 너도 할 만큼 했으니 제발 고집 좀 부리지 마라."

홍화수는 물끄러미 울분을 터트리는 석달개를 바라보았다. 홍화수가 침울한 표정으로 말하였다.

"미안하다, 석달개. 나를 죽여라. 그럼 나는 사부님과의 약속을 지킬 수 있고, 넌 바깥으로 나갈 수 있다."

나지막한 목소리가 목풍아의 가슴까지 찡하게 울리었다. 석달개가 멍한 얼굴로 홍화수를 바라보았다.

홍화수가 천천히 등을 돌렸다.

"내 나이도 어느덧 여든여섯, 나도 살 만큼 살았다. 나는 이미 죽은 것이니 너를 막지는 않겠다. 나를 죽이고 바깥으로 나가서 네 마음대로 살아라."

석달개는 가슴이 뭉클하며 코끝이 찡해 오더니 눈가가 뜨거워졌다. 눈물이 저도 모르게 나오는 것을 인상을 쓰고 천정을 노려보며 참아보았지만 끝내 눈물은 뺨을 타고 흘러내리기 시작하였다. 눈물이 말라버렸다 생각할 정도로 눈물을 흘린 적이 없었던 석달개는 뺨으로 흐르는 뜨거운 눈물의 느낌에 당황하며 두툼한 손등으로 눈시울을 슥 닦곤 홍화수에게 물었다.

"내가 너를 죽일 수 있으리라 생각하나?"

"나를 죽이지 않는다면 너는 세상으로 나갈 수 없어. 그러니 나를 죽여라."

석달개가 그런 홍화수를 노려보다가 팔짱을 끼고 자리에 털썩 주저앉았다.

"난 널 죽일 수 없어. 세상 밖으로 나가고 싶지만 할 수 없지. 이곳에 남는 수밖에."

"뭐라구?"

홍화수가 등을 돌려 석달개를 노려보았다. 석달개가 근엄하게 말했다.

"생각해보면 암흑 속에 갇혀 있던 시간들이 나쁘지는 않았다. 홍가. 너 같은 괴물과 시간가는 줄 모르고 싸울 수 있었으니까."

"흥."

홍화수는 콧방귀를 끼며 외면하였지만 석달개의 말이 싫지는 않아서 입가에 미소가 어렸다.

'망할, 홍화수가 다 된 밥에 모래를 뿌렸구나.'

장비와 관우를 수하로 두는 꿈이 일거에 모래성처럼 무너져 내렸다. 든든한 배후세력도 없이, 정적이 도사리고 있는 연왕부에서 연왕의 중용을 받을 수 있을까? 암울하고 절망적이었다. 희망이라곤 한 줄도 보이지 않았다.

목풍아가 탄식을 하며 말하였다.

"도저히 말이 통하지 않는 늙은이로군. 미친 늙은이들. 돼지 목에 진주목걸이를 건 것처럼 일신에 가진 절세의 무공이 아까울 따름이다."

홍화수와 석달개가 목풍아를 멍하니 바라보았다. 누구도 자신들에게 그렇게 말한 사람이 없었다. 홍화수는 명망 높은 무당파 장삼풍의 제자로 사람들에게 추앙을 받았으며, 석달개 역시 흑면독왕의 신분으로 백련교도들의 추앙을 받던 사람이었다.

석달개가 목풍아의 멱살을 잡으며 무섭게 노려보았다.

"네놈이 나를 미친 늙은이라고 했느냐?"

연왕에게 죽으나 늙은이들에게 죽으나 죽기는 매한가지였다. 목풍아는 지지 않고 도리어 소리쳤다.

"흥, 미친 늙은이들을 미친 늙은이라고 하지 올바른 늙은이라고 해야 하나?"

"이 미친놈. 일장에 쳐 죽여주지."

석달개가 우장을 높이 쳐들었다. 석달개의 무공이라면 일격에 목풍아의 목숨이 끊어질 터였다.

"잠깐 기다려."

홍화수가 손을 쳐들었다. 석달개가 홍화수를 바라보았다. 홍화수가 목풍아에게 말했다.

"이유를 듣고 싶다. 만약 합당한 이유가 있다면 너를 살려주마."

석달개가 고개를 끄덕거리며 목풍아의 멱살을 놓았다.

"그래. 이유가 뭐야?"

목풍아가 말했다.

"너희들은 인생을 무엇이라 생각하느냐?"

"인생?"

홍화수와 석달개가 멍하니 서로의 얼굴을 바라보았다.

"인생이라니?"

"만물은 이 세상에 태어나면 태어난 값어치를 하게 마련인데 너희 두 늙은이는 도대체 무슨 값어치를 하고 살았냐는 말이다."

"우리가 무슨 값어치가 있었냐고?"

홍화수가 차가운 얼굴로 되물었다.

"네가 우리에게 그런 질문을 할 그릇이나 되는가?"

석달개가 삿대질을 하였다.

"맞아. 대가리에 피도 마르지 않은 놈이 누굴 가르치려 하는 거야?"

목풍아는 가슴을 치며 말했다.

"나이가 어리다고 가슴 속에 품은 뜻이 작은 것은 아니오. 그대들은 싸움에 미쳐 꿈을 잃고 짐승처럼 사는 것을 마다하지 않지만 큰 세상에서 만백성에게 살기 좋은 세상을 만들 사람이란 말이오. 우연히 이 동굴에 숨어들었다가 두 분의 무공을 보고 함께 세상에 나가 그 꿈을 펼치려 하였더니 내 실수였소. 당신들은 싸움에 미친 짐승 그 이상도 그 이하도 아니오. 평생을 독충이나 먹으면서 괴물처럼 사시오. 죽을 때까지 독충이나 먹으며 괴물처럼 살기를 저승에서도 축원하겠소."

목풍아는 말을 마치자마자 벌러덩 자리에 누웠다. 두 사람이 하는 짓을 보니 참고 있던 울화가 치밀어 마음에 있던 말을 마구 퍼부었던 것이다. 할 말을 다 하고 나니 속이 다 시원했다. 죽는 것은 그다음의 일이다. 어차피 인간은 한 번은 죽는 것. 뜻을 이루지 못하고 죽는 것이 아쉬웠지만 어차피 뜻한 바를 이룬 영웅들이 몇이나 되었던가. 뒤늦게 아버님의 만류를 듣지 않았던 것이 후회가 되었다. 그때였다.

"으흐흐흐."

홍화수의 웃음소리였다.

"으허허허허."

석달개의 웃음이 뒤따라 들리었다.

"어린 녀석이 제법이군. 좋아. 네가 정말 그럴 능력이 되는지 볼까?"

고집불통 홍화수의 입에서 나온 말이었다. 목풍아의 귀가 솔깃하였다. 석달개가 말하였다.

"그래. 내 생각도 그래. 저 녀석이 말한 것이 허풍이라면 당장 죽여 버리자구. 이봐 허풍인지, 뭔지하는 녀석아. 일어나 봐. 우리와 이야기를 하자."

홍화수의 마음이 흔들렸다는 것은 세상 밖으로 나갈 수 있다는 뜻이었다. 목풍아의 빠른 두뇌가 번개처럼 돌아갔다.

'이왕이면 우두머리가 되어야 한다. 이들을 부하로 삼을 수 없다면 밖으로 나간들 무슨 소용인가? 돗자리를 팔던 유비가 장비와 관우를 부하로 삼은 것처럼 나도 이들을 부하로 삼아야 한다.'

기세싸움에서 이기는 것이 중요했다. 기세싸움에서 밀린다면 부하로 삼을 수 없을 것이요, 그들에게 끌려다닐 수도 있었다. 목풍아는 그 자리에서 소리쳤다.

"내 이름은 허풍인지 뭔지가 아니라 목풍아라구."

석달개와 홍화수는 서로의 얼굴을 바라보았다. 반말을 마구 해대는 녀석이지만 밉지는 않았다.

"이봐, 목풍아. 우리와 이야기를 하자."

목풍아는 몸을 일으켜 앉았다.

홍화수가 차분한 목소리로 말했다.

"우린 네가 누구이고 어떤 생각을 가지고 있는지 모른다. 너는 가슴에 큰 뜻을 가졌다고 하지만 어떻게 그것을 증명하지?"

무당파의 수제자였던 홍화수는 확실히 단순하지만은 않은 사내였다.

"내가 이 동굴에 숨어들게 된 이유를 말해드리죠."

목풍아는 연왕의 중용을 받기 위해 주소천을 이용해 사고를 친 이야기를 해주었다. 홍화수는 묵묵하게 목풍아의 이야기를 들었고 석달개는 연신 감탄을 연발하며 들었다.

목풍아의 이야기가 끝나자 홍화수가 말하였다.

"그렇다면 연왕의 군사들을 피해 이 동굴까지 숨어들었단 말이냐?"

"그렇소."

"맹랑하구나. 하지만 대단한데? 연왕부의 공주를 건드리다니. 그런 일은 보통의 간담으로는 하기 어려운 일이지. 정말 대단해."

석달개가 껄껄거리며 엄지손가락을 치켜들었다.

목풍아가 말했다.

"조만간 큰 변란이 일어날 것입니다. 천자와 연왕의 싸움이 되겠지요. 전쟁이 길어진다면 명은 피폐할 것입니다. 그렇다면 막북에서 도사리고 있던 원의 군사들이 그 틈을 비집고 쳐들어오겠지요. 그렇게 된다면 중원은 끝없는 혼란 속에 빠질 것입니다. 백성들의 삶은 도탄에 빠질 테고요."

홍화수가 말했다.

"그럼 네가 그것을 바꿀 수 있다는 말이냐?"

"그렇소. 이 목풍아는 바꿀 수 있소."

석달개가 웃으며 말했다.

"에이, 그게 말처럼 쉽나?"

"동굴 속에 처박혀 싸움이나 하는 당신들이 그런 말을 할 입장은 아닌 것 같소."

석달개가 무안하여 입을 다물었다.

잠시 생각하던 홍화수가 입을 열었다.

"아까 우리의 도움이 필요하다고 했던 것 같은데, 우리가 너와 함께 바깥으로 나가서 네 일을 도와주는 것은 어떠냐?"

목풍아는 속으로 쾌재를 불렀다.

"나는 당신들의 도움을 받고 싶은 마음이 없소. 아니, 사라져버렸소."

홍화수의 얼굴이 일그러졌다.

홍화수노 사람이니 동굴 밖으로 나가고 싶은 마음이 없겠는가? 그러나 명분이 없었다. 무당파 제자라는 허울은 그에게 족쇄가 되었다. 하지만 천하백성들의 안녕에 뜻을 둔 목풍아를 돕는 일은 좋은 명분이 되었다. 더구나 남은 여생을 천하를 위해 일하며 인간답게 살아갈 수 있다면 그것보다 좋은 일이 어디에 있을까? 홍화수는 목풍아를 돕는다는 명분으로 세상으로 나갈 생각이었지만 목풍아의 거절에 난감하였다.

홍화수의 머리꼭대기에 앉은 목풍아가 호락호락 그의 의도대로 해줄 리 만무하였다.

석달개는 세상 밖으로 나가고 싶어 안달이 난 사람. 홍화수를 잡으면 석달개까지 손에 들어오는 기회인데 이를 놓칠 리 없었다.

눈치를 살피던 석달개가 말하였다.

"이봐, 목풍아. 다시 생각해보라구. 홍화수가 너를 돕는 조건으로 세상으로 나가겠다는데 왜 그래?"

목풍아는 팔짱을 끼고 앉아 말이 없었다. 화가 머리끝까지 치솟은 석달개가 벌떡 일어나 소리쳤다.

"이 자식, 죽여버리겠다."

이미 이들과의 도박은 시작되었다. 석달개는 목풍아를 겁을 줘서 승복하려 하는 것이다. 그러나 유리한 패를 손에 들고 판에서 물러나는 목풍아가 아니다.

목풍아는 자라처럼 목을 내밀며 말하였다.

"죽이시오. 극악무도한 짐승들에게 죽는 것이 억울하지만 이것도 내 운이니 어쩔 수 없지."

홍화수가 말했다.

"우리에게 원하는 것이 있나?"

"원하는 것 없소."

목풍아는 손을 내저었다.

석달개가 콧바람을 일으키며 소리쳤다.

"저 자식, 우리들을 가지고 놀려고 한다. 감히 나 석달개를 가지고 놀려하다니. 내가 한 손에 찢어 죽여버릴 테다. 저 자식을 죽여버리고 함께 나가자구."

"참아, 참으라구."

홍화수는 손을 저어 석달개를 말렸다. 만약 홍화수가 석달개를 데리고 나간다면 스승의 명령을 불복하는 것이 된다. 하지만 천하백성들을 행복하게 해준다는 대의명분을 가지고 석달개와 함께 의협을 행하면 이야기는 달라지는 것이다. 홍화수는 석달개와 함께 세상에 나가더라도 그와 사소한 일로 다투게 된다면 의협을 행하기는커녕 아무도 없는 동굴 안에서 사는 것이나 다를 바가 없다는 것을 알고 있었다.

세상은 바뀌었고, 세상에 적응하기에는 너무 나이가 들었다. 방법은 오직 하나. 어린 목풍아를 구슬려서 세상 밖으로 나가 석달개를 제어하면서 남은 인생 동안 의와 협을 행하여 무당파 제자의 이름을 부끄럽지 않게 하는 일이었다.

"그러지 말고 원하는 것을 말해라. 나는 그동안 헛되이 살아온 내 인생을 보람 있게 살고 싶을 따름이다. 네가 원하는 것은 무엇이든 들어주마."

홍화수는 신심을 털어놓았다. 석달개 역시 홍화수가 나가야만 자신도 세상에 나갈 수 있음을 알기에 사정하듯 말하였다.

"목풍아, 뭐든 들어줄 테니 원하는 것을 말해봐."

목풍아가 고개를 들어 홍화수와 석달개를 노려보다가 입을 열었다.

"나는 관우와 장비 같이 충직하고 믿음직한 부하가 필요하오. 나를 대장이라 부르고 내 말에 고분고분 잘 따른다면 함께할 마음은 있소."

"부하?"

홍화수와 석달개는 서로의 얼굴을 멍하게 바라보았다. 석달개는 소명왕 한림아 이외에는 누군가를 웃전으로 모셔본 적이 없는 사람이었다. 그런데 얼굴을 마주친 적이 몇 시간도 되지 않는 애송이에게 대장이라 부르고, 그의 말에 고분고분 따르라니 기가 막혀 온몸이 부들부들 떨리며 이가 우드득 갈렸다. 홍화수 역시 기가 막히긴 마찬가지였다. 대종사가 돌아가셨으니 무당파 내의 서열로 따지더라도 장문인급인 홍화수였다. 그런 홍화수가 어린 목풍아의 부하가 되어야 하다니 기가 막힌 일이었다.

이때 목풍아가 홍화수를 바라보며 말했다.

"석달개의 물귀신이 되어 죽을 때까지 석달개와 함께 독충이나 먹으면서 허무하게 살아갈 것인가? 내 부하가 되어 세상을 유익하게 바꿀 것인가? 선택하시죠."

홍화수는 길게 한숨을 내쉬었다. 자신 때문에 석달개를 동굴 안에 가둬놓을 수도 없는 노릇이었다. 세상을 유익하게 만들겠다는 것은 확실한 명분이 있었다.

세상 밖으로 나간다는 생각을 하니 무당파는 어떻게 변했으며, 사형제들은 어떻게 살고 있는지 궁금한 마음이 끝없이 솟아 나왔다. 그것은 견딜 수 없는 유혹이었다. 쓸데없는 자존심을 버리면 되는 것이었다.

'부끄러울 것도 없다. 맞는 말이니 할 수 없다.'

홍화수는 석달개를 돌아보았다.

"석달개, 세상 밖으로 나가고 싶나?"

"그래, 사무치게 나가고 싶다."

"그럼 내 말에 따라 다오."

"무슨 말이냐?"

"나는 너와 함께 세상 밖으로 나가기 위해 목풍아를 대장으로 모실 작정이다."

"뭐라고? 홍가야, 너 미쳤냐?"

홍화수는 머리를 설레설레 내저었다.

"나는 더 이상 물귀신이 되고 싶지 않다. 다만 내 남은 인생을 보람 있게 살고 싶을 뿐이다. 너는 그렇지 않냐?"

"나도 그렇기는 하지만 새파랗게 어린아이를 상전으로 모셔야 한다니… 이건 내 체면을 보아서도 아니다."

"체면 같은 건 버리자. 우린 평생을 동굴 속에서 짐승처럼 살았다. 동굴이 무너져 내린 날부터 이미 체면이란 건 우리에게 없었다. 나는 우리가 이 세상에 살았다는 흔적을 이 소년을 통해 남기고 싶다. 체면 같은 것… 그 거추장스러운 건 이 동굴 속에 버리자. 그리고 우리 새롭게 태어나자."

홍화수를 바라보던 석달개는 결심을 한 듯 크게 고개를 끄덕였다.

"좋아, 네가 그렇게 결심하였다면 나도 좋다."

홍화수는 몸을 돌려 목풍아에게 말하였다.

"우리는 결정하였다."

목풍아가 몸을 돌렸다.

"무인들은 한번 한 약속을 끝까지 실행한다 들었소. 당신들의 말을 믿어도 좋겠소?"

"우린 자긍심이 있는 무인이다. 한번 한 약속은 반드시 지킨다."

"그럼, 좋다. 이제 나를 대장으로 불러라."

"그런데 대장이라 부르기 전에 한 가지 부탁이 있다."

"뭐냐?"

"네가 우리에게 반드시 세상을 바꾸어 백성들을 편안하게 하겠다는 약속을 한다면 너를 대장으로 모시겠다."

"좋다. 내가 만약 그렇게 못 한다면 나를 수십 조각으로 찢어 죽여도 좋다. 하늘과 땅을 걸고 약속한다."

상대방에게 확고한 의지가 있다. 그것이 일시적인 미봉책이나 얇은 술수가 아님을 홍화수는 상대방의 눈빛을 보고 알 수 있었다. 그렇다면 선택의 여지는 없다. 어쩌면 동굴 속에 갇힌 것이 저 버릇없는 녀석을 만나기 위한 운명인지도 몰랐다. 그렇게 생각하니 마음이 한결 홀가분해졌다. 남은 인생을 보람 있게 살 수 있다면 그것으로 족했다. 어린아이에게 복종하는 것은 문제가 아니었다. 종심소욕從心所欲이라 하였던가. 마음이 가는 데로 움직여도 걸릴 것 없는 경지. 홍화수와 석달개는 이미 겉치레는 버릴 나이에 와 있었던 것이다.

마음을 정한 홍화수가 몸을 구부려 무릎을 꿇었다.

"대장, 홍화수가 대장에게 인사드립니다."

뒤따라 석달개가 무릎을 구부렸다.

"대장, 흑면독왕 석달개가 대장에게 인사드립니다."

목풍아의 입가에 미소가 번졌다. 화가 복이 된다더니 그 꼴이었다. 이런 절세의 고수를 부하로 얻게 되다니 호랑이가 날개를 단 격이었다.

목풍아는 껄껄거리며 웃다가 그들에게 말하였다.

"좋아, 좋아. 그럼 그런 의미에서 새로운 이름을 지어주겠다."

"새로운 이름이라니?"

"이제 새로운 사람으로 태어나야 할 것이니 이름도 바꿔야 할 것이 아닌가? 이제는 무당제자도 아니고 백련교도도 아닌 나, 철저하게 목풍아의 부하로 태어나는 것이니 이름도 바꿔야 되겠지. 안 그래?"

석달개가 손을 들고 웃으며 말하였다.

"대장, 그거라면 금방 좋은 이름이 하나 떠올랐다."

"뭔데? 어서 말해봐."

석달개는 홍화수를 가리키며 말하였다.

"옛날에 홍화수는 얼굴이 희고 깨끗하며 얼굴에 살이 붙어 제법 미남이었는데 지금은 이상하게도 얼굴도 검어지고 귀신 같은 꼬락서니가 되었으니 오귀烏鬼라 부르면 어떨까?"

"까마귀 귀신?"

석날개가 홍화수를 손가락실하며 웃었다.

"우헤헤헤. 대장도 보라구. 저 상판이 까마귀 귀신이 아니고 무엇이냐구? 오귀, 오귀가 정말로 기가 막힌 이름이잖아."

"음, 이름에 귀신이 붙은 것은 별로 좋은 이름은 아니야. 하지만 인상이 비슷한 것은 부인할 수 없으니 그렇다면 앞으로 홍화수는 오괴鳥怪라고 부르겠다. 이의는 없겠지?"

"으허허허. 그것도 좋은 이름이다. 역시 대장이야."

석달개가 배를 잡고 웃었다.

"감사합니다, 대장."

홍화수는 순순히 목풍아에게 고개를 숙여 꾸벅 인사를 하곤 웃고 있는 석달개를 노려보았다. 석달개가 혀를 날름 내밀었다.

"이봐, 내가 없는 말한 것이 아니니 너무 그러지 말라구. 대장도 네 모습이 귀신 같다고 안 그러냐구."

목풍아가 웃고 있는 석달개에게 고개를 돌렸다.

"홍화수의 이름을 지었으니, 그럼 네 이름은 생각해 두었겠지?"

석달개가 웃음을 뚝 그쳤다.

"아뇨. 그건 생각하지 못했는걸?"

석달개를 노려보던 홍화수가 재빨리 입을 열었다.

"저놈은 처음에는 얼굴이 시커멓고 귀신 같던 독왕毒王이었는데, 동굴 속에서 독충을 먹고 포동포동 희고 곱게 살이 쪘으니 독돈毒豚이라 부르는 것이 어떻습니까?"

"독돈? 와하하하. 그것 좋겠다. 석달개는 앞으로 독돈이라 부르겠다."

석달개가 이를 갈며 홍화수를 노려보았으나 이번에는 홍화수가 산발한 머리에 두 손가락을 올려 놀리고 있었다. 두 사람은 싸움과 마찬가지로 일진일퇴의 공방으로 서로의 이름을 우스꽝스럽게 만들어버렸다. 이리하여 홍화수는 오괴로 석달개는 독돈이라는 이름을 새롭게 가지게 되었다.

"좋았어, 좋아. 이제 준비는 끝났다."

목풍아는 식량 주머니에서 건량을 모두 꺼내고 감춰두었던 술을 꺼내더니 고개를 젖히며 웃었다.

"와하하하. 이렇게 좋은 날 술을 아니 마실 수 없지."

독돈이 입맛을 다시며 말하였다.

"먹을 술이 있었소?"

"있다마다. 자, 옛날 유비는 관우, 장비와 복숭아밭에서 형제의 의義를 맺었지만 이 목풍아와 오괴, 독돈은 동굴 속에서 주종主從의 의를 맺었으니 이 어찌 천하백성들에게 축하할 일이 아니겠는가? 자. 우리를 기다리는 세상과 천하백성들을 위해 건배를 하자구."

세 사람은 동굴이 떠나가도록 유쾌하게 웃었다.

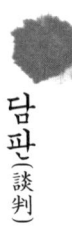

담판(談判)

　목풍아는 상쾌한 마음으로 창문을 열었다. 창밖에 너른 연경의 광경이 한눈에 들어왔다. 사경 무렵, 목풍아 일행은 연경에 도착하여 객점에 자리를 잡았다.

　깊은 밤을 틈타 동굴 밖을 나온 오괴와 독돈의 경신술은 놀랍기 그지없어서 2만이나 되는 철통 같은 경비를 가볍게 뚫고 한달음에 연경으로 달려올 수 있었다.

　목풍아는 무거운 자신을 겨드랑이에 끼운 채 바람을 가르며 달려가는 두 사람을 보고 자신의 눈을 의심할 정도였다. 절망의 순간에 만난 두 명의 괴인은 목풍아에게 천군만마를 얻었다는 자신감을 주었다.

　'역시 이 목풍아는 운수가 좋은 사람이란 말이야.'

　객잔 안에서 떠오르는 햇빛을 바라보던 목풍아는 2만의 군사들이 허둥지둥 자신을 찾고 있다는 상상에 통쾌한 마음이 들어서 목을 젖혀 크게 웃으며 소리쳤다.

"와하하하. 이제 이 세상에 큰바람이 불어오겠구나. 와하하하, 기다려라. 목풍아가 간다."

밝은 해가 중천에 떠올라 찬란한 햇살이 방 안으로 쏟아져 들어왔다.

"오괴야, 독돈아. 일어나 밝은 태양을 보라. 희망에 찬 태양이 아니더냐?"

"대, 대장아. 문 좀 닫아다오. 눈이 부셔서 아무것도 못 보겠다."

고개를 돌려보니 오괴와 독돈이 두 손으로 얼굴을 가린 채 몸을 돌리고 있었다.

35년 동안 어둠에 눈이 익어 밝은 것에 대한 적응력이 약하다는 것을 생각하지 못했다.

목풍아는 얼른 창을 닫고 발을 쳤다. 생각하지 못했던 난제였다. 두 사람의 눈이 대낮의 밝은 빛에 적응하기까지 적지 않은 시간이 걸릴 것이었다. 낮에는 활동하기 어려울 것이라는 것. 그것은 득의양양하던 목풍아에게 적지 않는 문젯거리였다. 그리고 보니 두 사람이 입은 옷 역시 그러하였다. 중요한 부분만 가린 찢어질 대로 찢어져 맨살이 훤히 보이는 누더기라고 해도 과언이 아니었다.

"잠시 이곳에서 기다리도록 해. 바깥에 다녀올 테니……."

"알겠다, 대장아. 빨리 다녀와라."

독돈이 눈을 가린 채 말하였다.

"내가 돌아올 동안 싸우지 말고 밝은 빛에 적응하도록 노력해봐. 시간이 걸리겠지만 빛에 적응할 수 있어야 큰일을 할 수 있을 테니 말이다. 알겠냐?"

"알겠다, 대장."

목풍아는 머리끝을 잘라 코와 턱에 제비꼬리수염을 붙이고 객잔을 내려왔다. 묘탑산 근방보다 검문이 약하겠지만 연경에도 자신의 얼굴이 그려진 방문이 걸려 있을지도 모를 일이었다.

객잔을 내려온 목풍아는 포목점으로 달려가 최고급 비단옷으로 한 벌 사 입고, 오괴와 독돈을 위해 최고급 비단으로 만든 옷을 사서 거리로 나왔다. 옷은 구했지만 문제는 부하들의 눈이었다. 어둠에 길들어버려 빛에 약해진 두 사람의 눈. 그 눈을 빠른 시일 내에 회복시키는 것이 급선무였다. 하지만 아무리 생각해보아도 마땅한 답을 찾을 수 없었다.

옷을 사서 객잔으로 되돌아올 때였다. 대로 가운데 서 있는 색목인色目人의 얼굴이 눈에 띄었다. 그 색목인은 장포 같은 검은 옷을 입고 있었는데 손에 커다란 검은 책을 들고 가슴에는 은으로 만든 십자가十字架를 달고 있었다. 대희루의 도박장에서 얼핏 들었던 서양에서 온 예수교 신부라는 것을 짐작할 수 있었다.

원나라 때 실크로드가 열린 후 서양의 문물이 활발하게 중국으로 전해 들어오던 터라 연경에는 무역을 하러 왔거나, 혹은 종교를 전파하기 위해 수많은 색목인들이 다녀가고 있었다.

목풍아는 텁수룩한 수염을 기른 예수교 신부가 쓰고 있는 유리알을 신기한 듯 뚫어지게 바라보았다.

"오! 부잣집 도련님, 주님을 믿으세요. 주님을 믿는 자는 천국에 갈 수 있습니다."

발음이 서툴렀지만 제법 중국어를 하는 예수교 신부였다. 목풍아는 장난기가 발동하여 신부에게 말하였다.

"이봐요. 주님, 주님 하시는데 제가 예수교를 믿으면 주님이 저에게 도대체 뭘 해주시는 건가요?"

예수교 신부는 성호를 그리면서 말하였다.

"오! 좋은 질문입니다. 전지전능한 주님을 믿으신다면 내세에 천당에 갈 수 있습니다."

"천당이 무엇인데요?"

"평안하게 주님의 그늘에서 쉴 수 있는 곳이지요. 아무런 근심도 없고 즐거움만이 가득한 그런 곳. 바로 주님이 사시는 전당이지요."

"극락과 같은 건가요?"

"오우, 극락은 없습니다. 그런 것을 믿으면 지옥 갑니다. 오직 주님의 전당인 천당만이 진짜입니다."

목풍아가 코웃음을 치며 말하였다.

"천당이든 뭐든, 나는 죽어서 좋은 데 가는 것 관심 없어요. 현실에서 나를 즐겁게 해주지 못하는 종교가 죽은 후에 무슨 소용입니까? 예수교를 믿어 천당 간다는 말은 개소리야."

"오! 아닙니다, 아닙니다."

"예수교를 믿어야 천당에 갈 수 있다니? 그럼 예수교를 믿지 않던 수많은 중원의 백성들은 전부 지옥에 떨어졌단 말이잖아. 이건 전부 사기야, 사기. 퉤, 퉤."

예수교 신부는 어쩔 줄을 몰랐다.

"사기가 아닙니다. 제 말을 믿으세요."

"그럼 내 기분을 즐겁게 해줄 수 있나요?"

"그럼요. 제가 형제님의 기분을 즐겁게 해 드리겠습니다. 뭐든 할 테니 한번 시켜봐요."

목풍아가 웃으며 말하였다.

"당신의 코에 걸린 것이 신기하네요."

"이건 안경입니다. 유리로 만든 것이지요. 이 나라에서는 애체僾逮라고 부르던데 왜 그런 이름이 생겼는지는 모르겠어요. 그런데 이것의 이름을 묻는 이유가 뭔가요?"

"잠시 구경할 수 있을까요? 그럼 예수교를 믿을 마음이 생길 것도 같아요."

신부가 선선히 안경을 벗어 목풍아에게 주었다.

"구경하세요. 그대가 주님을 믿을 수 있다면 드릴 수 있어요."

"정말이오?"

"저를 따라 예수교당에 가시죠. 가서 예수교를 믿겠다고 서명하시면 제 안경을 드리겠습니다."

목풍아가 안경을 써 보곤 신부에게 물었다.

"이런 것은 어디에서 구할 수 있나요?"

"예수교에 들어오시면 안경을 드린다니까요?"

목풍아는 소매 속에서 지전 하나를 꺼내 흔들며 말하였다.

"불교를 믿는다면 내가 이 돈을 주겠소."

"오! 형제님. 믿음이란 돈으로 살 수 있는 것이 아닙니다."

목풍아가 콧방귀를 끼며 말하였다.

"예수교를 믿으면 안경을 준다는 것과 돈을 줄 테니 불교를 믿으라는 것과 무엇이 다르오?"

"그, 그건……."

"물질을 가지고 믿음을 파는 것은 사기꾼의 짓이오. 사람을 현혹시키는 물질과 사탕발림 같은 말이 아니라 마음으로 사람을 감화시키려는 공부를 더 하셔야겠소."

목풍아는 안경을 건넨 후 유유히 대로를 걸었다. 예수교 신부가 안경을 들고 멍하니 목풍아의 뒷모습을 바라보았다.

"믿음은 무슨 얼어 죽을……."

목풍아는 가까운 공예점으로 들어가 주인에게 안경의 그림을 보여주며 이와 같은 안경을 구할 수 있는지 물었다.

"애체 말씀이지요? 이런 것은 구하기 어렵지 않습지요."

"그래요? 그럼 검은 색깔을 넣은 안경을 세 개 만들어줄 수 있겠소?"

"어렵지 않습니다. 돈만 넉넉히 있다면야……."

공예점의 주인이 호언장담을 하였다.

원대 연경에는 모래를 녹여 유리를 만드는 기술이 발전하여 성안에 유리창琉璃廠이라는 곳이 있었다. 유리창은 황실에서 사용하던 유리벽돌을 만들던 곳으로 유리공예가 발전하여 색깔이 있는 컵은 물론이거니와 유리로 만든 병도 시장에서 팔리고 있었다. 검은색을 들인 유리쯤은 일도 아니었다.

"얼마나 들겠소?"

"개당 은전 15냥. 도합 45냥이지만 특별히 40냥에 모시겠습니다."

"알겠소. 언제까지 되겠소?"

"내일까지는 됩니다."

"오늘 저녁까지 안 되겠나?"

"그럼 돈이 더 필요합니다."

주인이 손가락을 활짝 펼쳤다.

"50냥? 좋아. 그럼 일단 선금으로 20냥 드리지."

목풍아는 품속에서 10냥짜리 은전 두 개를 꺼내 주인에게 주었다.

"잘 만들어주시오. 최고급으로 만들어 준다면 사례하겠소."

"알아 모시겠습니다."

주인의 이마가 바닥까지 닿을 정도로 내려왔다.

"요즘 연경이 시끄러운 것 같은데 왜 그런 거요?"

"미꾸라지 한 마리 때문이지요."

"미꾸라지?"

"어떤 미친놈이 연왕을 모욕했다지 뭡니까? 그래서 그놈을 잡는다고 비상이 걸렸어요."

"연왕께서는 그놈을 잡으러 가셨나요?"

"소 잡는 칼로 닭 잡겠어요? 연왕은 연왕부에 계시고 환관인 정화가 미꾸라지를 잡으러 나갔답니다."

"정화란 환관이 연왕의 심복인 모양이지요?"

"네, 연왕의 오른팔이라 할 수 있지요."

"잘 들었소. 안경은 장춘객점으로 가져오시오."

"예, 서둘러 만들어 보내겠습니다."

목풍아는 주인의 배웅을 받으며 상점을 나왔다.

'정화.'

자신을 죽이려 했던 사람이 연왕이 아니어서 다행스러웠다. 모든 것이 연왕의 오른팔인 정화가 벌인 일이라는 것을 알았으니 앞으로도 적절히 대처를 할 필요가 있었다.

객잔으로 돌아온 목풍아는 위풍도 당당하게 방문을 열었다. 한낮이지만 창문을 가린 터라 방 안이 어둡고 답답하였다.

"오괴, 독돈. 나오너라."

오괴와 독돈이 귀신처럼 모습을 드러내었다.

"너희들의 옷이다. 누더기를 벗고 갈아입어."

목풍아는 가져온 옷을 오괴와 독돈에게 건넸다. 옷이 날개라더니 누더기를 벗고 검은 비단장포로 갈아입은 두 사람은 다른 사람 같았다.

한때 무림을 휩쓸던 무인들이라 풍채가 좋아서 옷태가 달랐다. 팔십이 넘은 나이에 심승처럼 살다가 때아닌 비난옷을 입어보는 두 사람의 얼굴은 때때옷을 입어보는 어린아이처럼 해맑았다.

"대장, 나 어떠냐?"

독돈이 으스대며 말하니 오괴가 코웃음을 치며 말하였다.

"돼지가 좋은 옷을 입어봤자지."

"뭐라고? 네놈은 어떤데? 검은 옷을 입으니 까막 귀신이 따로 없구나."

"이 독돼지가 한번 해보자는 거냐?"

또다시 시작되려하자 목풍아가 재빨리 소리쳤다.

"그만두지 못해? 여긴 동굴이 아닌 걸 잊었어?"

오괴와 독돈이 슬그머니 고개를 숙였다.

"배가 고프니 밥이나 먹자."

목풍아가 손뼉을 치자 음식을 든 점원이 문을 열고 들어왔다. 점원들은 방 안의 탁자 위에 연경의 이름난 음식들을 차례로 푸짐하게 올려놓았다. 상을 차린 점원들이 물러나자 오괴와 독돈의 두 눈이 휘둥그레졌다.

"35년 만에 제대로 된 음식을 먹어보는 거지? 마음껏 먹도록 해. 부족하면 더 시켜줄 테니 말이야."

"고맙다, 대장아."

두 사람은 미친 듯이 음식을 먹기 시작하였다. 동굴 속에서 독충만 먹던 사람들이라 온갖 귀한 음식을 대하자 미친 사람이나 다름이 없었다.

한동안 두 사람이 가져온 음식들을 마파람에 게 눈 감추듯 일거에 바닥을 낼 즈음 점원이 한 사람을 데리고 방으로 들어왔다. 그는 작은 칠보로 만든 함 세 개를 들고 있었는데 공예점에서 보낸 점원 같았다.

"애체를 주문하셨지요? 시키신 것이 다 되어 가지고 왔습니다."

"빨리 완성했군."

"주인어른께서 무척 신경을 쓰셨습니다. 더구나 이런 색유리로 만든 안경은 처음이라 무척 애를 먹었습니다만 생각보다 아주 잘 만들어졌습니다."

점원이 꾸벅 인사를 하고 옻칠이 매끈하게 된 작은 안경함을 탁자에 올려놓았다.

목풍아는 일백 냥짜리 지전을 꺼내 점원에게 건넸다.

"이, 이렇게 많은 돈을?"

"주인에게 수고했다고 전해주게."

점원이 허리를 숙여 인사를 하곤 바깥으로 나갔다.

독돈이 멍한 얼굴로 말하였다.

"대장, 그게 뭡니까?"

목풍아가 칠보안경함을 열었다. 까만 유리로 만든 앙증맞은 안경이 반듯하게 들어있었다. 목풍아가 그것을 꺼내어 얼굴에 쓰곤 씨익 웃었다.

"흐흐흐. 너희들을 위해 이 목풍아가 고안해낸 거다. 빛을 차단한다하여 일산안경日傘眼鏡이라 이름하였다."

목풍아는 두 사람에게 칠보안경함을 내밀었다.

오괴와 독돈이 검은 색안경을 썼다. 목풍아는 의자에서 일어나 발을 신고 창문을 열었다.

밝은 햇살이 쏟아지면서 시원한 바람이 불어왔다. 창문이 열리자 두 손으로 얼굴을 가리던 두 사람은 일산안경이 빛을 막아주는 것을 깨닫고 천천히 고개를 들었다. 까만 안경 바깥의 세상이 어둠에 묻힌 듯이 눈에 들어왔다. 거짓말처럼 눈부심이 사라졌다.

"와, 이것 정말 신기한데?"

독돈이 창가에서 창문 밖을 둘러보았다.

오괴 역시 일산안경을 쓰고 창가에 서서 대로를 지나가는 사람들을 내려다보며 감회에 젖었다.

"잘 되었어. 아주 좋아."

목풍아는 쾌재를 부르며 차를 시켰다. 음식이 나가고 차를 들고 들어온 점원이 검은색 일산안경을 쓴 세 사람을 어리둥절하게 보다가 차를 따랐다. 이 차 역시 목풍아가 오괴와 독돈을 위해 특별하게 시킨 좋은 차였다.

"음, 차향이 좋은데?"

점원의 표정에 신경 쓰지 않고 세 사람은 탁자에 앉아 차를 마셨다.

"어때? 나를 따라 세상 밖으로 나오길 잘했지?"

목풍아의 물음에 오괴와 독돈은 서로의 얼굴을 바라보았다.

한동안 차를 마시던 목풍아가 창밖의 하늘을 보니 해가 서편으로 기울어가고 있다.

"음, 이제 연왕부로 갈 시간이 되었군. 두 사람은 나를 따라오라."

목풍아는 자리에서 일어나 성큼성큼 걸음을 옮겼다.

사람으로 북적이던 연경의 대로 중앙이 갈라지며 검은 일산안경을 쓴 세 사람이 위풍당당하게 걸어가고 있었다. 가운데 있는 사람은 목풍아요, 그 오른편 한 걸음 뒤에서 일산日傘을 한 손에 들고 위풍당당하게 걸어가는 자는 오괴요, 왼편에서 둘둘 만 페르시아산 양탄자를 어깨에 걸치고 보조를 맞추며 걸어가는 자는 독돈이다.

가운데 있는 목풍아의 키는 작아서 보잘것없지만 뒤따르는 두 사람은 모두 키가 크고 풍체가 좋아서 사람들을 압도하는 무언가가 있었다. 그렇지 않아도 눈에 띄는 세 사람이 동그란 검은 안경을 쓰고 대로 중앙을 활보하니 사람들이 기세에 눌려 대로 옆으로 물러났다.

"와하하하. 어떠냐? 사나이라면 이 정도의 호기는 있어야 하는 것 아닌가?"

목풍아가 큰소리를 치며 말하니 오괴와 독돈 역시 기분이 좋아서 맞장구를 쳤다.

"그렇지. 남자는 자고로 호기가 없으면 큰일을 못하는 법이지. 암."

"연왕과 담판을 지으러 간다니, 나는 탄복하였어. 역시 우리 대장은 배포가 크단 말이야."

두 사람은 목풍아가 생각밖에 자신들을 자상하게 신경 써주는 데 감동하였고, 곳곳에 목풍아를 찾는 방문이 걸려있음에도 연왕과 담판을 지으러 연경의 대로 한가운데를 이렇게 활보하는 대담함과 엉뚱한 면이 마음에 들었다.

연경은 과거 원元나라의 수도였다. 주원장이 명을 세운 후에 막북으로 도망간 원의 잔존세력 때문에 명의 수도를 연경으로 하지 않고 남경南京으로 삼았다. 하지만 과거 대제국을 꽃피웠던 원의 수도답게 크기와 넓이는 남경이 되레 부끄러울 정도였다. 그 연경의 대로 중앙을 활보하여 목풍아는 지금은 연왕부가 있는 과거 원나라 대궐에 도착하였다.

남문 앞에 서서 좌우의 해태상을 바라보다가 머리를 들어보니 해가 기울어 서쪽 성곽에 걸려 있었다.

"여기서부터는 나 혼자 하겠다. 너희들은 가까운 객잔에서 기다리고 있도록……."

"하지만 대장."

오괴는 어린 목풍아가 연왕과 천하를 건 도박을 하고 있다는 말을 듣고 처음에 자신의 귀를 의심하였다. 하지만 이 어린 소년이 담대하게 연왕의 대궐 앞에 양탄자를 깔고 앉아 석고대죄를 청하려는 것을 보고 생각보다 큰 간담과 의기에 점점 목풍아에게 빠져드는 자신을 느꼈다.

"걱정할 것 없어. 연왕과 나의 도박은 이제부터 시작이니까. 시작에 끝이 나는 도박은 없으니 걱정 말라구."

'이 소년은 나이는 어리지만 진짜 사내다. 얼렁뚱땅함 속에 따뜻함과 담대함, 그리고 면도날 같은 치밀한 생각을 가진 용감한 사내. 내가 이 소년의 말을 믿고 부하가 된 것은 행운인지도 모른다.'

오괴는 꾸벅 머리를 숙여 말하였다.

"그럼 가까운 곳에서 기다리고 있겠습니다, 대장."

"대장, 그럼 나도 오괴와 함께 기다리겠수."

오괴와 독돈이 물러나자 목풍아는 양탄자에 가부좌를 하고 앉아 연왕부 문을 지키는 군사들에게 소리쳤다.

"이봐, 이리 좀 와 봐."

다짜고짜 반말을 하는 어린 소년을 보고 화가 머리끝까지 난 군사들이 버럭 소리를 질렀다.

"이 자식이, 죽고 싶어 환장했느냐? 우리가 누군지 알고 막말이야?"

"훤한 대낮에 사람 보는 눈이 없는 너희들이 사람이냐? 어서 가서 목풍아가 문 앞에서 뵙기를 청하노라고 전하에게 전하고 오너라."

"뭐, 뭐라구?"

"귀까지 먹은 모양이구나. 현상범 목풍아가 궁궐 문 앞에서 대왕을 뵙기를 청한다고 전하고 오란 말이다."

청지기 군사들의 눈이 휘둥그레졌다.

목풍아라면 연왕이 현상금을 걸고 2만의 병사들을 시켜 찾으려하던 현상범이 아닌가. 수문장은 얼떨떨한 얼굴로 목풍아를 바라보다가 부하들에게 소리쳤다.

"이, 이놈을 포위하라."

병사들은 빙 둘러서서 목풍아를 포위하였다.

"도망갈 생각이었다면 벌써 남경으로 갔을 테지. 나는 여기 있을 테니 전하에게 내가 뵙기를 청한다고 알리라니까."

수문장이 왕부에 이 소식을 알리었다.

연왕은 수문장의 보고를 접하고 호탕하게 웃었다.

"하하하하. 이것 참. 재미있겠는걸? 그 녀석, 사람을 놀라게 하는 재주가 탁월하군. 정말 맹랑하고 교활한 녀석이야. 정화가 잔뜩 골이 올랐겠는걸?"

연왕은 수문장에게 목풍아를 그대로 놔두라 이르고 재빨리 파발을 보내 정화를 불러오라 명하였다.

그렇지 않아도 정화에게 온 보고서를 읽던 중이었다. 보고서에 의하면 놈의 흔적을 묘탑산에서 찾았으며 놈을 찾기 위해 토끼사냥을 했지만 소득이 없어서 목풍아를 포섭하기 위해 예의를 다하고 있다고 했다.

정화가 목풍아를 곧 데려오리라 예상하던 연왕의 예측은 완전히 어긋나 버렸다.

"능력과 기지로는 정화를 따라갈 사람이 없다 생각하였는데 이 목풍아라는 녀석은 한술 더 뜨는군."

정화와 버금가는 참모로 라마승인 법사法師 도연道衍이 있었지만 지금 그는 남경에 볼모로 가 있는 세 아들을 데리러 갔으니 자신의 옆에서 목풍아를 상대할 만한 인물은 정화밖에 없었다.

정화가 빈 토끼구멍을 찾았다는 것을 알면 가만있지는 않을 것이었다. 자신이 당한 것을 복수하기 위해 어려운 시험을 주문할 것이 분명하였다. 연왕은 정화의 시험에 목풍아가 어떻게 반응할지 상상하며 정화가 도착하기만을 기다렸다.

정화가 도착한 것은 그로부터 얼마 지나지 않아서였다. 묘탑산을 불태운 후 샅샅이 수색을 명했던 정화는 정오 무렵 일이 글렀음을 짐작하곤 연왕부로 오던 도중에 파발을 만나 등성하였던 것이다.

"정화, 어떻게 된 건가?"

정화는 고개 숙여 읍하였다.

"저도 어떻게 된 것인지 모르겠습니다."

사실 정화는 머리가 복잡했다. 묘당에 있는 시문을 보고 정화는 목풍아가 묘탑산에 숨어 있다는 것을 확신하였다. 그런데 목풍아는 연경에 와 있었다. 사방의 통로는 군사들로 막혀 있으니 목풍아가 앞일을 알고 미리 시문을 써 놓지 않았던들 가능한 일이었겠는가.

연왕이 웃으며 말하였다.

"그 맹랑한 놈이 하늘 무서운지도 모르고 제 발로 찾아왔으니 어쩌면 좋겠나?"

"놈이 정말 인재인가 시험해보시죠."

"시험? 어떻게?"

정화가 연왕의 귀에 소곤거렸다. 연왕이 고개를 몇 번 끄덕이다가 소리쳤다.

"여봐라. 큰 기름가마에 불을 지펴놓고 그 맹랑한 목풍아를 데리고 들어오너라."

연왕의 말이 떨어지기 무섭게 내시들이 후다닥 움직였다.

서쪽 성곽에 걸린 해가 가라앉았는데도 더위는 쉽게 가시지 않았다. 연왕부 앞에 잠시 동안 앉아 있었는데도 땀이 등을 한바탕 쭉 씻어 내렸다.

"대체 언제까지 기다려야 하는 거야? 더워 죽겠구만."

목풍아는 남문에서 내시 하나가 뛰어와 수문장의 귀에 뭐라고 소곤거리는 것을 보고 자리에서 천천히 일어났다. 수문장이 성큼성큼 다가와 말하였다.

"전하께서 너를 부르신다. 나와 함께 가자."

목풍아는 부채를 펄럭이면서 수문장의 뒤를 따랐다.

궁문 안으로 들어서던 목풍아는 잠시 걸음을 멈추었다. 넓은 섬돌 좌우에 시립한 무사들은 계하에서 궁문에 이르기까지 창, 검, 궁, 극, 부 등을 들고 살벌한 모습으로 늘어서 있었다.

'겁을 줘서 나를 어찌해볼 생각인가?'

목풍아는 태연히 무사들 사이로 걸어갔다. 궁궐 뜰로 들어서니 더욱 가관이었다. 궁궐 뜰 앞에 커다란 가마솥이 걸려 있는데 장작불이 이글거리며 타오르고 있었다. 궁정의 제단위의 교의에 연왕이 위풍당당하게 앉아 있고, 그 좌우로 갑주를 입은 장수들이 시립해 있었다. 연왕의 오른편에 서 있는 환관 하나가 눈에 들어왔다.

'저놈이 정화? 젠장 끓는 기름가마솥도 저놈이 준비한 것이 틀림없어. 연왕이 정말 나를 죽일 작정인가?'

목풍아가 마음에도 없는 미소를 지으며 연왕의 앞에 나아가 큰 절을 올렸다.

"하찮은 목풍아를 이렇게 성대하게 맞이해주시다니 감읍할 따름입니다, 대왕."

목풍아를 물끄러미 내려다보던 연왕은 콧방귀를 뀌더니 물었다.

"나이가 몇이냐?"

"올해 열여섯 살입니다."

"열여섯?"

연왕이 버럭 소리를 질렀다.

"이 맹랑한 놈. 내 딸을 희롱해 놓고 얼굴을 떳떳하게 들고 나를 만나러 오다니… 죽고 싶은 것이냐?"

목풍아는 빠끔이 머리를 들고 연왕을 바라보더니 머리를 갸웃거렸다.

"대왕, 제가 공주님을 희롱하였다니요? 저는 그런 일이 없습니다요."

"뭐라고? 네가 공주를 희롱하지 않았다고?"

"예, 저는 다만 대왕님을 만나기 위해 공주님을 약간, 아주 약간 이용하였을 뿐이지 공주님을 희롱한 적은 없습니다. 공주님의 몸에 손끝 하나 대지 않았으니, 제 말이 사실인지 아닌지는 공주님과 이 자리에서 확인할 수도 있습니다. 제가 공주님을 속인 뜻은 객점의 벽에 이미 써 놓은 줄로 압니다."

연왕의 딸을 야한 노래로 희롱한 적은 있지만 손끝 하나 대지 않은 것은 사실이었다. 희고 예쁜 이마에 입은 맞춘 것을 제외하고는 말이다. 연왕의 딸이 이렇게 많은 사람들 앞에서 부끄러운 이야기를 할 리도 만무하였고, 설사 할 수도 없었을 것이니 목풍아는 모른 척 시치미를 뚝 떼었다.

이때, 정화가 품속에서 종이 한 장을 꺼내어 연왕에게 보여주며 무슨 말을 하였다.

종이를 받아 보던 연왕이 시위하던 내시에게 종이를 건네자 내시가 그것을 받아 목풍아에게 가져왔다.

主失烏騅沈烏江　주인 잃은 오추마는 오강에 잠기고

白樂不顧千馬藏　천리마는 백락을 만나지 못하여 숨네.

山東燕京咫尺間　산의 동쪽 연경이 지천간이건만

吐哺握發無周公　인재를 찾던 주공은 어디에도 없네.

묘당의 벽에 목풍아가 썼던 글귀였다. 연왕이 인재를 볼 줄 모른다는 시였다.

목풍아는 연왕과 정화를 번갈아 바라보았다. 정화는 무언가 트집거리를 잡으려고 하고 있었다. 트집거리가 있다면 약점을 잡게 되고 약점이 생기면 죄를 얻게 되는 것이다. 정화는 목풍아를 죽이려는 생각을 가지고 있으니 빌미를 주면 죽음과 직결되었다.

연왕이 목풍아를 내려다보며 빙그레 웃었다.

"참 잘 쓴 시로구나. 이것이 정말 네가 쓴 시가 맞느냐?"

칭찬 같아 보였지만 칭찬이 아니라는 것을 목풍아는 알고 있었다. 이 시는 보기에 따라 연왕을 형편없다고 모욕한 시가 될 수 있기 때문이다. 또한 그것이 정화가 바라는 일일 것이다.

"참 잘 쓴 시이지만 제가 쓴 것이 아닙니다."

"네가 쓴 것이 아니란 말이냐?"

"네, 저는 모르는 일입니다."

정화의 얼굴이 굳어졌다. 심증은 있지만 물증이 없는 상황. 정화는 이 시를 꼬투리 잡아 목풍아를 몰아붙이려 하였으나 목풍아가 아니라고 잡아떼니 맥이 빠져 할 말이 없었다.

정화가 연왕의 귀에 대고 말하였다.

"어쨌거나 저놈이 객점에서 시를 써서 대왕의 마음을 떠본 것은 괘씸한 일입니다. 어려운 시재를 내셔서 통과하지 못하면 큰 벌을 내려 기를 꺾는 것도 좋은 방법일 듯합니다."

"어떤 시재를 내는 것을 좋을까?"

"제게 좋은 생각이 있습니다. 제 말대로만 한다면 저놈의 기가 꺾일 것입니다."

정화가 귓속말을 하자 연왕이 빙그레 웃으며 고개를 끄덕였다.

연왕이 목풍아에게 말하였다.

"네놈이 알량한 시로써 내 마음을 떠보는 것은 괘씸하다. 옛날 조식은 형 조비曹조에게 죽지 않으려고 칠보시七步詩를 지었다지? 네놈의 시재詩才가 얼마나 뛰어난지 이 자리에서 한번 시험해볼까?"

"대왕, 이 목풍아를 조비曹植와 비교해주시다니 영광이로소이다."

정화가 한 걸음 나서서 말하였다.

"너는 지금부터 한 걸음에 한 수씩, 여덟 걸음에 두 편의 시를 지어야 한다. 만약 여덟 걸음 만에 두 편의 시를 짓지 못하는 실력이라면 너를 당장 기름가마에 처넣어버리겠다."

"아이고, 이제 목풍아는 큰일났습니다요. 그런데 시재가 어떻게 됩니까?"

목풍아는 엄살을 떨면서 이를 갈았다.

'저 고자가 나를 죽이지 못해서 안달이 났구나. 이 원수를 어떻게 갚지?'

정화가 무심하게 말하였다.

"시재는 이風 다."

"이라굽쇼?"

"그래, 이다."

이風란 것은 바람風에서 한 획이 모자라는 글자다. 목풍아의 풍風에 한 획이 빠지는 글자인 이風를 시제로 삼은 것이다. 말하자면 정화는 목풍아를 이처럼 성가신 존재라고 여기고 있는 것이었다.

연왕이 말하였다.

"네가 만일 이를 가지고 팔보시를 지을 수 있다면 너의 죄를 용서해주겠다."

"그게 정말입니까요? 그렇다면 운韻자를 주시지요."

연왕이 정화에게 눈짓을 하자 정화가 말하였다.

"네놈이 글재주가 있다 과신하고 있으니 운자는 재주 재才, 우레 뢰雷, 매화 매梅, 별 태台로 한다."

네 가지 운자는 시제와 아무런 상관이 없었다. 이런 운자를 가지고 어떻게 시를 지을 것인가. 더구나 한 발자국에 한 구씩 만들어내는 팔보시를. 장내에 모인 사람들의 시선이 목풍아에게 쏠렸다.

장작이 불꽃을 일으키며 타올라 기름가마솥에서 부글거리는 소리가 들려왔다.

목풍아는 마른 침을 꿀꺽 삼켰다. 한 걸음에 하나씩 운자에 맞추어 시를 짓지 못하면 끓는 기름가마솥에 들어가 산 채로 삶기는 신세가 되고 마는 것이다. 만약 이 시험에 통과하면 차후에 연왕의 측근으로 하고 싶은 일을 할 수 있는 것이니 생사운명이 달린 한판 시험이었다.

목풍아는 잠시 생각하다가 몸을 일으켜 한 걸음을 걸었다.

飢而吮血飽而擠 기이연혈포이제
배고프면 피를 빨고 배부르면 물러나니

이제 재才가 붙은 한 수가 나올 차례였다. 목풍아는 안색하나 변하지 않고 한 걸음을 디디며 입을 열었다.

三百昆蟲最下才 삼백곤충최하제
수많은 곤충 중에 최하품의 재주로다

연왕이 피식 웃었다. 그 얼굴에 그럼 그렇지 하는 비웃음이 어려 있었다. 목풍아는 그 웃음에 답하듯 싱긋 웃으며 잇달아 두 걸음을 걸었다.

遠客懷中愁午日 원객회중수오일

먼 길손 가슴속에 낮의 해를 근심하고

窮人腹上聽晨雷 궁인복상청신뢰

주린 사람 배 위에선 새벽 우레 듣는구나

연왕의 명에 의해 스스로를 재주 없는 못난이로 대비하였으니 목풍아는 시를 지으면서 스스로 참으로 험난한 길을 걷게 되었구나 생각하였다. 그러나 그것이 자신이 하고 싶었던 일이었기에 목풍아는 얼른 다음 시를 생각하였다.

形雖似麥難爲麵 형수사맥난위면

모습은 비록 보리알 같아도 면 만들기 어렵고

목풍아 스스로 연왕에게 끌려다니며 즐거움을 주는 사람은 될 수 없다는 의미였다.

字不成風未落梅 자불성풍미락매

글자는 바람 풍자되다 말아 매화꽃도 못 떨구네

목풍아는 가슴을 젖히고 고개를 번쩍 들어 연왕을 바라보며 나머지 두 걸음을 성큼성큼 옮겼다.

問爾能侵仙骨否 문이능침선골부

묻노니 "너는 감히 신선도 괴롭힐 수 있느냐?"

麻姑搔首坐天台 마고소수좌천태

"천태산 마고 할멈도 머리 긁게 할 수 있소."

나의 재주는 신선도 괴롭힐 수 있을 정도로 대단하다는 말이었다.

여덟 걸음 만에 지은 당차고 훌륭한 시에 연왕도, 정화도, 계하에 시립하고 있던 문무 관원들도 모두 탄복하여 멍한 표정으로 목풍아를 바라보았다. 시재와 운자에 맞춰 단번에 시를 짓는 재주도 훌륭하지만 그 내용 역시 속성으로 지었다고 할 수 없을 정도로 기세당당하고 내용이 훌륭해서 진심으로 탄복하지 않을 수 없었던 것이다.

"훌륭하다, 훌륭해."

연왕은 목풍아를 기氣죽이려다가 도리어 목풍아의 재주에 탄복하여 손뼉을 치고 말았다.

"그럼 제 죄를 용서해주시는 거지요?"

"그렇다. 그렇다고 끝난 것이 아니다. 이번에는 너를 용서해주는 것으로 끝나지만 내일 두 번째 시험이 기다리고 있으니 그리 알고 물러가라."

"아이코, 또 시험이 있습니까요?"

연왕이 웃으며 말하였다.

"사람이 용을 붙잡는 일이 쉬운 줄 알았더냐?"

"우헤헤헤. 제가 본래 바람이라 용을 붙잡는 일은 쉬운 줄로만 알았습니다. 그런데 오늘 궁궐에서 때아닌 이가 되고 보니 비늘로 싸인 용을 붙잡는 일이 어렵게 되어버렸습니다."

"하하하하- 입에 기름을 발랐느냐? 말이 청산유수로구나."

"송구합니다."

연왕은 탐스러운 턱수염을 쓸다가 손을 저었다.

"내일 정오에 궁궐로 찾아오너라."

"네, 그런데 내일도 오늘처럼 성대하게 저를 맞아 주실 건가요?"

"내일은 기대할 것 없다. 하찮은 이를 잡기 위해 이렇게 모인다면 연왕부의 체면이 깎일 것이 아니냐? 하지만 내일 시험에 실패하면 널 한 번에 짜버리겠다."

연왕은 손톱을 마주하여 이를 잡는 시늉을 하다가 고개를 젖혀 크게 웃었다.

"대왕, 혹시 얼굴에 칼자국이 있는 제 부하 놈이 이곳에 잡혀 있지나 않은가요? 이왕 제 죄를 용서하시는 김에 상전을 잘못 만난 죄 없는 제 부하도 용서하신다면 전하의 성덕이 널리 알려질 것입니다."

연왕은 배시시 웃고 있는 목풍아를 보곤 손을 저으며 말하였다.

"쓸모도 없는 놈을 잡고 있어봐야 소용없지. 데려가거라."

"감사합니다."

목풍아는 연왕에게 큰절을 하곤 물러났다.

수문장을 따라 궁궐을 나가던 목풍아가 보이지 않자 연왕이 정화에게 물었다.

"어떤가? 정말 맹랑한 놈 아닌가?"

정화가 정색을 하며 말하였다.

"그렇습니다. 그 옛날 수하隨何나 육가陸賈 같은 교묘한 변설의 재주를 가진 놈입니다. 조비처럼 시를 척척 지어내는 능력도 대단하고,

이렇게 살벌한 공간에서 안색 하나 변하지 않는 담대함을 보더라도 보통 인물이 아닙니다. 전하께 큰 도움이 될 것 같습니다."

정화 역시 목풍아의 팔보시八步詩를 듣고 적지 않게 놀라고 탄복한 까닭에 그 재주를 사랑하지 않을 수 없었던 것이다. 재주가 너무 뛰어난 사람이 가까이에 있다는 것은 정화에게 이로운 일은 아니지만 큰일을 앞두고 한배를 탈 사람을 배척하는 것은 이로울 것이 없다고 생각하였다. 목풍아를 제거하는 것은 큰일이 마무리된 후에 생각해도 될 문제이니까 말이다.

연왕이 말하였다.

"너는 여전히 좋게만 생각하는구나. 변설을 잘한다고, 시를 잘 짓는다고 천하가 다스려지는 것이 아니야. 잔재주로는 백성들의 고충을 해결할 수 없어. 지금 연왕부에도 그런 쓸데없는 인재들이 많단 말이야."

"그렇다면 전하, 목풍아에게 관내에서 해결하지 못했던 미결 송사頌事를 맡겨보는 것은 어떨까요?"

"음, 역시 정화구나. 내 생각도 그러하다. 너는 오늘 내로 순천부 여러 고을에서 올라온 미해결 송사를 찾아서 가장 해결이 어렵고 오래 끌었던 송사 두 개를 가져오라. 이제 천하를 가늠할 시간이 되어간다. 그 전에 목풍아의 능력을 확인할 수 있는 좋은 기회가 될 테니 말이다."

연왕이 수염을 쓰다듬으며 유쾌하게 웃었다.

　목풍아가 수문장을 따라 궁궐 밖으로 나오니 오괴와 독돈이 석상처럼 해태상의 옆에 서 있었다. 그들은 무사히 궁궐을 나온 목풍아를 보고 재빨리 다가와 물었다.

　"대장, 어떻게 되었나?"

　목풍아는 길게 한숨을 내쉬며 말하였다.

　"나를 삶아 죽이려고 펄펄 끓는 기름가마솥을 준비했더라. 무서워서 죽는 줄 알았다. 하마터면 오줌을 지릴 뻔했어, 휴."

　"정말입니까?"

　"내가 거짓말하겠어? 사실 그건 연왕이 내 기를 꺾으려고 겁을 준 것이었지. 어쨌든 연왕과의 첫판은 내가 이겼다. 와하하하"

　"대장이 이겼다구?"

　오괴와 독돈이 서로의 얼굴을 바라보았다. 연왕부에 홀로 들어가 연왕과의 담판에서 이기고 왔다는 말이었다. 연왕이 기를 꺾으려고 준비한 끓는 기름가마솥 앞에서 말이다.

'이 소년은 나의 상상을 초월하는 대범함이 있다.'

오괴는 그저 놀랍기만 할 뿐이었다.

그때였다. 궁문의 작은 쪽문이 열리며 일도가 비 맞은 중처럼 비참한 모습으로 끌려나왔다. 감옥살이의 고초가 많았던지 얼굴이 핼쑥하게 들어간 일도는 목풍아를 발견하곤 비틀거리며 뛰어왔다.

"대장, 대장."

일도가 목풍아를 와락 껴안았다. 키가 작은 목풍아가 되려 안기는 상황이었다.

"무사하시니 다행입니다."

"그동안 고생이 많았다."

"대장, 말이 났으니 말이지만 하루가 일 년 같았습니다. 하지만 대장을 생각하곤 이겨내었습니다."

일도는 목풍아의 뒤에 서 있는 두 명의 괴인을 발견하고는 삐딱한 눈으로 노려보며 말하였다.

"대장, 이 두 늙은이들은 뭡니까?"

"아, 최근에 생긴 내 부하들이지. 인사하거라. 오괴와 독돈이다."

오괴와 독돈이 함께 포권을 취하였다.

"반갑소."

일도가 떨떨한 표정으로 오괴와 독돈을 바라보다가 목풍아에게 말하였다.

"대장, 파릇파릇하고 젊은 애들이 널려 있는데 늙은이들이 뭔 힘을 쓴다고 부하로 들이십니까?"

오괴와 독돈이 때아닌 일도의 말에 서로의 얼굴을 바라보았다. 두 사람에게 일도는 하룻강아지일 따름이다.

목풍아가 웃으며 말하였다.

"네가 몰라 하는 소리다. 너 같은 것은 손가락 하나도 당해내지 못할 거다. 연배도 월등히 높고 하니 알아서 형님처럼 모시도록 해."

"예? 굴러온 돌이 박힌 돌 뽑는다더니 저는 납득 못하겠습니다. 대장을 모신 것도 제가 오래되었는데 나이로 서열을 정하다니요?"

일도가 두 손을 허리에 대고 오괴와 독돈에게 소리쳤다.

"너희들 잘 들어. 대장을 먼저 모시고 인고의 세월을 보냈던 나라구. 그러니 너희들에게 선배가 되는 거지. 알았어? 어서 다시 인사해 봐."

목풍아가 일도의 모습을 보곤 한숨을 내쉬며 말하였다.

"너 그러다 큰코다친다."

"대장은 가만히 계세요. 조직이란 엄연히 서열이 있는 거라구요. 내 말이 틀렸어?"

오괴가 물끄러미 일도를 바라보다가 포권을 하였다.

"오괴라고 합니다, 대형. 잘 부탁드립니다."

대개 강호의 문파들의 서열은 나이가 아니라 먼저 들어온 순이었다. 무당파의 제자였던 오괴로서는 지극히 당연한 일이었기에 순순히 받아들였다. 불만이 가득한 표정으로 있던 독돈도 하는 수 없이 머리를 숙였다.

"독돈이라고 합니다, 대형. 잘 부탁드리겠습니다."

"오냐, 오냐. 나이가 젊었다면 더 좋았겠다만 대장께서 어련히 너희들을 부하로 삼았을까? 앞으로 이 일도 형님을 알아서 잘 모시도록 해."

목풍아는 하룻강아지 같은 일도의 모습에 혀를 찼다. 이 자리에서 서열을 정하려던 목풍아는 오괴와 독돈이 생각이 있으리라 짐작하곤 웃으며 말하였다.

"일도야, 그러다가 큰코다친다."

"제가요? 그럴 리가요? 아시잖아요. 제가 승덕현의 주먹을 주름잡고 있었다는 거 말이에요."

"잘 알지."

오괴의 손가락 하나도 당해내지 못할 실력을 가지고 큰소리치는 우물 안 개구리를 보니 한숨이 절로 나왔다.

"대장, 왜 그러세요?"

"아니다. 이러고 있을 것이 아니라 가자. 내가 연경에 와서 부하들에게 돈을 너무 썼다. 돈이나 따러 도박장에 가야겠다."

"도박장에 간다구요?"

"유비무환有備無患이라는 말 못 들어 봤어? 앞으로 돈이 많이 필요할 거다. 시간도 없고 정상적인 방법으로는 큰돈을 벌기 어려우니 일확천금을 꿈꾸는 호구들이 있는 도박장으로 갈 밖에. 너희들은 잔말 말고 나를 따라오기나 해."

목풍아가 몸을 돌려 앞서 나갔다. 네 사람은 처음에 연왕부로 올 때 그랬듯이 연왕부의 대로 중앙을 위풍도 당당하게 휘저어 가고 있었다.

세상을 뜨겁게 달구던 기세 좋던 태양도 지평선 너머로 자취를 감추고 동녘 하늘에서 몰아온 어둠이 대지를 뒤덮을 때면 연경의 대로변에 다닥다닥 붙어있는 건물들에서는 휘황찬란한 등롱 불빛들과 볼거리들로 뙤약볕에 허덕이던 사람들을 불러들였다.

목풍아는 남쪽 큰길로 곧장 걸었다. 길가에 불을 밝힌 등롱과 지나가는 사람으로 발디딜 틈이 없는 이곳은 연왕부의 장안가長安街이니 원元대부터 중국의 상권과 물권이 한데 모여드는 곳이라 사방에 높이 솟은 누각들과 주루 등의 건물들로 가득한 불야성 같았다.

더위를 피해 집안에 있던 연경의 사람들이 쏟아지듯 몰려나와 넓은 대로 좌우에는 여러 가지 볼거리도 많았다. 날이 선 병장기를 휘두르며 약을 파는 약장수로부터, 재주를 넘는 광대들, 곰과 호랑이 같은 맹수를 길들여 재주를 부리는 이들이 지나가는 사람들의 눈길을 끌었다.

동굴 속에서 문명과 동떨어진 삶을 살아왔던 오괴와 독돈의 두 눈이 휘둥그레지는 것은 당연한 일이었다.

원말元末 혼란한 상황에서 천하를 둔 싸움에 휘말려 끊임없이 전장을 뛰어다니던 사람들이 평화로운 세상 속에서 번화한 문물을 보니 놀랍고 신기할 만도 하였다.

까만 안경을 쓴 세 사람을 사람들이 이상한 눈으로 바라보고 있었지만 그들은 장안의 번화한 볼거리에 여념이 없었다.

특별히 오괴와 독돈의 시선을 끈 것은 요술을 부리는 이들이었다. 둥근 쇠고리 서너 개를 기압을 넣어 연결시키거나 떨어뜨리고, 달걀만 한 희고 검은 두 철환을 입에 넣어 삼킨 다음 그것을 뒤통수나 손바닥으로 토해내고, 불붙인 천 조각을 입안에 삼켰다가 다시 뱉어내는데도 불이 꺼지지 않고 연기가 날 뿐만 아니라 입에서 불을 토하는 모습에 오괴와 독돈은 입이 쩍 벌어져 저희들끼리 중얼거렸다.

"입에서 불을 토하려면 보통 심후한 내공이 아니고선 불가능하지 않을까?"

"그렇지? 나도 그렇게 생각했다. 저놈은 어떤 내공을 익혔을까?"

"한번 물어볼까?"

"사문의 비밀을 선뜻 알려주겠어?"

"그런가? 하긴 그렇겠지."

일도는 두 사람이 주고받은 이야기를 엿듣다가 기가 차서 혀를 차며 중얼거렸다.

"생각하는 것이 저 모양이니 쯧쯧쯧. 대체 대장은 뭘 보고 저런 미친 늙은이들을 부하로 들인 거야? 벽에다 똥칠이나 안 하면 다행이겠다."

일도는 눈앞에 긴 등롱이 달린 주루를 발견하곤 재빨리 목풍아 앞으로 뛰어가 손가락으로 가리켰다.

"대장, 찾았습니다. 연왕부에서 제일 큰 주루 겸 도박장이 저기 있습니다."

목풍아가 걸음을 멈추고 바라보니 날아갈 듯한 커다란 3층의 주루였으니, 처마에 걸린 패액에 금색으로 연자루燕子樓라는 글자가 쓰여 있었다. 이곳이 장안에서 유명한 주루 겸 도박장인 연자루이니 누문樓門의 커다란 두 기둥에 天上己多一顆星하늘에는 주성酒星 한 알 반짝이고 있건만 人間空聞郡雙名땅에는 둘도 없는 주천酒泉이 여기라오.라는 한 쌍의 주련柱聯

이 붙어 있었다.

붉은 등롱이 훤하게 밝혀진 연자루 앞에 화장을 진하게 한 여인들이 손수건을 흔들며 손님을 불러 모으고 있었다. 목풍아는 성큼성큼 계단을 오르더니 연자루로 들어갔다.

"어머. 이 손님들은 색안경을 끼셨네요. 정말 특이하신 분들이다. 호호호."

기녀의 호들갑스러운 안내를 받으며 위풍당당하게 2층 누각으로 올라간 목풍아와 일행은 한편 각자閣子에 자리를 잡고 난간에 기대어 안을 둘러보았다.

장안 제일간다는 소문답게 건축이 훌륭하게 잘 된 주루였다. 기둥마다 채색 그림이 화려하고, 처마 끝에 걸린 발은 색색의 유리알을 달았는데 그 아래로 삥 둘러서 나지막한 난간이 있고, 난간의 한 칸한 칸마다 창문이 있으니 그 창문마다 가늘게 짠 발이 걸려 있었다. 눈을 돌려 난간 밖으로 보이는 것은 바둑판처럼 짜여진 넓은 연경의 경치와 오가는 사람들의 물결이었다. 멀리 연왕이 사는 연왕부의 장대한 건물이 달빛에 그림처럼 아련하였다.

"대장, 연자루는 연경에서 가장 유명한 기루입니다. 이곳의 기녀들은 천하절색이고 음식 맛 또한 기가 막히지요."

일도가 오괴와 독돈을 의식한 듯 앞서 말하였다. 싸움을 잘하는 줄 알았던 일도가 금위영의 무사들에게 무참하게 깨어지고 더구나 감옥에서 주눅이 들었던 터라 말이 많았다. 아니 세상 속에서 크기를 알수 없을 만큼 커져 가는 목풍아의 존재를 일도가 의식하고 있는지도 몰랐다.

"연자루에서 제일 비싼 술과 안주를 탁자 가득 가져오도록……."

목풍아는 주머니에서 은전 1냥을 꺼내어 기녀의 가슴 안에 넣어주었다.

"아이, 고마우셔라."

목풍아가 좋아서 어쩔 줄을 모르는 기녀의 엉덩이를 툭툭 치며 돌려보내었다.

오괴가 눈을 번뜩이며 말하였다.

"대장, 기녀를 희롱하는 일은 소인배들이나 하는 짓입니다."

독돈이 코웃음을 치며 말하였다.

"오괴야, 너는 아직도 명문정파의 제자인 줄 아느냐?"

"뭐라고?"

"사내라면 풍류를 즐길 줄도 알아야 하는 법이야. 너는 망할 규칙 때문에 여자 한번 못 품어봤지?"

"그, 그러는 너는?"

"나?"

독돈이 음흉한 웃음을 지었다.

일도가 오괴와 독돈을 번갈아 바라보며 말하였다.

"늙은이들이 별소릴 다 하는군. 시끄러워."

독돈이 일도를 노려보았다.

"노려보면 어쩔 테냐?"

목풍아가 소리쳤다.

"시끄러워."

일도가 움찔하였다.

목풍아는 눈빛을 반짝이며 연자루 주루 안을 살펴보았다.

1층에는 사람들이 벌 떼처럼 몰려와 주루의 탁자마다 사람이 가득하고 2층에도 몰려들어 있으니, 십중팔구 지하층은 도박장이 위치하고 있을 것이요, 1층과 2층은 주루가, 3층은 기녀들과 술을 마시고 숙박을 하는 공간일 것이다.

연자루 입구에 큰 덩치를 하고 서 있는 사나이들이 1층에 대여섯, 2층에도 세 명이 되니 지하와 3층까지 합하면 도합 스무명 정도. 이 정도의 큰 건물이라면 건물주 곁에서 거들먹거리는 주먹들이 적어도 200여 명은 될 것이다. 연경에서 가장 큰 주루를 소유할 정도라면 연왕부의 벼슬아치와도 뒷거래를 하는 인물이 틀림없을 것이다.

오괴는 목풍아가 주루 이곳저곳을 눈을 반들거리며 살피는 것을 보고 이 영악한 주인이 또 무슨 생각을 하고 있나 검은 안경 속으로 가만히 주시하였다. 독돈이 목구멍으로 나오는 호기심을 참지 못하고 말하였다.

"대장, 무슨 생각하시는 거요?"

목풍아가 차를 마시며 말하였다.

"오늘 내가 이 주루를 접수하려구."

오괴와 독돈은 때아닌 목풍아의 말에 서로의 얼굴을 바라보았다. 목풍아 옆에 앉아 있던 일도가 깜짝 놀라며 말하였다.

"대장, 돌았습니까? 여길 접수한다니요?"

"내가 오늘 이 연자루를 사버리지 뭐."

"설마… 대장, 오늘 도박하러 가자더니 바로 그 때문에?"

목풍아가 고개를 끄덕끄덕하였다.

"대장, 여긴 승덕현과 다릅니다. 연경이라구요. 죽으려고 환장했습니까? 이건 정말 미친 짓이에요. 이 주루의 주인 조기曹杞란 자는 잔인하기로 악명이 나 있어요. 까닥하다간 쥐도 새도 모르게 죽는 수가 있다고요."

일도는 목풍아가 대희루를 수중에 넣은 수단을 누구보다 잘 알고 있었다. 그때는 자신뿐만 아니라 승덕현의 건달들의 마음을 포섭하고 있었기 때문에 가능한 일이었다. 그러나 오늘 목풍아는 달랑 세 사람을 대동하고 연경에서 가장 크다는 연자루를 갖겠다고 장담을 하였으니 일도로서는 제정신이 아니라고 생각할 수밖에 없었다.

목풍아가 웃으며 대답했다.

"연왕부에 다녀온 것에 비하면 이건 미친 짓도 아니야. 심심풀이라고나 할까?"

오괴는 목풍아에게 어떤 복안이 있을 것이라고 생각할 수밖에 없었다. 그렇다면 목풍아가 생각하는 것은 무엇일까? 이 꾀 많고 영악한 사내가 연자루를 어떻게 수중에 넣을 것인지 궁금하였다.

기다리고 있던 식사가 술과 함께 나왔다. 온갖 듣도 보도 못한 음식들과 일등주一等酒가 탁자에 차려졌다.

"자, 큰일하기 전에 마음껏 먹어라."

목풍아가 식사를 하였다.

일도는 걱정이 되어 맛있는 음식이 입으로 들어가는지 코로 들어가는지도 모를 지경인데 오괴와 독돈이 음식과 술을 게걸스럽게 먹는 것을 보니 화가 치밀었다.

"그게 입으로 들어가냐?"

오괴와 독돈이 음식을 먹다말고 멍하니 일도를 바라보았다.

"네놈들은 걱정도 안 되냐? 그게 주둥이로 들어가냐?"

"예."

오괴와 독돈은 일도를 무시하듯 음식을 요란스럽게 먹었다. 목풍아는 마음이 흡족하여 목청껏 웃었다.

"와하하하. 많이 먹어라, 많이 먹어. 배부르게 먹어야 일도 잘 할 수 있는 거야. 일도, 너도 많이 먹어라. 와하하하."

일도는 계걸스럽게 음식을 먹고 있는 오괴와 독돈을 어이없는 눈으로 바라보았다. 35년간을 경쟁하며 살아온 두 사람이라 음식을 먹는데도 경쟁하느라 여념이 없었다. 일도는 눈치도 없이 음식만 먹어대는 두 사람을 보고 가슴을 치며 울화를 삼키었다.

그때, 여인 하나가 손수건을 살랑살랑 흔들며 목풍아의 옆자리에 끼어들었다.

"호호호. 부잣집 도련님인가 봐요."

"응. 연자루가 하도 유명하다기에 돈 좀 쓰러 왔지."

"호호호. 기녀를 보러 오셨나요? 도박을 하러 오셨나요?"

"당연히 돈을 따려고 왔지."

"호호호. 이런 말씀 드리기는 그렇지만 도박하러 온 사람치고 돈을 벌고 간 사람은 없답니다. 그러니 도련님도 아예 도박일랑 하지 마시고 차라리 기녀들과 하룻밤을 재미있게 보내는 것이 어떨까요? 제가 예쁜 기녀를 소개해 올릴 테니 말예요."

"하하하. 딴엔 손님의 주머니 사정을 생각해주는 착한 기녀로군."

"여기서 이런 말을 하면 안 되지만 도박이란 것이 인생을 망치고 가정을 망치는 몹쓸 짓입니다. 제 남편도 도박에 빠져서 가산을 탕진하고는 빚에 쫓겨 저승길로 가 버렸지요."

"저런."

"제가 남편의 도박 빚 때문에 화류계에 몸을 담게 되었답니다. 핏덩이 같은 자식들을 집에 두고 내가 지금 무엇을 하나 싶지만 어쩝니까? 아이들을 놔두고 구차한 산목숨을 끊을 수도 없는 것 아니겠습니까? 돈을 벌어 빚을 갚은 후에 아이들이 있는 집으로 돌아갈 밖에요. 그러니 도박은 절대 하지 마세요."

기녀가 손을 저었다.

"그런데 어쩌나? 나는 도박을 하러 왔는데 말이야. 나는 주체할 수 없을 만큼 돈이 많단 말씀이야. 연자루 같은 주루라면 큰 판이 벌어지는 곳이 있을 것 아닌가? 소개해주면 내가 은전 10냥을 주지."

기녀가 화색이 되어 말하였다.

"고맙기는 합니다만 그곳에 가시려면 제법 돈이 있어야 된답니다."

"얼마나 필요한데?"

"못해도 판돈이 은전 300냥 정도는 있어야지요."

목풍아가 품속에서 지전 여러 장을 꺼내어 탁자에 올려놓았다.

"이 정도면 될까?"

기녀가 바라보니 일백 냥짜리 지전이 다섯 장이다.

"나는 돈을 쓰고 싶어 환장한 사람이란 말씀이야. 소개시켜 주면 사례하지."

기녀의 손에 10냥을 건네자 화색이 된 기녀가 계단을 내려가 1층의 관리를 맡고 있는 사람에게 귓속말을 하였다. 사나이가 고개를 들었다.

목풍아가 씨익 웃으며 지전을 들고 손을 흔들자 사나이가 고개를 끄덕끄덕하였다.

목풍아는 비밀리에 부자들과 하는 도박이 큰돈을 딸 수 있는 수단임을 잘 알고 있다. 가장 판이 크고 가장 씀씀이가 큰 부자들의 돈을 딸 수 있다면 연자루의 기둥을 흔들어 놓을 도끼를 마련한 것이나 다름없으니 말이다.

"자, 이제 판이 벌어질 테니 오괴는 나와 함께 가고, 일도는 독도을 데리고 주사위 놀이나 하고 있거라."

목풍아는 일도에게 지전 백 냥을 내주곤 자리에서 일어났다. 마침 1층에서 건장한 사나이 하나가 올라와 목풍아에게 꾸벅 인사를 하고 3층으로 안내하였다.

계단을 따라 3층 누각으로 올라가니, 누각 가운데를 제외하고 사방이 모두 방이었다. 왼편에 큰 월문 하나가 있었는데 칼을 찬 건장한 사내 네 사람이 서 있었다. 이곳이 큰 판이 열리는 방 같았다.

월문 안으로 들어서니 구슬 같은 주렴이 창에 가득하고 바닥은 화려한 페르시아 양탄자를 깔았으며 번쩍이는 문갑과 탁자에는 아름다운 도자기와 기괴하게 생긴 조각상이 장식되어 화려함의 극치를 보는 것 같았다.

그 가운데 흰 대리석으로 만든 탁자가 있었는데 화려한 비단옷을 입은 세 명의 사내들이 마작을 하고 있었다. 그들은 한결같이 금목걸이를 하고 손가락에 금과 비취, 산호 등으로 만든 반지를 주렁주렁

차고 패를 돌리고 있었는데, 그들 뒤에는 호위무사인 듯한 사나이들이 우두커니 서 있었다. 한눈에도 세 사람이 연경의 큰 부호임을 알 수 있었다. 그들은 까만 색안경을 쓴 어린 소년이 같은 안경을 쓴 부하와 도박장으로 들어오는 것을 이상한 눈으로 보다가 다시금 고개를 돌려 무심하게 마작패를 돌렸다.

"와하하하. 마침 세 분이 계셨군요. 이 사람이 끼어들면 짝이 맞으니 오늘 운수가 참말 좋으려나 봅니다."

목풍아는 호탕하게 웃으며 빈자리에 앉아 점원에게 지전을 몽땅 내주었다.

"400냥으로 시작해볼까?"

잠시 후, 점원 두 사람이 옻칠을 한 나무함에 들고 들어와 목풍아의 자리에 놓고 물러났다.

층층이 쌓인 은전을 바라보는 사람들의 눈빛이 빛났다. 은전 400냥 정도는 하찮게 보는 사람들이 분명하지만 욕심은 끝없는 욕심을 낳는 법이다. 도박에 미친 사람들치고 분수를 아는 사람은 없어서 가지고도 욕심을 주체하지 못하는 사람이 대부분이었다.

한 사람의 부자를 만들기 위해서 가난한 자 500명이 필요하다는 말이 있다. 대개의 부자들은 넓은 토지를 소유하여 소작농에게 착취한 돈으로 무한한 부를 축적하였다. 정치인들은 부자들에게 더 큰 부를 주기 위한 편의의 대가로 재산을 모았다. 넘치는 재산과 감당할 수 없는 돈을 가진 이들은 백성들의 눈물과 땀으로 만든 재산을 아무렇지도 않게 허비하였다. 이들이 도박장을 찾는 이유는 바로 그 때문이었다. 끝없이 가져야만 만족함을 느끼는 사람들. 만족을 모르는 끝없는 욕심에 흔들리는 인간의 심성. 그 심성을 가진 부자들이 목풍아가 노리는 대상이었다.

목풍아가 은전 400냥을 미끼로 탁자에 올려놓으니 번쩍이는 은광을 감상하는 세 사람의 얼굴에 음흉한 미소가 감돌았다.

'너희들은 내 밥이다.'

목풍아가 빙긋 미소를 지으며 세 사람의 얼굴을 차례로 바라보다가 두 손가락을 깍지 껴서 몸을 풀곤 크게 웃었다.

"와하하하. 그럼 시작해볼까요?"

이내 패가 돌기 시작하였다.

목풍아의 뒤에서 석상처럼 지키고 서 있는 오괴는 마음속에 무당파 제자로서의 자부심이 있는 사람이라 자신이 모시는 대장이 도박을 하는 것이 못마땅하였다. 하지만 어쩔 수 없는 일이었다. 오괴는 독돈이 문득 생각났다.

'독돈은 지금 뭘 하고 있을까?'

마교의 대마두로 35년 동안 서로를 증오하며 싸워왔던 독돈과 잠시 떨어져 있는 것뿐인데 독돈이 궁금하다니, 사람의 마음이란 참으로 알 수 없는 것이라 생각하는 오괴였다.

한편 일도는 목풍아에게 받은 은전을 바꾸어 자신은 70냥을 가지고 독돈에게는 30냥을 주어 도박장이 있는 지하로 내려갔다. 계단을 따라 들어가니 넓은 지하에 밝은 불빛이 화려하고 사람들이 이곳저곳에 모여 시끄럽게 도박에 열중하고 있었다.

도박판은 반으로 나누어져 한편은 마작을 하고, 한편은 주사위 놀이를 하는데 일도는 마작에는 자신이 없어서 주사위 놀이를 하는 곳으로 터벅터벅 걸었다.

도박에 대해 문외한인 것은 독돈 역시 마찬가지라 얼빠진 사람마냥 일도의 뒤를 따랐다.

와——

요란한 사람들의 함성 소리가 들려오는 곳은 주사위 놀이가 벌어지는 곳이었다. 주사위 놀이도 그 종류가 많지만 대개 큰 수와 작은 수, 홀수와 짝수로 돈을 걸어 맞춘 사람이 돈을 땄다.

일도는 독돈을 끌어당겨 자신의 돈 20냥을 독돈에게 주며 말하였다.

"대머리 늙은이, 잘 들어. 이건 대장이 가르쳐 준 건데, 우리가 50냥을 공평하게 가지고 홀수와 짝수에 동시에 거는 거야. 그럼 반타작은 할 수 있으니 우리가 딸 확률이 높아진다 이거야. 내가 짝을 할 테니 너는 홀을 해라. 알겠냐?"

"알았어."

"좋아, 시작하자."

두 사람은 주사위가 작은 바구니 안에서 멈출 때마다 같은 돈을 짝수와 홀수에 걸었다. 짝수와 홀수의 확률은 비슷해서 한참을 열이 오르게 주사위를 하다가 돈을 맞추어 보면 본전에서 크게 벗어나지 않았다. 대개 일도가 거는 것은 잃었고 독돈이 거는 것은 땄다. 독돈은 따는 재미가 쏠쏠해서 욕심이 생겼다.

"대형, 그냥 한 번에 다 걸면 어떨까?"

일도가 눈을 부릅뜨며 소리쳤다.

"미쳤어? 백 냥이 누구 이름인 줄 알아? 안 돼."

일도는 독돈에게 핀잔을 주고는 사방을 둘러보았다. 가운데 있던 도박사가 주사위를 돌리기 시작하였다. 독돈이 이것을 보고 있다가 재빨리 일도의 돈을 빼앗아 짝수 편에 놓았다. 백 냥짜리 은전이 짝수 편에 쏟아지자 사람들이 눈을 휘둥그레 뜨고 색안경을 쓴 독돈을 바라보았다.

"이 사고뭉치 늙은이."

일도가 얼른 뛰어와 짝수 편에 쏟아진 은전을 주워 담으려 하였으나 어느새 독돈의 손이 일도의 덜미를 잡고 있었다. 일도는 맥을 추지 못하고 두 팔을 휘저으며 소리쳤다.

"어서 이 손을 놓지 못해? 죽고 싶어 환장했어?"

독돈이 싱글거리면서 도박사에게 말하였다.

"신경 쓰지 말고 어서 열어 봐."

도박사가 큰돈을 보고 침을 삼키며 바구니를 열었다.

"와─────."

떠나갈 듯한 함성이 일어났다. 뜻밖에도 탁자에 놓여있는 주사위는 짝수가 나와 있었던 것이다.

"우헤헤헤. 내가 이겼다."

독돈이 기분 좋게 웃으며 일도의 덜미를 놓았다. 배당으로 들어오는 은전 200냥을 보는 일도의 입가에 미소가 피어올랐다.

독돈이 허리에 손을 대고 위풍당당하게 물었다.

"대형, 이래도 나를 욕할 거야?"

일도는 머리를 내저었다.

"아니, 내가 왜 너를 욕하니? 이렇게 돈을 땄는데……."

일도는 배시시 웃으며 은전을 챙기려 손을 뻗었다. 독돈이 일도의 손목을 잡고 머리를 내저었다.

"뭐야? 왜?"

"또 한판 해야 할 거 아냐?"

"뭐라구? 얼마나 걸려구?"

"몽땅."

"뭐? 300냥을 전부 건다고?"

독돈이 고개를 끄덕였다. 일도의 얼굴이 찌푸러졌다. 판돈이 300 냥이니 운이 좋아 따게 되면 600냥이 들어와 도합 900냥이 되지만 잃으면 졸지에 빈털터리가 될 판이었다. 빈털터리가 되면 대장을 볼 낯이 없다.

"그럼 본전은 내가 가지고 있고 200냥만 하면 안 될까?"

"그럼 재미가 없잖아. 전부 다 걸자구."

간장이 약한 일도는 울상이 되었다.

"괜찮아. 딸 수 있다니까."

독돈이 가슴을 두드리며 껄껄 웃었다.

일도는 사람들의 눈을 의식하여 은전에서 손을 떼고 천천히 일어났다.

"좋아, 하지만 잃으면 죽을 줄 알아."

일도는 주먹을 쥐어 단도리를 하곤 독돈의 뒤로 물어났다.

"자, 주사위를 굴리라구."

독돈의 말이 떨어지기 무섭게 도박사가 주사위를 넣은 작은 대나무 바구니를 요란하게 흔들었다. 독돈은 무심하게 판돈이 있는 탁자에 손을 대고 있다가 대바구니가 바닥에 찰싹 붙는 것을 보고 입을 열었다.

"여기 놓은 곳에 그대로⋯⋯."

짝수가 있는 곳이었다. 도박사가 울상이 되었다.

"뭐해? 어서 열어보지 않구."

독돈의 독촉에 도박사가 대바구니를 드니 점 두 개가 보였다.

"와─────."

우레 같은 함성이 다시 터졌다.

"대형. 봤지?"

독돈이 고개를 돌려 일도를 보고 씨익 웃었다. 일도는 웃어야 할지 울어야 할지 몰랐다. 800냥을 잃었으니 잃은 편이 가만히 있을 리가 없었다.

"독돈아, 우리 그만 가자."

"왜 이래? 한참 재미있는데⋯⋯."

"너, 도박은 해 봤니?"

"아니. 처음인데⋯⋯."

천진난만한 독돈의 대답에 일도는 기가 막혀 말도 나오지 않았다.

사람들이 갈라지며 건장한 사내들이 나타났다. 주사위 도박판 주변으로 험상궂은 사내들이 둘러서고 주사위를 돌리는 사내가 교체되었다.

일도는 잔뜩 긴장하여 독돈의 옆구리를 찌르며 말하였다.

"독돈아, 우리 그만 가자."

"왜?"

"이 자식이? 죽고 싶어?"

"가고 싶으면 혼자 가."

독돈이 새로 바뀐 도박사에게 말하였다.

"자, 주사위를 굴려보라구."

날카로운 눈빛의 도박사가 맹렬하게 주사위를 돌렸다. 독돈은 탁자 앞의 의자에 앉아 멍하니 하늘만 주시하였다.

주사위를 돌리며 힐끔힐끔 독돈을 바라보던 도박사는 상대방이 까만 안경을 쓴 까닭에 시야가 어디에 있는지 알 수 없었다. 이들은 자신의 마음대로 주사위 숫자를 만들 수 있지만 상대방이 어디에 돈을 걸 것인지 짐작할 수 없기에 난감함을 느꼈다.

독돈이 팔십 평생에 처음으로 도박을 하는 사람인지 모르고, 도박사는 상대방을 과대평가하여 이마에 식은땀을 흘리며 열심히 주사위를 돌리다가 탁자에 힘 있게 내려놓았다.

"그깟 주사위 돌리는데 참 오래도 걸린다."

독돈은 900냥이나 되는 은전을 쓸어 담듯이 홀수 편으로 옮겨놓았다. 도박사의 얼굴이 창백하게 변하였다.

"열어보라구."

도박사가 천천히 대바구니를 열었다. 붉은 점 하나가 불빛에 드러났다.

"홀수다."

사람들의 환호성과 함께 일도가 팔딱팔딱 뛰며 소리쳤다.

"독돈이 최고! 독돈이 최고야."

탁자에 은전이 산더미처럼 쌓인 것을 보고 일도가 미친 사람처럼 웃으며 좋아하였다. 100냥으로 시작한 판돈이 졸지에 2,700냥이나 되는 거금이 되었으니 미치고 팔짝 뛸 만도 했다. 그때였다. 사내 하나가 다가와 미소를 지으며 말하였다.

"은전의 양이 너무 많으니 금전으로 바꾸시죠."

"좋아, 좋아. 그렇게 해."

점원 몇 사람이 다가와 은전을 세어 물러가더니 어린아이 주먹만 한 금전 27냥을 가져왔다. 누르스름한 금전이 불빛을 받아 반짝거렸다. 소문이 퍼져서 도박판의 사람들이 주사위 주변으로 몰려들어 인산인해를 이루었다. 독돈이 사람들을 둘러보다가 호탕하게 웃으며 말하였다.

"구경꾼들도 많으니 한 판 더 해볼까?"

일도가 겁이 덜컥 나서 독돈을 말렸다.

"이봐 독돈, 이제 그만하지. 운수가 좋은 것도 한두 번이라구."

"시작했으면 끝을 봐야지. 걱정하지 말라니까."

독돈이 고개를 돌려 도박사에게 말하였다.

"자, 주사위를 흔들어 보시오."

금전으로 바꾸라고 말했던 사나이가 주사위판 앞으로 다가와 꾸벅 인사를 하고 주사위를 대바구니 안에 집어넣었다.

"저는 이 도박장의 주인인 조기曹奇입니다. 지금부터 제가 하겠습니다."

"좋아, 좋아."

독돈이 껄껄 웃었다.

조기는 대나무 바구니를 천천히 돌리다가 탁자에 놓았다.

"자, 선택하시죠."

독돈이 조기의 얼굴을 바라보다가 금전 27냥을 짝수에 밀어 넣었다.

"자, 그럼 바구니를 열겠습니다."

조기가 바구니를 잡았을 때였다.

"잠깐, 나도 걸지."

좀처럼 보기 힘든 큰판을 구경하던 도박꾼들이 반으로 갈라지며 까만 안경을 쓴 목풍아가 배실배실 웃으며 들어왔다. 그 뒤를 따라 금전을 수북하게 쌓은 쟁반을 든 오괴가 나타났다.

"대, 대장."

일도가 수북한 금전과 목풍아를 놀란 눈으로 바라보았다.

목풍아는 마작판에서 신들린 사람처럼 돈을 땄다. 양 떼를 희롱하는 호랑이처럼 야금야금 금액을 올린 목풍아는 금전이 걸린 큰판에서 무참하게 사람들의 돈을 따 버렸다. 약이 오른 부자들이 객기를 부렸지만 136개나 되는 마작패를 몽땅 외워버린 목풍아를 어떻게 당해낼 수 있을 것인가?

마작은 상대방의 패를 가져오기도 하고 내주기도 하는 규칙이 있었다. 상대방의 수중에 있는 패를 들여다보듯 외우고 있는 목풍아에겐 마작에서 이기는 일이 식은 죽 먹는 일보다 쉬웠다.

목풍아는 부자들이 걸치고 있는 반지며, 목걸이까지 몽땅 따서 빈털터리로 만든 후에 유유히 누각을 내려왔던 것이다. 부자들의 호위 무사들이 시비를 걸었지만 오괴를 당해낼 수 없었다.

오괴는 패를 마구 바꾸어 상대방의 패가 완성되지 못하게 만들며 자신의 패를 완성하여 가는 목풍아를 가까이서 보며 다시 한 번 놀라움을 금치 못하였다.

오괴는 목풍아의 근골이 좋지 못한 것을 안타깝게 생각하였다. 총명한 머리에 근골까지 좋았다면 무림의 대종사가 될 수 있었을 것이다. 하지만 하늘은 언제나 공평한 법이었다.

돈을 잃은 부자들을 대신해서 시비를 거는 무사 세 사람을 간단하게 잠재우고 목풍아가 딴 수천만의 금전을 들고 내려온 오괴는 생각도 않은 독돈이 엄청난 돈을 따서 흥을 내고 있는 것을 보고 적잖게 놀랐다.

'이 독돼지 녀석이 제법인데?

목풍아는 위풍당당하게 부채질을 하며 독돈에게 말하였다.

"어이쿠. 우리 독돈이 이렇게 돈을 많이 땄네."

독돈이 자리에서 벌떡 일어나 목풍아에게 의자를 양보하며 호탕하게 웃었다.

"그러게요. 대장, 제가 오늘 운이 좋았습니다."

색안경을 낀 늙은이가 색안경을 낀 어린아이에게 인사를 하는 것을 조기가 바라보고 있으니 목풍아가 독돈이 앉았던 자리에 털썩 앉아 홀수 편을 손가락으로 가리키며 말하였다.

"그럼 나는 홀수에 금전 27냥을 걸어볼까?"

일도에게 가르쳐 주었다는 목풍아식의 주사위 놀이었다.

오괴가 쟁반에서 금전 27냥을 홀수 편에 내려놓았다. 탁자에 수북한 금전이 불빛을 받아 찬란하게 반짝거렸다. 목풍아가 손가락을 까닥거리며 말하였다.

"이제 열어보지."

조기가 목풍아를 노려보며 바구니를 들었다. 바구니 안에는 다섯 개의 점이 찍혀있었다.

"홀수로구나."

독돈이 따길 기원하던 사람들이 저마다 탄성을 질렀다.

"이런 젠장."

독돈이 무릎을 치며 소리치니 목풍아가 손뼉을 치며 말하였다.

"와하하하. 이거 운이 나한테 있는 것 같은데……."

금전 27냥은 적은 돈이 아니다. 이긴 배당으로 독돈의 27냥이 목풍아의 탁자로 들어오고 점원 두 사람이 금전 27냥을 들고 와서 탁자에 놓았다. 도합 81냥. 은전으로는 8,100냥이나 되는 어마어마한 큰돈이었다. 조기가 꿀꺽 침을 삼키며 말하였다.

"더 하시겠습니까?"

"그럼, 그럼. 더 해야지. 이번에는 홀수에 놓아볼까?"

조기는 상기된 얼굴로 바구니를 흔들어 탁자에 내려놓았다. 조기가 바구니를 열려고 할 때 목풍아가 말하였다.

"아냐, 짝수로 옮겨야겠다."

목풍아가 얼른 돈을 짝수로 옮기고 말하였다.

"열어봐."

조기가 창백한 얼굴로 목풍아에게 말하였다.

"홀수에 걸지 않으셨습니까?"

"아니, 난 홀수에 놓아볼까 하고 말했지 홀수에 걸겠다고 한 적이 없어. 내 말이 틀렸는가? 더구나 난 바구니 안의 주사위가 홀수인지 짝수인지도 보지 못 했다구."

조기의 얼굴이 울그락불그락했졌다.

"뭐해? 어서 열어보라구."

독돈의 재촉에 조기가 바구니를 들었다. 탁자 위의 주사위에 점 여섯 개가 선명하게 찍혀 있었다.

"와아아아———."

사람들이 환호성을 질렀다. 81냥에 대한 배당은 162냥. 어린아이 주먹 만한 금전 1냥이 10개 모여야 밥그릇 만한 금전 1관이 되는 것이니, 도합 16관 2냥이나 되는 돈이었다. 실로 어마어마한 금액이었다.

"내게 줄 돈이 있나?"

목풍아가 싱글거리며 물었다.

조기가 부하들에게 말하였다.

"어서 가져와라."

잠시 후, 건장한 점원 두 사람이 큰 대야에 돈을 가지고 돌아왔는데 도박장에 있던 돈을 몽땅 긁어온 모양이었다. 도합 15관 12냥. 1관이 없어서 1냥짜리 금전을 준비한 것이니 연자루에 엄청난 타격을 준 것이 분명하였다.

목풍아가 배시시 웃으며 자리에서 일어났다.

"헤헤헤. 옛말에 딸만큼 땄으면 자리를 뜨라고 하더군. 이만큼 운이 좋았다면 그만 할 때도 된 것 같은데… 좋아, 시간도 오래되었고 잠도 오는데 그만 갈까?"

목풍아가 힐끔 조기를 바라보니 조기의 눈가가 바르르 떨리고 있었다. 분노를 참고 있는 모양 같았다. 돈을 잃으면 화가 나기 마련이다. 생긋 웃던 목풍아가 자리에서 일어나다가 털썩 자리에 앉았다.

"에라, 마지막 한판으로 끝내 버리자."

조기의 얼굴에 안도의 빛이 어리었다. 목풍아는 오괴와 독돈, 일도에게 고개를 돌려 말하였다.

"모두 가진 돈을 탁자에 쌓아 놓아봐."

오괴와 독돈이 들고 있던 돈을 탁자에 놓았다. 오괴가 가진 것만 금전 10관 22냥에 금목걸이며 금팔찌, 비취반지 등 이루 헤아릴 수 없이 막대한 양이니 여기서 15관 12냥과 81냥을 추가하여 무려 25관 115냥이나 되었다. 실로 엄청난 돈이 아닐 수 없었다.

"전부 걸겠어."

도박장에 모인 사람들은 목풍아의 배짱에 숨도 쉬지 못하고 침을 꿀꺽 삼키었다.

목풍아가 조기를 노려보며 말하였다.

"이봐, 내가 만약 이긴다면 배당을 챙겨줄 수 있겠나? 아무래도 힘들 것 같은데……."

"후후후, 어차피 이길 확률은 반반이죠."

"와하하하. 그걸 몰라서 하는 말이 아니지. 만약에 내가 이긴다면, 내가 건 돈의 배당을 받을 수 있냐는 말이지. 그 정도 능력을 보여 준다면 나는 이 한판에 승부를 걸겠다 이거야."

승부를 하지 않겠다고 억지를 쓰는 것이 분명했지만 누가 보기에도 목풍아의 말은 합당하였다.

조기 역시 도박과 술집을 운영하며 많은 도박판을 경험하였지만 연경 제일의 연자루가 휘청거릴 정도의 큰 도박판을 접하자 등줄기에 식은땀이 흘렀다. 이길 수만 있다면 다행이지만 지면 모든 것은 끝이었다.

방금 가져온 15관 12냥은 연자루 금고를 탈탈 털어 가져왔다고 해도 과언이 아니었다. 상대방에게 내놓을 배당이 없는데 승부를 할 수는 없었다. 그것이야말로 도박이었다. 그러나 승부를 하지 않으면 연자루는 커다란 재정적인 문제를 안게 되는 것이다.

도박판의 자금이 떨어지면 도박장을 열 수도 없고, 점원들의 급여와 기녀들의 화장품이나 옷, 주루의 술과 음식을 사는데 충당하는 비용이 없어지기 때문에 이 한판은 연자루의 운명이 걸린 것이나 다름없었다. 그 때문에 조기로서는 더욱 포기할 수 없는 판이었다.

"어떻게 할 건지 결정하라구."

조기가 목풍아를 노려보며 말하였다.

"좋습니다, 제가 지게 된다면 연자루와 연자루의 모든 권리를 내놓지요."

"자신 있는가?"

"이길 확률은 반반이오."

"나를 이길 수 없을 텐데……."

"그건 결과가 나 봐야 아는 것이오."

"좋아, 그럼 서약서를 쓰게. 내게 진다면 연자루를 통째로 내놓겠다는 서약서를 쓴다면 승부를 할 용의가 있네."

조기는 부하에게 붓과 종이를 가져오라 명하였다. 점원이 재빨리 가져오자 조기는 종이 위에 서약서를 썼다.

목풍아는 팔짱을 끼고 앉아 콧노래를 흥얼거렸다.

이 영악한 주인이 연자루를 가지겠다고 공언했을 때 오괴는 판이 이렇게까지 가리라고는 생각하지 못했다. 그런데 상황은 목풍아가 생각한 대로 흘러가고 있었다.

오괴는 영악한 주인이 확실하게 이길 무언가가 있는 것을 짐작하였다. 이미 목풍아의 머릿속에는 필승의 전략이 들어있는 것이다. 그러나 그것이 무엇인지는 오괴도 알 수 없었다.

조기가 서약서를 쓰고 인장을 찍은 후 탁자 위에 내밀었다. 목풍아가 서약서를 둘러선 사람들에게 보였다.

"자, 모두 보았겠지요?"

목풍아는 서약서를 돈을 쌓아놓은 곳에 올려놓은 후 조기에게 말하였다.

"내가 한 가지 제안을 하지. 이건 자네와 연자루의 운명이 달린 마지막 한판이 아닌가. 나도 큰돈을 걸었고 말이야. 그러니 이 한판은 사람들이 결과를 알 수 있게끔 주사위를 대바구니에 씌우지 말고 탁자에 던지자구. 그 결과를 나는 승복하겠네. 어떤가?"

조기가 음흉한 미소를 지으며 말하였다.

"좋소. 그렇다면 그대가 먼저 돈을 걸 곳을 정하시오."

"나는 짝수에 그대로 걸겠다."

서약서가 있는 거금이 짝수 편에 옮겨졌다. 사람들의 시선이 조기에게 집중되었다.

조기가 주사위를 손에 들고 입김을 불었다. 사위가 쥐죽은 듯 조용해졌다.

"자, 간다."

조기는 탁자 위에 주사위를 던졌다. 주사위가 탁자에 부딪히며 또르륵 굴렀다. 사람들의 시선이 연자루의 운명을 담고 굴러가는 주사위에 집중되었다. 한참을 굴러가던 주사위가 빙글빙글 돌다가 멈추었다. 빨간 점 하나가 밝은 불빛 아래에 한 점으로 반짝거렸다. 홀수였다.

"내가 이겼다."

조기가 주먹을 불끈 쥐며 소리쳤다. 조기의 부하들이 환호성을 질렀다. 희대의 도박판이 조기의 승부로 끝이 나는 순간이었다. 그 순간, 오괴는 목풍아의 얼굴에 미소가 어리는 것을 보았다.

"잠깐."

목풍아가 천천히 자리에서 일어나 탁자에 놓인 주사위를 들었다.

조기가 목풍아를 노려보았다.

"승부에 승복을 못하겠다는 것인가?"

조기의 부하들이 당장에 달려들 듯이 목풍아를 노려보았다.

"이상한 점이 있어서."

목풍아가 주사위를 사람들에게 보이며 말하였다.

"여러분, 이상한 점이 있어서 한번 시험을 해볼까 하고 주사위를 가져왔습니다."

목풍아는 사람들이 잘 볼 수 있도록 손가락으로 집은 주사위를 오괴의 손에 건네주곤 정색을 하며 말하였다.

"부숴라."

영문을 알 수 없었지만 명령을 받은 오괴가 손가락에 힘을 주었다.

바직─

주사위가 부서지며 은백의 수은이 손가락을 타고 흘렀다. 이를 지켜보던 구경꾼들이 소리쳤다.

"수은이 든 주사위다."

"속임수를 썼다! 조기가 속임수를 썼다."

"그렇게 우리 돈을 땄구나."

"망할 놈, 손을 잘라 버려라."

구경꾼들이 소리를 지르며 욕설을 퍼부었다.

'이것이었나?'

오괴는 목풍아의 미소를 떠올렸다.

'그렇다면 목풍아는 이 주사위에 수은이 들어있다는 것을 알고 있었다는 말인가?'

오괴는 다시 한 번 이 영악한 주인의 심모에 놀라움을 금치 못하였다. 그러나 도박을 한 번도 해보지 못한 오괴가 알지 못하는 것이 있었으니 주사위에 수은을 넣어 자기 마음대로 하는 것은 도박을 하는 자라면 짐작할 수 있는 수법이었다.

목풍아는 조기가 독돈을 상대할 때 주사위가 바뀐 줄을 짐작하였다. 독돈이 당한 것은 바로 그 때문이었다.

대희루를 운영했던 목풍아가 그것을 모를 리 없었다. 그래서 목풍아는 독돈의 반대편에 돈을 걸었던 것이다. 다음 판에 홀수로 유도하고 짝수에 돈을 건 것 역시 마찬가지였다. 수은이 든 주사위라는 것을 확신한 목풍아는 빼도 박도 못 하도록 주사위를 여러 사람이 볼 수 있게 유도하였고, 결국 조기는 목풍아가 친 덫에 걸려버리고 말았던 것이다. 사람의 심리를 읽는 힘과 치밀한 계산이 이루어낸 결과였다. 이런 상황에서는 조기의 무리가 아무리 많아도 명분이 없기 때문에 무용지물이었다.

"이 사기꾼 자식."

독돈이 조기의 멱살을 붙잡아 목풍아의 앞에 무릎을 꿇렸다. 목풍아가 의자에 앉아 조기의 얼굴을 내려다보며 말하였다.

"이 자식, 감히 어디서 속임수를 쓰는 거야? 감히 이 목 대인을 속이려 하다니? 손목을 잘라버릴 테다."

조기는 할 말이 없어서 고개를 푹 숙였다.

"하하하. 조기, 너무 겁먹을 것 없어. 나는 자비로운 사람이니까 말이야."

목풍아는 탁자 위에 있는 서약서를 흔들며 말하였다.

"어찌 되었든 너는 나와의 내기에 졌으니 연자루는 내가 접수하겠다. 너는 내일까지 완벽한 서류를 만들어 놓도록 해라. 알겠느냐?"

짧지만 강한 인상의 말을 마친 목풍아는 목을 젖혀 크게 웃다가 오괴 일행에게 말하였다.

"뭐해? 돈 챙겨야지."

일도가 재빨리 큰 자루 하나를 가져와 돈을 담았다. 이내 구경하던 사람들의 대열이 열리며 네 사람은 유유히 계단을 올라가 연자루를 나갔다. 연자루 입구에서 기녀들이 꾸벅꾸벅 인사를 하였다. 내일부터 바뀔 주인이니 미리 인사를 하는 것이었다. 그중에 큰판을 소개시켜줬던 기녀가 눈에 띄었다.

목풍아가 손가락을 까닥하며 기녀를 불렀다.

"네 공이 크다, 상금을 줘야겠지?"

"그러지 않아도 됩니다."

"아냐, 네 공이 크니 반드시 상을 줘야지. 네 빚이 얼마지?"

"사, 삼백 냥입니다."

목풍아가 일도에게 말하였다.

"이 기녀에게 상으로 삼백 냥을 주거라."

"예? 삼백 냥씩이나요?"

"그 돈이 니꺼냐? 주라면 주는거지. 말이 많구나."

일도가 주섬주섬 주머니를 뒤져 지전 삼백 냥을 기녀에게 건넸다.

"그 돈으로 빚을 갚고 집에 가서 애들이랑 오순도순 잘살아라. 이런 화류계에 몸담을 생각 말고, 알았느냐?"

기녀가 손수건으로 눈가를 닦았다.

"고맙습니다, 대인. 이 은혜를 어떻게 갚아야 할지?"

"열심히 살아. 그럼 돼."

"고맙습니다요, 대인. 이 은혜는 죽어도 있지 않겠습니다."

기녀가 연신 머리를 숙였다.

오괴와 독돈은 목풍아의 풍모에 감탄하지 않을 수 없었다. 어린아이지만 존경할 만한 구석이 한두 개가 아니었기 때문이다.

'아무리 제 돈이 아니지만 돈을 제대로 쓸 줄 아는 놈이군.'

오괴와 독돈은 목풍아를 대장으로 삼길 잘했다고 생각하였다.

연자루 계단을 내려온 목풍아는 휘황한 등롱이 불을 밝히고 있는 연자루를 바라보다가 입을 열었다.

"내일부턴 주련을 바꿔 달아야겠어. 人生逆轉不知間인생역전은 모르는 사이에 一攫千金有運間일확천금은 운수 사이에라고 말이야. 아마 내일부터는 장사가 더 잘되지 않을까? 하하하."

목풍아가 걸음을 옮기자 돈자루를 든 일도가 낑낑거리며 따라와 목풍아의 옆에 붙었다.

"대장, 아무래도 찜찜한데요? 그놈들이 가만히 있겠습니까? 하룻 저녁에 연자루를 홀딱 날렸는데 말이에요."

"그래서?"

"쥐도 새도 모르게 갈 수도 있다는 말이죠."

"이 자식아. 내가 그렇게 허술한 사람인 줄 알았느냐? 다 수가 있어."

복풍아는 사람이 북적거리는 대로를 지나가다가 갑자기 방향을 바꾸어 인적이 드문 외진 골목으로 접어들기 시작하였다.

"대, 대장. 갑자기 여긴 왜 들어오세요?"

목풍아는 콧노래를 부르며 가볍게 걸었다. 깊은 밤이라 불도 없는 어두침침한 골목길이었다.

갑자기 골목길 앞에서 시퍼런 도검을 든 사람들이 우루루 나타나 길을 막았다. 그와 동시에 뒤편에서 수십여 명이 넘는 사람들이 칼을 가지고 뒤편을 막아섰다.

"대장."

일도가 울상이 되었다.

목풍아가 뒷짐을 진 채 크게 웃었다.

"와하하하. 걱정도 팔자구나. 이제 마무리를 확실히 하자구. 오괴와 독돈, 그동안 싸우질 못해서 몸이 근질거렸지?"

"예."

미행을 눈치채고 있던 오괴와 독돈은 목풍아가 골목길로 들어가자 어떤 사건이 일어날지 짐작하였다. 조기 뒤에서 움직이는 건달들을 평정하면 연자루는 완전히 목풍아의 손에 들어오는 것이다. 그것은 오괴와 독돈의 몫이었다. 모든 것이 목풍아의 머릿속에 계산된 일이었다. 목풍아는 알아갈수록 치밀한 사나이였다.

"몸 한번 풀어봐. 상대가 조무래기들이니 죽이지는 말고."

"그리하지요."

독돈이 눈앞에 있는 상대는 안중에도 없다는 듯이 코를 실룩거리며 오괴에게 말하였다.

"까막 귀신아, 누가 많이 쓰러뜨리는지 내기할까?"

그새 도박에 맛이 들었는지 내기를 제안하는 독돈이다.

"좋아, 누가 많이 쓰러뜨렸는지 내기하자."

"좋아."

말이 떨어지기 무섭게 뚱뚱한 독돈의 신형이 목풍아의 앞을 막아선 사나이들에게 달려들었다. 오괴는 뒤편에 있는 사나이들에게 질풍처럼 달려들었다.

"뭐, 뭐야?"

일도가 한마디를 하기도 전에 골목길 좌우에서 비명소리가 들려오기 시작하였다. 앞에 있는 독돈은 칼이며 창이며 할 것 없이 무참하게 꺾고 부수며 닥치는 대로 건달들을 쓰러뜨리고, 뒤에 있는 오괴는 한 손가락으로 달려드는 사나이들을 콕콕 찌르기만 할 뿐인데 허수 아비처럼 픽픽 쓰러졌다.

그 모습이 양 떼를 희롱하는 호랑이 같았다. 본래 무공이 뛰어난 두 사람이 35년간 정파와 사파를 대표하며 좁은 동굴 속에서 싸우기만 했던 까닭에 그들의 무공은 정도와 사도의 중간 지점에서 묘한 접점을 이루었고 상승효과를 거두어 실로 상상을 초월할 정도였다. 당금 무림의 고수들조차 상대하기 어려운 초고수를 상대로 동네 건달들이 상대가 될 리 만무하였다.

일도는 우습게만 보아왔던 미친 늙은이들이 맹호처럼 건달들을 제압하는 모습을 보고 너무 놀라 자신의 입을 막았다. 등줄기와 이마에 식은땀이 흘렀다. 한주먹거리도 안 되는 자신이 무슨 정신으로 이 무서운 늙은이들을 홀대했나 생각하니 눈앞이 깜깜하였다.

"허허허, 적당히 살살 해라. 죽이면 안 된다."

"살려줘야 써먹을 데가 있나니… 허허, 살살하라니까."

목풍아가 부채질을 하며 참견을 하였다.

'대장은 어디서 저런 절정의 고수들을 부하로 얻었을꼬? 우리 대장은 정말 보통 인물이 아니라니까.'

일도가 목풍아의 얼굴을 요리조리 바라보다가 고개를 돌려보니 오괴와 독돈이 먼지를 털듯이 손을 털고 있었다.

'뭐, 뭐야? 벌써 끝났나?'

오괴와 독돈은 쓰러진 사람들의 숫자를 세는 중이었다.

일도는 경악을 금치 못했다. 아무렇지 않은 듯 부채질을 하며 웃고 있는 목풍아나 한바탕 싸움을 하고 태연하게 쓰러트린 건달들의 숫자를 세는 두 늙은이나 모두 인간 같이 느껴지지 않았다.

"으허허허, 내가 47명 쓰러뜨렸다."

독돈은 내기에서 이기려고 도망가는 자들까지 쫓아가 기절시켜 끌고 왔던 것이다. 독돈은 건달들을 한 무더기로 쌓아놓고는 통쾌하게 웃었다.

"이런 나는 46명밖에 안 되는데……."

오괴가 숫자를 다시 세다가 고개를 돌려 일도를 바라보았다. 한 명을 더 채우려고 하듯이 말이다. 가슴이 섬뜩하여 일도가 재빨리 두 손을 내저었다.

"나는 아니야. 나는 같은 편이야."

일도가 재빨리 목풍아의 등 뒤로 몸을 숨겼다.

독돈이 만세를 부르며 소리쳤다.

"으허허허, 내가 이겼다. 내가 이겼다. 까막귀신, 넌 졌어."

목풍아가 부채를 접으며 혀를 찼다.

"이 바보야, 내기를 했으면 뭘 걸어야지. 아무것도 걸지 않고 내기에 이겼다니… 멍청이 같으니라구……."

"어, 그러고 보니 그렇네."

오괴가 배를 잡고 웃으며 독돈을 손가락질하였다.

"하하하하. 바보 같은 독돼지. 내기를 걸지도 않고 이겼다니… 바보 같은 놈."

독돈이 코를 벌렁거리며 오괴를 노려보았다. 아깝기는 했지만 대장의 말마따나 확실히 자신의 실수가 틀림없었다. 그래도 35년간 무승부만 벌이던 오괴를 이겼으니 기분이 나쁘지는 않았다. 오늘은 연자루의 주사위판에서 승승장구하였고 오괴까지 이겼으니 운수가 좋은 날이라 생각하였다.

"흥, 오늘은 기분 좋은 날이니 내가 한번 봐줬다."

목풍아가 오괴와 독돈에게 말하였다.

"말장난은 그만하고, 모두 깨워서 일렬로 꿇어 앉히도록 해."

오괴와 독돈이 몸이 굳은 사람들의 혈도를 풀어주고 혹은 뺨을 때려 기절한 사람들을 하나하나 깨워 바닥에 무릎 꿇게 하였다.

100여 명에 가까운 건달들이 어두컴컴한 골목에 세 줄로 줄을 지어 무릎이 꿇려졌다. 골목길 한복판에 쌓아놓은 무기는 산을 이룬 것 같았다.

"눈 깔아, 머리를 날려버리기 전에."

일도가 허리에 손을 올리고 소리쳤다. 건달들은 고개가 있어도 들지 못하고, 찍소리도 못한 채 목풍아의 눈치를 살폈다.

목풍아가 건달들을 훑어보다가 손에 든 부채를 펼쳐 가볍게 바람을 일으켰다.

"너희들이 눈으로 보았으니 알겠지만 이제 연자루는 끝났다. 이미 연자루가 내 손에 들어왔다는 말이다. 조기가 시킨 것이든 의리로 나를 치러왔든 상관하지 않겠다. 어찌 되었건 너희들도 내일부터 또 살아야 할 것이고 나도 앞으로는 너희들이 필요하니 예전에 그랬던 것처럼 앞으로는 내가 너희들을 쓰겠다. 알겠나?"

목풍아는 일도에게 목을 까딱하였다.

"예? 왜요?"

"이 자식아, 은자를 가져와 봐."

일도는 재빨리 돈주머니를 가지고 목풍아 옆에 섰다.

"지금부터 내가 주는 돈은 너희들의 의리를 높이 산 상이다. 조기에게 가거든 딴 생각하지 말고 연자루를 넘길 문서나 잘 만들어 놓으라고 일러라. 연자루의 주인은 내가 되지만 경영은 그대로 맡길 것이고, 나중에 기루가 있는 큰 도박장을 따로 하나 만들어줄 테니 너무 상심하지 말라고 전하란 말이다. 알겠느냐?"

"예."

화색이 된 사나이들이 일제히 머리를 숙여 큰절을 하였다.

"모두 은전 열 냥씩 주어 보내."

"예? 모두 93명이니 열 냥씩이면 930냥이나 되는 돈인데요?"

"넌 그래서 안 되는 거야. 잔말 말고 10냥씩 나눠줘."

일도는 돈 자루에서 은전 10냥씩을 꺼내 주었다.

"너희들은 운이 좋은지 알아야 한다, 알겠느냐?"

큰돈을 받은 건달들은 이마를 땅에 댈 듯이 큰절을 하고 물러갔다. 어떤 건달들은 충성을 맹세하기도 하였다.

건달들이 돌아가자 골목길이 쥐죽은 듯 한산해졌다.

"이로서 연자루는 완전히 내 손에 들어온 것인가?"

목풍아는 껄껄 웃으며 걸음을 옮겼다. 오괴와 독돈이 서로의 얼굴을 바라보았다. 처음에는 불가능한 일이라 생각하였지만 시작부터 마무리까지 깔끔하기 이를 데 없었다.

골목길을 빠져나오며 목풍아는 노래를 불렀다.

아! 슬픈 바람의 운명이여.

내일이면 시험을 받아야 하네.

어깨에 날개를 단 호랑이는

용의 시험을 받으러 가야 하네.

어깨에 날개를 단 호랑이는 목풍아를 말함이다. 목풍아가 호랑이라면 양 날개는 오괴와 독돈을 말함이다. 오괴와 독돈은 흐뭇한 마음으로 이 영악한 천재의 뒤를 따랐다. 휘황한 등롱 불빛 너머 달도 없는 검은 하늘에 무수한 별빛들이 시름없이 반짝이고 있었다.

이 무렵, 목풍아의 털끝도 건드리지 못하고 물러난 건달들은 연자루의 뒤뜰로 되돌아왔다. 건달들이 돌아왔다는 보고를 받은 조기가 뒤뜰로 나오자 건달들의 우두머리가 고개를 숙였다.

조기가 좌우를 둘러보다가 물었다.

"놈은? 놈을 잡아왔느냐?"

"죄, 죄송합니다."

"놈을 놓쳤단 말이냐?"

"그것이 아니라 놈을 호위하고 있는 두 사람에게 당했습니다."

"뭐? 지금 나를 놀리는 것이냐? 100명이나 되는 놈들이 단 두 놈을 당해내지 못해?"

"죄, 죄송합니다. 정말 엄청난 고수였습니다."

"이런 병신 같은 놈들."

머리끝까지 화가 난 조기는 둘러선 건달들의 뺨을 때렸다. 건달 하나가 조기의 손목을 잡았다.

"이거 왜 이러십니까?"

건달이 두 눈을 부라렸다.

"돈도 없고, 이제 내일이면 알거지가 될 것인데 그때도 우리를 부릴 수 있다고 생각하십니까?"

"뭐, 뭐라고?"

"우리한테 잘해준 것도 없으면서 이러면 재미없습니다."

건달들이 조기를 노려보았다.

조기가 소리쳤다.

"내 눈앞에서 꺼져버려라."

건달들을 뒤로하고 연자루로 돌아온 조기는 어이가 없었다. 말 잘 듣던 강아지같이 꼬리를 흔들던 건달들이 변해버렸다. 건달들이 노려보던 눈빛을 떠올리자 화가 솟구쳐 분한 마음에 탁자를 쳤다. 그때, 늙은 노인 하나가 차를 가지고 들어왔다. 조기를 오랫동안 모시고 있던 집사 왕삼보였다.

"왕삼보, 대체 어떻게 된 거지? 놈들이 나에게 등을 돌리고 있다."

왕삼보가 차를 따르며 말하였다.

"그자가 건달들에게 은전 10냥씩을 줬다더군요."

"뭐야?"

"이 세계의 생리를 잘 아는 자 같습니다. 건달들은 돈을 위해 움직이는 자들입니다. 누가 더 이익이 될지 나름대로 판단을 한 것 같습니다."

"망할 자식. 하루아침에 내 모든 것을 무너뜨리다니……"

조기가 분한 마음에 탁자를 주먹으로 쳤다. 조기의 눈치를 살피던 왕삼보가 물었다.

"내일 그자가 찾아올 텐데 어떡하실 겁니까?"

"내가 한평생을 일궈놓은 이 연자루를 하루아침에 빼앗길 것 같으냐?"

"그럼?"

조기가 찻잔을 들었다.

"약을 써야지. 독약이 든 차를 마시면 제아무리 고수들이라도 어쩔 수가 없겠지. 주제도 모르고 욕심을 부린 쥐새끼를 쥐도 새도 모르게 죽여버리면 모든 것은 원래 상태로 되는 거지."

찻잔을 바라보는 조기의 입가에 미소가 어렸다.

다음 날 연왕부로 찾아간 목풍아는 연왕과 대면하지 못하고 그의 측근 정화와 만났다. 목풍아는 자신을 껄끄럽게 생각하는 정화가 또 무슨 어려운 시험으로 자신을 곤란하게 할 것인지 궁금하였다.

"어젯밤에는 잘 주무셨소?"

"아뇨. 객잔에 이가 들끓어 밤새 한잠도 못 잤습니다. 정말 이란 놈은 성가시고 무서운 놈이에요. 잡으려 해도 잡기조차 어려우니 객점을 홀라당 태울 수도 없고, 아무래도 객점을 옮겨야겠습니다."

정화가 목풍아의 말뜻을 이해하고 미소를 지었다. 목풍아는 성가시고 무서운 놈이니 해코지 할 생각은 일찌감치 포기하는 게 좋다는 뜻이었다.

"그러지 마시오. 내 방에도 이가 들끓어 한동안 잠자리가 성가셨지요. 그렇지만 이제는 이도 한 식구라고 생각하니 그럭저럭 견딜만

하더군요. 그대도 좋게좋게 생각하시오."

정화가 미소를 지으며 차를 대접하였다. 정화의 말뜻은 목풍아와 한배를 탔으니 과거의 은원은 잊자는 것이었다.

"아! 그러시군요. 그럼 저도 좋게좋게 생각하며 참아봐야겠습니다."

목풍아가 차를 홀짝홀짝 마셨다.

'어린 녀석이 보통이 아니군.'

정화가 마시던 차를 내려놓고 입을 열었다.

"전하께서는 그대의 실무능력을 시험해보고 싶다 하셨소. 이 길로 당장 출발하여 하음현河陰縣으로 가면 현령이 어려운 문제를 가지고 기다리고 있을 것이오. 시간이 없으니 되도록 빨리 출발하도록 하시오."

목풍아의 행정실무 능력을 보겠다는 말이었다. 연왕이 천하를 품을 생각을 하였다면 소하蕭何, 장량張良과 같은 실무능력의 대가가 측근에 필요한 것은 당연한 것이니까.

"상공, 질문이 있습니다."

"무엇이오?"

"설마 연왕께서 현령의 휘하에서 잡무를 처리하라고 저를 보내시는 것은 아니겠지요?"

"당연히 아니오."

"제 생각으로는 현령이 처리하기 어려운 일인 것 같습니다. 아니 그렇습니까?"

"그러니 전하께서 시험을 보는 것이 아니겠소?"

"그럼 매끄러운 일 처리를 위해 그럴듯한 보직을 하나 주십시오. 그럼 제가 일하기가 편할 듯합니다."

"그럴듯한 보직을 달란 말이오?"

"그렇습니다. 적어도 현령에게 휘둘려서는 일하기가 어려울 것이 아니겠습니까?"

정화는 잠시 생각에 잠겼다. 한배를 타게 되었지만 목풍아는 껄끄러운 존재. 목풍아가 능력을 발휘할수록 정화에게는 불리했다. 목풍아가 바라는 대로 해줄 수는 없었다. 그때였다. 목풍아가 배시시 웃으며 말하였다.

"상공. 퇴청하시고 이 잡을 생각을 하십니까?"

"무, 무슨 말이오? 이를 잡다니?"

"저를 시기하신다면 모를까? 한 식구가 되었다면 확실하게 밀어주십시오. 좋은 게 좋은 거 아닙니까? 하하하."

목풍아가 대놓고 정곡을 찌르니 정화로서도 달리 방법이 없었다. 지원을 해주지 않는다면 한 식구가 되었다는 자신의 말은 거짓말이 되는 것이다.

"어떤 관직을 내려주면 좋겠소?"

"어차피 일회성 관직일 테니 아무려면 어떻습니까? 현령만 제 마음대로 하면 되니 말입니다. 방금 생각난 관직이 하나 있는데 말씀드려도 될까요?"

"말해보시오."

"대행태감어사代行太監御使 정도면 어떨까요? 저는 마음에 드는데 전하를 뵈오면 여쭈어주시지요. 교지教旨가 나오면 관복官服도 걸치고 장원급제 행차도 한 번쯤 해보며 가고 싶습니다. 여러 사람들의 부러움을 받으며 장원급제 행차를 해보는 게 제 소원이거든요. 물론 시험을 쳐서 정식으로 과거에 오르면 가능하겠지만, 상공께서도 아시다시피 이제 과거는 영영 글러버리게 되었으니 어쩝니까?"

"소원이라는 데 어쩌겠소? 전하에게 그대로 전하겠소."

정화가 연왕을 찾아가 목풍아의 말을 전하였다. 탐스러운 수염을 쓸며 이야기를 듣던 연왕이 피식 웃으며 말하였다.

"맹랑한 녀석이군. 어사면 어사지 대행태감어사는 또 무어야? 좋아. 뭐든 해 달라는 대로 해주지."

연왕은 탁자에서 붓을 들어 목풍아가 원하는 데로 관직을 수여하고 인장을 찍었다. 교지를 접어 정화에게 건네며 연왕이 말하였다.

"녀석이 그 문제를 풀 수 있을까?"

"두고 보시면 아시겠지요."

"정화, 네 생각은 어떤가? 그 녀석이 문제를 풀 수 있을 것 같은가?"

"워낙 상식 밖의 인물이라서 일의 성패를 짐작하기 어렵네요."

"짐작하기 어렵다… 그래, 한번 지켜보자. 맹랑한 녀석이 하는 일을……."

연왕이 껄껄 웃으며 탐스러운 수염을 쓸었다.

목풍아는 명나라가 생긴 이래 처음이자 마지막 관직인 대행태감어사의 교지를 받고 사모관대를 요란하게 차려입고서 대궐을 나왔다. 맨주먹으로 들어갔다가 관직을 받아 나온 목풍아를 보고 오괴와 독돈, 일도가 놀란 것은 당연한 일이지만 그다음 목풍아의 행보가 기가 막힐 지경이었다.

대궐 앞에서 여덟 사람이 드는 보교步轎에 올라, 어영청 무사 30여 명의 호위를 받으며 장안 거리를 위세도 당당하게 지나갔다. 행렬의 앞에는 광대들이 춤을 추고 꽃비를 흩날렸으니 때아닌 장원급제 행차였다.

사람들이 대로변에서 급제의 행렬을 부러운 듯 바라보았다.

"언제 과거를 보았나?"

"우리는 왜 몰랐지?"

길가에 서 있던 유생들이 중얼거리며 목풍아를 올려다보았다.

보교에 앉아 있는 목풍아는 까만 안경을 코에 걸치고 위세 좋게 웃고 있고, 앞서 가는 급창은 덩달아 사람들을 쫓으며 길을 튼다. 행렬의 대오가 장안 한가운데 있는 연자루 앞에 이르렀을 때 목풍아가 손을 번쩍 들어 행렬을 멈추었다.

"잠시 쉬어가자."

보교에서 내린 목풍아는 헐렁한 관복을 접어 뒤뚱거리며 연자루 안으로 들어갔다. 그 뒤를 오괴와 독돈, 일도가 따르고 어영청의 무사들이 칼을 차고 따라 들어왔다. 장원급제자의 화려한 행차가 연자루에 멈추자 조기가 몸소 나와 인사를 하려다가 놀란 눈으로 목풍아를 바라보았다. 일도가 인상을 찌푸리며 소리쳤다.

"뭐해? 대인께 인사 올리지 않고?"

조기가 허리를 굽혀 목풍아에게 인사를 올렸다. 목풍아가 소매를 걷으며 말하였다.

"차를 가져오너라."

조기의 얼굴빛이 창백해졌다. 집사 왕삼보가 다가와 조기의 귓가에 소곤거렸다.

"나리, 준비한 것을 가져올까요?"

"미쳤어? 다른 차를 가져와."

왕삼보가 점원을 시켜 차를 내오게 하였다.

목풍아가 말하였다.

"어제 수하들을 많이 보냈더군."

"수하들이 공명심에 실수를 한 모양입니다, 송구합니다."

조기는 목풍아의 뒤편에 서 있는 오괴와 독돈을 올려다보았다. 까만 일산안경을 쓴 건장한 오괴와 독돈이 팔짱을 끼고 조기를 내려다보고 있었다. 100여 명이 넘는 건달들을 일거에 제압하는 고수. 엄청난 중압감이 들었다.

점원이 차를 가져왔다.

목풍아가 뜨거운 차를 찻잔에 따라 호호 불며 마시다가 조기에게 말하였다.

"내가 이렇게 찾아올 줄은 몰랐지?"

"예상치도 못했습니다."

"놀랐나?"

"솔직히 놀랐습니다."

"뜻대로 되지 않아서 놀란 건가?"

"무, 무슨 말씀입니까? 뜻대로 되지 않다니요?"

"내가 이렇게 행차하지 않았다면 나는 지금쯤 다른 차를 마시고 있을 게 아닌가."

목풍아가 배시시 웃었다.

조기는 등줄기가 오싹하였다. 그렇다면 상대방은 이미 독을 쓰리라 예상하고 있었다는 말이었다. 목풍아가 차를 한입에 마셨다.

"뭐, 그럴 수도 있다는 말이지. 만약 그랬다면 그 차는 조기 네가 마시고 있겠지만 말이야."

목풍아가 조기에게 빈 찻잔을 건네었다. 목풍아의 말뜻은 잔수를 썼다면 죽일 수도 있었다는 뜻이었다. 이것은 공포, 그 자체였다.

"뭐해? 잔 받아야지?"

조기는 기가 질려 떨리는 손으로 찻잔을 받았다. 목풍아가 아무렇지도 않은 표정으로 조기에게 차를 따라주었다.

"오늘 연왕께서 나에게 특별히 관직을 하나 하사하셨지 뭔가? 대행태감어사라고 들어는 봤나?"

"드, 들어본 적은 없습니다만 어사라는 직함이 있는 것을 보니 관리들을 감찰하는 업무 같습니다."

"연경물을 먹었다고 잘 알고 있구먼. 그런데 관복이 커서 어색하군. 연경을 나가거든 벗어버려야겠어."

목풍아가 차를 한 모금 마시곤 조기에게 물었다.

"모든 서류는 준비해 놓았느냐?"

"예? 예."

조기는 마음이 떨려 왕삼보에게 말하였다.

"무, 문서를 가져오너라."

"예."

왕삼보가 인사를 하고 물러갔다.

조기는 완전히 기가 질려버리고 말았다. 눈앞에 있는 사람은 자신의 머리 위에 있는 사람이었다. 이런 사람에게 연자루를 되찾는 일은 물 건너갔다고 생각하였다.

왕삼보가 문서를 가져와 조기에게 바쳤다.

"여, 여기 있습니다."

조기가 떨리는 손으로 목풍아에게 문서를 건넸다. 목풍아는 조기가 바친 문서를 꼼꼼히 살펴보다가 소매 속에 접어놓고 씨익 웃었다.

"자, 이제부터 연자루의 주인은 나다. 그리고 지금 네가 할 수 있는 선택은 두 가지다. 내 부하가 되어 연자루를 예전처럼 경영하든가, 아니면 이대로 길바닥으로 나가든가. 선택하라."

묵묵하게 듣고 있던 조기가 천천히 일어나 바닥에 무릎을 꿇었다.

"조기가 상공께 인사드립니다."

조기는 포기할 수밖에 없었다. 모든 면에서 자신은 목풍아의 상대가 될 수 없었다. 자존심 때문에 알거지로 연자루를 나간다는 것은 최악의 상황을 자초하는 길이었다. 그렇다면 부하가 되는 것이 최선의 선택이었다.

목풍아는 씨익 웃고는 들고 있던 찻잔을 탁자에 내려놓았다.

"자, 자. 일어나도 좋다. 우린 이제부터 한 식구니까. 너는 앞으로 나를 대장이라 불러라."

"예, 대장."

조기가 자리에서 일어나자 목풍아가 오괴와 독돈을 가리켰다.

"내 옆에 있는 오괴와 독돈은 너보다 나이가 많고 무예가 고강한 사람들이니 조기, 너는 이들 다음으로 서열 세 번째다."

일도가 소리쳤다.

"대장, 이건 너무하잖아. 나는 대장과 생사고락을 같이 했다구. 내가 새로 들어온 신참에게 4위로 밀려나야 되겠어?"

"이 자식이 말이 많아. 넌, 여기 남아서 조기와 함께 연자루나 잘 지키도록 해."

목풍아는 고개를 까닥하였다.

"준비한 것을 가져오너라."

병사들이 나무로 만든 함을 가져와 탁자 앞에 내려놓았다.

"이게 뭡니까?"

"어제 내가 딴 돈이다. 네 것이 내 것이고 내 것이 네 것 아니겠느냐? 이 돈으로 장사를 잘해보라구. 네가 열심히 내 밑에서 일을 잘한다면 남경에 커다란 주루를 하나 차려주지. 넌 나를 돕는 대가로 더 큰 것을 얻을 수 있어. 어때? 나를 믿을 수 있겠나?"

"감사합니다, 대장. 견마지로犬馬之勞를 다하겠습니다."

조기는 감격하여 고개를 숙였다. 가슴에 품고 있던 불만이 안개처럼 걷히는 것 같았다.

목풍아가 목을 젖혀 웃었다.

"와하하하, 좋아 좋아. 그럼 연자루는 네게 맡기고 나는 연왕이 맡긴 무거운 임무를 수행하러 가봐야겠다. 아차, 그 전에 할 것이 있군. 붓을 가져와라."

목풍아는 붓을 휘둘러 주련의 글귀를 써주었다.

"내가 돌아올 때까지 연자루의 주련을 바꿔놓도록. 아마 장사가 쏠쏠히 될 거야."

목풍아는 조기의 어깨를 토닥거리고는 연자루의 계단을 내려가 보교에 올랐다. 조기가 물끄러미 종이에 남긴 글귀를 바라보았다.

人生逆轉不知間 인생역전은 모르는 사이에 있고
一攫千金有運間 일확천금은 운수 사이에 있구나.

조기는 하룻밤 사이에 겪은 인생의 쓰디쓴 고통에 만감이 교차하여 말없이 고개를 끄덕였다.

"물렀거라, 대행태감어사 나가신다. 물렀거라."
급창이 소리를 지르며 사람들을 물리치자 보교는 그 사이를 미끄러지듯이 지나갔다.
"대장, 안녕히 다녀오십시오."
조기와 일도는 연자루 밖까지 달려와서 허리를 깊이 숙여 인사를 하였다.
"오, 그래. 내가 돌아올 때까지 사이좋게 잘들 있거라."
목풍아는 보교 위에서 거드름을 피우며 손을 흔들었다. 장원급제 행차가 이어졌다.
광대들이 재주를 부리며 꽃비를 흩날리고 악사들이 풍악을 울렸다. 화려한 옷을 입은 무사들이 호위하고 구경꾼들이 구름처럼 모여드는 보기 드문 성대한 행차였다.
"오냐, 오냐. 너희들도 나 같은 사람이 되어라."
목풍아는 장원급제자마냥 구경꾼들에게 두 손을 흔들며 마음껏 즐기고 있었다. 보교 오른편에서 보조를 맞추어 걸어가던 오괴는 목풍아에게 점점 빠져드는 자신을 느꼈다. 지모와 수단도 손색이 없지만 사람을 자기편으로 만드는 재주 역시 일품이었다. 막다른 골목에 몰려 악만 남았던 적을 아무렇지도 않게 설렁설렁 고분고분한 수하로 만들어버리는 재주는 아무나 가질 수 있는 것이 아니었다. 이 꾀 많고 영악한 소년이 반드시 천하를 위해 천하백성을 위해 큰일을 할 것이라고 오괴는 확신하고 있었다.

연경의 남문을 빠져나온 목풍아는 광대들과 악사들, 어영청의 호위무사들에게 은전 10냥을 골고루 나누어줘서 돌려보냈다. 광대들과 악사들은 물론이거니와 박봉에 시달리던 어영청의 무사들이 좋아한 것은 말할 것도 없고 언제고 목풍아가 시키는 일이라면 뭐든 하겠다고 장담하며 저마다 목풍아의 장도를 기원하고 물러갔다.

목풍아는 오괴와 독돈을 데리고 길을 떠났다. 푹푹 찌는 6월의 무더위라 가만히 있어도 숨이 막힐 지경이다. 목풍아는 남문 밖 역원驛院에서 마차를 빌려 타고는 서남방으로 뻗은 관도를 따라 내려갔다.

목풍아는 마차에 자리를 차지하고 다리를 뻗고 누웠고, 오괴와 독돈이 맞은편에 앉아 목풍아에게 부채질을 하고 있었다.

"대장, 대장은 정말 알아 갈수록 모를 사람이오."

먼저 이야기를 꺼낸 것은 독돈이었다.

"뭘 모른단 말이야?"

"대장은 조기가 독을 쓸 것이라 생각하고 있었습니까? 그래서 대장이 요란하게 장원급제 행차를 한 겁니까?"

"생각해보거라. 하루아침에 재산을 몽땅 잃었지. 물리력으로 처리하려 해도 안 되지. 그럼 마지막 방법이 무엇이겠느냐? 너희 같은 고수들을 한 방에 보낼 수 있는 방법이 뭐겠어?"

"허허허. 하지만 저는 독물이라 독이 통하지 않는 사람입니다."

"비상을 먹어도 괜찮단 말이냐?"

"그건 좀 다르죠. 비상은 정말 독해서 위장부터 녹아내릴 정도니까요."

"내 말이 그 말이라구. 조기는 막다른 절벽에 서 있는 상황이라 재산을 지키기 위해 무슨 짓이라도 했을 거야. 그 마지막 방법이 독약이었겠지. 방법도 간단하고 고수들조차 한 방에 보낼 수 있으니까 말이야. 하지만 모든 사람의 이목이 집중된 벼슬아치의 행차에 독을 쓸수는 없을 것 아닌가? 독을 쓴다면 조기도 무사하지 못할 테니까. 더구나 연왕의 총애를 받는 벼슬아치를 어떻게 건드릴 수 있단 말이냐? 조기가 앞으로도 나쁜 마음을 품지 못하도록 완전히 굴복시키기위해 일부터 이 요란한 장원급제 행차를 생각한 것이란 말이다. 어떠냐, 내 머리가?"

"참, 대장의 머리가 신통방통합니다. 어떻게 그런 생각을 하신단말입니까?

"그러니까 대장이지. 벼슬도 얻고, 재산도 얻고, 사람도 얻고, 이것이야말로 일석삼조가 아니고 무엇이겠느냐?"

"허허허. 맞네요. 일석삼조."

오괴가 물었다.

"대장도 두려워하는 사람이 있습니까?"

"내가 두려워하는 사람?"

한동안 생각하던 목풍아가 말하였다.

"있지."

"어떤 사람입니까?"

"내가 두려워하는 사람은 대의大意를 따라 움직이는 사람이다."

독돈이 물었다.

"대체 대의가 뭐라고 대장 같은 사람이 두렵게 생각하는 겁니까?"

"대의가 무엇인가? 천하백성들이 행복하게 살 수 있는 세상을 만들기 위한 뜻이지. 그런 뜻이 있는 사람이 나는 두렵다. 반대로 그런 두려운 사람이 되기 위해 나는 달려가고 있단 말씀이야. 천하백성들의 행복을 위해서……."

오괴는 가슴이 뿌듯하였다.

'천하백성들의 행복을 위해서…….'

왠지 모르게 가슴이 벅차고 뭉클하였다. 그것은 자신이 배워왔던 협의俠義보다 한 단계 높은, 아니 끝없이 높은 곳에 있는 것이라 오괴는 생각하였다.

천하백성의 행복을 위해 열심히 달려가는 목풍아. 그리보자면 오괴는 무공이 강할 뿐이지 목풍아의 하수일 수밖에 없었다. 세상에서 가장 무서운 힘을 가진 어린 소년의 부하가 되어 부채질이나 하는 것이 당연하다 생각하였다.

독돈 역시 마찬가지였다. 독돈이 몸담았던 백련교는 새로운 세상을 꿈꾸는 종교였다. 착취도 없고, 억압도 없고, 자유롭게 살아갈 수 있는 행복한 세상을 꿈꾸며 태어난 종교였다. 그 속에 몸담고 있던 독돈은 목풍아의 이야기가 누구보다 마음에 와 닿았다. 천하백성의 행복을 위해 달려가겠노라 큰소리를 치는 목풍아를 보면 그것이 꿈이 아니라 현실이 될 수 있을 것 같은 믿음이 생겨났다. 자신이 못한 꿈을 이 소년을 통해 이루어 갈 수 있으리라 생각하니 독돈은 목풍아를 꼭 껴안아 주고 싶은 마음이 들었다. 하지만 하늘같은 대장에게 그리할 수는 없는 노릇이었으니 가슴으로 솟구치는 감동을 보답하기 위해 열심히 부채질로 대신하는 수밖에 없었다.

명판관(名判官)

　온종일 말을 달려서 서산에 노을이 깔릴 무렵 도착한 곳이 하음현
河陰縣이니 이곳은 연경에서 400여리 떨어진 백하白河가 굽이굽이 흐
러가는 평범한 마을이다. 이 물을 따라 서쪽으로 100여리 내려가면
발해만渤海灣이 나타난다.

　하음현 상류에서 두 개의 큰물이 만나서 넓고 비옥한 농토가 형성
되었고, 바다와 접하여 어자원이 풍부하여 제법 풍족하게 사는 마을
이었다.

　이날 저녁 하음현에 도착하니 미리 파발을 받은 현령이 성 앞까지
목풍아를 마중나와 있었다. 현령은 왕부에서 보낸 대행태감어사가
까만 안경을 쓴 키 작은 소년임을 의아하게 생각하였다. 그러나 왕부
에서 보낸 상관인 만큼 예를 다하여 인사를 하고 현청에서 목풍아와
저녁식사를 함께 하며 이 고장의 문제점을 이야기하였다.

　"이 고장 백성들이 가장 고통스럽게 생각하는 것이 하백河伯에게

처녀를 바치는 일입니다."

"하백이라면 강의 신이 아닌가?"

"그렇습니다. 매년 단오 무렵이 되면 마을에서 처녀를 뽑아 강의 신 하백에게 시집을 보냅니다."

"시집이라면?"

현령이 손으로 목을 그었다.

"무당들이 온 마을을 돌아다니며 예쁜 처녀를 고르지요. 무당이 그 부모에게 '당신 딸을 하백에게 시집보내 주겠노라.' 하고 강제로 끌고 갑지요."

"그러고는?"

"강변에 신궁을 설치하고 그 안에 붉은 장막과 침대를 갖다 놓은 다음 데려온 처녀를 거기에 머물게 하면서 며칠간 목욕재계시킵니다. 그런 다음 정해진 날짜가 되면 물에 띄워 보내면 처녀는 수십 리를 떠내려가다가 속절없이 물귀신이 되고 마는 겁니다."

"강제로라도 막을 수 있지 않은가?"

"그게 쉽지만은 않습니다. 만일 하백에게 처녀를 떠나보내지 않으면, 노한 하백이 강물을 범람시켜 온 마을을 삼켜버린다는 이야기가 전해 오는 까닭에 마을 사람들이 고통스러운 줄 알면서도 끝끝내 행사를 치르는 것입니다. 오랫동안 이런 의식이 계속된 까닭에 마을의 전통이 되어버렸고, 또 마을 사람들의 믿음이 대단해서 강제로 막을 수 있어야지요. 저희로서도 민의民意를 막을 명분이 없어서 어쩔 수 없이 매년 되풀이되는 희생을 지켜보고 있는 실정입니다."

"백성들이 괴롭게 생각하면서도 바꿀 생각을 하지 못하는군. 미신 때문에 말이야."

"네, 그렇습지요. 그 때문에 딸 가진 집안은 멀리 타향으로 이사가 버렸고, 지금 성안에 남아 있는 처녀도 별로 없습니다."

"행사를 치르자면 돈도 많이 들 텐데?"

"예, 하음현의 원로 세 명과 아전들이 매년 백성들에게 수천 냥을 거둬들여 그것으로 행사 비용을 충당하는데 제가 알아보니 반은 행사비용으로 쓰고, 그 나머지는 그들과 무당들이 나눠 갖는 것 같았습니다. 예전의 수령들은 원로들과 무당, 아전들이 한통속이 되어 그 돈으로 치부를 하여 부자가 되었다는 이야기도 있습니다만… 생각해 보면 이전에 이 고을의 현령들이 치부를 하기 위한 수단으로 그 행사를 장려하고 눈감아주었던 것 같습니다. 그 덕분에 백성들의 부담이 만만치 않아 이렇게 좋은 환경에 살면서도 부유하게 사는 사람들이 얼마 되지 않으니 마을의 수령으로서 어찌 걱정이 되지 않겠습니까? 몇 년 동안 이 일을 해결하려고 많은 수단을 강구하였습니다만 결국 실패하고, 수차례 상소를 올린 끝에 이번에 대행태감어사상공께서 이렇게 왕림하셨으니 반드시 이 일을 해결해주십시오."

목풍아가 목을 젖혀 크게 웃으며 고개를 끄덕끄덕하였다.

"하하하. 그거야 어렵지 않은 일이니 금방 해결하지."

"예? 어렵지 않다구요?"

간단하게 대답을 하는 목풍아의 말이 믿기지 않는 하음현령이었다. 이곳에 부임하는 현령들마다 머리를 내저으며 바꿀 생각을 하지 못하는, 하음현의 오랜 믿음이 철석같은 신앙처럼 되어버린 행사를 해결할 수 있다니 현령은 까만 안경을 쓰고 생글거리고 웃고 있는 목풍아를 바라보았다.

"그런데 그 행사가 언제쯤 열리는가?"

"열흘 전쯤에 처녀를 신궁에 데려다 놓았으니 아마 내일 오전 중에 행사가 열릴 것입니다. 상공께서 시간에 맞추어 잘 오셨습니다."

목풍아는 정화가 급하게 이곳으로 보낸 이유를 깨닫고 손뼉을 치며 말하였다.

"와하하하. 전하께서 시간에 맞추어 나를 보내셨군. 정말 백성을 사랑하시는 현명한 군주이시지 않소?"

"그, 그렇습니다."

현령이 얼떨떨한 얼굴로 대답하였다.

"그럼 우리는 내일 아침 행사가 열리는 곳으로 함께 가십시다. 가셔서 그 일을 마무리 짓도록 하지요."

"예, 예."

식사가 끝이 나고 현령이 물러가자 오괴와 독돈은 목풍아를 바라보았다. 목풍아는 탁자에 앉아 홀짝거리며 차를 마시고 있었는데 입가에 미소가 가득하였다.

"대장, 무슨 좋은 일이라도 있습니까?"

"우헤헤헤. 좋은 일이 있지. 내일 우린 수지맞는 날이다."

"수지맞는 날이라구요?"

"와하하하. 내일은 운수가 좋은 날이 될 테니 한번 기대해보라구……."

차를 마시며 호탕하게 웃고 있는 목풍아를 보고 오괴와 독돈은 서로의 얼굴을 바라보며 어서 빨리 내일이 찾아와 이 영악한 대장이 어떤 일을 벌일 것인지 기대가 되었다.

　다음 날 아침을 먹고 차를 마실 즈음 현령이 관원들과 함께 객관으로 찾아왔다.
　"행사가 곧 시작될 예정이라 제가 모시러 왔습니다."
　"좋아, 좋아."
　목풍아는 위세 좋게 사모와 관대를 차고 까만 일산안경을 쓴 후 위풍당당하게 보교에 올랐다. 시위하는 관졸들이 좌우에 늘어서고 보교 앞에는 급창이 소리를 지르고 그 뒤를 하음현령이 말을 타고 따랐다.
　수염도 나지 않은 어린 목풍아가 어떤 식으로 고질적인 풍속병을 고칠 것인지 현령과 오괴, 독돈은 궁금하여 견딜 수 없었다.
　보교가 마을 사람들을 헤치고 한참을 가다 보니 강물이 한눈에 내려다 보이는 높은 절벽 위에 커다란 느티나무가 한 그루 있고 그 옆에 사람들로 빼곡하게 둘러싸인 당집이 보였다. 그곳이 바로 하백에게 시집보낼 처녀를 데려다 놓는 신궁이리라.
　당집 앞에는 오색찬란한 옷을 입은 무당이 노래를 부르며 춤을 추고 있었는데 그 옆에는 악사들이 북을 치고 피리를 불어 흥을 돋우고 있었다.
　목풍아의 행차가 이곳에 도착하니 사람들의 행렬이 갈라지며 느티나무 아래 넓은 행사장이 나타났다. 사람들이 목풍아와 현령을 번갈아 쳐다보았다.
　사람들의 시선이 목풍아에게 집중이 되자 목풍아가 손을 번쩍 흔들며 말하였다.

"아! 아! 신경 쓰지 말도록. 나는 오늘 행사를 구경하러 나온 사람이니까 신경 쓰지 말라고……."

무당은 목풍아가 행사를 말리러 왔다는 이야기를 듣던 터라 목풍아가 나타나자 긴장을 하였지만 구경하러 왔다는 말을 듣고는 안심이 되어 열심히 주문을 외우며 기도를 하기 시작하였다.

현령은 처음의 말과 다르게 목풍아가 행사에 동참할 뜻을 비치자 노한 얼굴로 목풍아를 바라보았다. 그러나 목풍아는 얼굴색 하나 변하지 않고 아전들이 미리 준비한 단상에 앉아 거드름을 피우며 구경을 하고 있었다.

목풍아가 단상에서 바라보니 하음현의 세 원로와 아전들, 마을 유지들과 노인들이 모두 모여 있고, 구경하러 온 사람들도 수천은 족히 될 것 같았다.

행사를 집행하는 늙은 여자 무당은 요란스런 오색 옷을 차려입고 춤을 추고 있고 그 뒤에는 여제자 다섯 명이 열심히 기도를 하고 있었다. 한참 동안 춤을 추며 주문을 외우던 무당이 갑자기 손을 치켜들고 소리쳤다.

"하백河伯에게 시집을 보낼 처녀를 데려오너라."

명이 떨어지기 무섭게 여제자들이 신궁 안으로 들어가 뽀얀 비단 옷을 입은 여인 하나를 데리고 나왔다. 긴 머리를 한 여인이 순순히 신궁 앞에 있는 절벽 바위로 끌려갔다. 목풍아가 단상에서 바라보다가 손을 번쩍 들고 소리쳤다.

"잠깐, 잠깐."

고관대장의 소리에 신녀의 움직임이 멈추었다.

목풍아가 단상에서 어슬렁거리며 내려가 세 원로와 무당이 서 있는 곳으로 다가갔다.

"이봐, 하백에게 시집보낼 처녀를 이리 데려와 봐."

현령보다 높은 신분의 관리가 명령을 하자 무당이 고개를 끄덕거렸다. 여제자들이 제물이 될 신녀를 목풍아 앞에 데려다 놓자 목풍아는 일산안경을 쓴 채 처녀의 얼굴을 자세히 바라보다가 머리를 내저으며 소리쳤다.

"아, 정말 추악하다. 이렇게 못 생긴 제물을 하백에게 바치다니… 오! 정말 기분이 더럽군. 나는 정말 기대를 하고 있었는데 이건 정말 최악이다. 에이 재수 없어. 툇! 툇!"

바닥에 침을 뱉고 발을 동동거리며 소리를 치던 목풍아가 고개를 번쩍 들어 무당에게 소리쳤다.

"이 처녀는 너무 못생겼어. 일 년 전에 먹은 음식이 나올 지경이야. 이건 너무한데? 이런 처녀를 하백에게 시집보내고도 하백이 가만히 있으면 내가 손에 장을 지지겠다."

무당이 창백한 얼굴로 물었다.

"그, 그럼……."

목풍아가 무당의 어깨를 두드리며 말하였다.

"수고스럽지만 무당께서 하백을 찾아가 말씀드려 주시오. 하백께서 한 번만 봐도 입이 쩍 벌어지도록 예쁜 처녀를 물색해서 모레쯤 다시 보내 드리겠다고 말이오."

목풍아는 옆에 있는 오괴에게 말하였다.

"오괴야, 뭐하니? 무당이 하백을 만나러 간다지 않느냐? 어서 보내드리지 않고 뭐하는 거야?"

오괴가 그제서야 목풍아의 말을 깨닫고 무당의 멱살을 텁석 잡아 절벽으로 끌고 가 강물 속으로 던져버리고 말았다. 무당은 몇 차례 깊은 물 속에서 허우적거리다가 다시는 나타나지 않았다. 사람들의 안색이 창백하게 변하였다.

목풍아는 부채를 펼쳐 바람을 부치며 그 자리를 어슬렁거리다가 강물을 바라보았다. 희뿌연 강물은 무당을 삼키고도 변함없이 그대로였다.

"이상하군. 무당이 하백을 뵈러 간 지 한참이 지났는데 어째서 안 나오는고?"

목풍아는 머리를 갸웃거리다가 여제자들에게 고개를 돌렸다.

"아무래도 제자 하나가 들어가서 모셔와야겠는걸?"

목풍아가 독돈에게 고개를 돌려 끄덕하니 독돈이 손바닥에 침을 뱉고는 제자 하나를 삽시간에 붙잡아 절벽 아래로 내던졌다.

그 제자 역시 물속에서 얼굴을 들었다 내렸다 하더니 이내 뿌연 강물 속으로 사라져버리고 말았다. 다시금 목풍아가 어슬렁거리며 절벽을 맴돌았다.

주위에 모인 사람들은 침을 꿀꺽 삼키며 목풍아의 행보를 지켜보았다. 이미 여제자들은 관원들에게 포위되어 꼼짝도 할 수 없었다.

한참을 어슬렁거리다가 목풍아가 다시 말하였다.

"이런 변고가 있나? 하백을 만나러 간 사람들이 어째서 돌아오지 않는 거야? 강물속이 너무 넓어서 찾기가 힘든 모양인데?"

목풍아는 오괴와 독돈에게 고개를 돌려 소리쳤다.

"안 되겠다. 제자들을 몽땅 하백에게 보내는 수밖에 없겠는걸?"

말이 떨어지기 무섭게 오괴와 독돈이 남은 여제자들을 한 손에 하나씩 잡아 절벽 위에서 강물 속으로 던져버렸다.

여제자 네 명이 물 위에서 몸부림을 치다가 서서히 강물 속으로 사라져갔다.

목풍아의 옆에 있던 현령은 목풍아가 이렇게 무서운 방법을 사용할 거라 생각도 못하였기 때문에 놀라고 당황하여 어쩔 줄을 몰랐으나 의외로 사람들이 아무런 반항 없이 받아들이는 것을 보고 놀라움을 금치 못하였다.

한참을 기다리던 목풍아가 가슴을 치며 말하였다.

"이렇게 답답할 때가 있나? 어째서 하백을 만나러 간 사람들이 나오질 않는 게야? 어째서 안 나오는 것 같소, 현령?"

현령은 갑작스런 물음에 당황하여 고개를 숙이며 대답했다.

"그, 글쎄요."

목풍아는 부채로 자신의 이마를 두드리며 말하였다.

"제 생각엔 지금 들어간 사람들이 모두 여자라서 하백에게 말을 잘 못하고 있는 것 같습니다."

목풍아는 고개를 돌려 세 명의 원로를 바라보며 말하였다.

"번거로우시겠지만 세 원로께서 직접 하백에게 말씀을 드려보시지요."

말이 끝나기 무섭게 오괴와 독돈이 원로의 멱살을 잡아 강물 속으로 던져버렸다. 일고의 자비도 없었다. 무참하게 강물 속으로 내던지는 모습을 보고 사람들의 얼굴빛이 창백하게 변하였다. 그러나 누구

하나 나서는 사람이 없었다. 자칫 나섰다가는 하백을 만나러 가야될지도 모르는 판이었다.

목풍아는 심각한 얼굴로 강을 향해 서서 마치 누군가의 명을 기다리듯이 공손히 몸을 숙이고 있었다.

한참 후에 목풍아가 허리를 펴곤 사방을 둘러보다가 말하였다.

"이런 제길, 무당과 세 원로가 돌아오지 않으니 어쩌면 좋단 말이오. 원로들이 너무 늙어서 하백이 이야기하고 싶은 마음이 없나본데 그렇다면 아전이나 마을 유지들 중에 한 분을 하백에게 보내는 것은 어떨까요?"

말이 떨어지기 무섭게 마을 노인들과 아전들이 목풍아에게 무릎을 꿇고 땅에 머리를 박으며 빌기 시작하였다.

"대인, 저희들을 살려주십시오. 저희들을 살려주십시오."

"엥? 그게 무슨 소리요? 당신들은 다만 하백에게 제물로 바칠 처녀가 너무 못생겨서 이틀 후에 보내겠노라고 말씀만 전하면 되는데 말이오. 그만들 하고 어서 일어나서 하백에게 갈 사람을 정해보시오."

"저희가 잘못했습니다. 제발 용서해주십시오."

흙바닥에 머리를 박아 진흙투성이가 된 노인들과 아전들이 미친듯이 빌었다. 그중에 몇몇은 머리에서 피가 나는 사람도 있었다.

"그렇다면 좀 더 기다려 보지. 혹시 하백을 만나고 오는 사람이 있을지 모르니 말이야."

그러나 한참을 기다려도 하백을 만나고 오는 사람이 없었다.

"이상하군. 아무래도……."

말이 떨어지기 무섭게 노인들과 아전들이 무릎걸음으로 기어와 목풍아의 발과 다리를 부여잡으며 살려달라고 빌기 시작하였다. 백성들이 벌벌 떤 것은 물론이거니와 현령도 이런 광경에 기가 질려 목풍아가 다시 보이는 것이었다.

한동안 아전들과 노인들의 모습을 바라보던 목풍아가 갑자기 강가로 고개를 돌려 귀에 손을 대고 뭔가를 듣는 듯하더니 손을 번쩍 들어 말하였다.

"오! 사람들아 들어보라. 하백께서 나에게 말씀하셨다. 더 이상 처녀를 보낼 필요가 없다고……."

목풍아는 고개를 숙여 아전들과 노인들에게 말하였다.

"너희들도 혹시 들었느냐?"

희망의 말에 아전들과 노인들이 필사적으로 대답하였다.

"그럼요, 그럼요. 저희늘도 분명하게 늘었습니다."

"그래, 그래. 다행스럽게 너희들도 들었구나."

목풍아는 아전들을 걷어차 바닥으로 쓰러뜨리곤 위풍당당하게 단상으로 올라가 납빛으로 변한 백성들에게 소리쳤다.

"하백께서 다시는 처녀를 보내지 말라고 하신다. 만약 누군가 하백에게 처녀를 보내자는 사람이 있거든 앞으로는 현령에게 고하라. 당장 하백을 만나러 보내줄 테니 말이다."

백성들이 넙죽 무릎을 꿇고 목풍아에게 큰절을 올렸다. 하백에 대하여 한마디 말을 하다간 수장되기 십상이라 어찌 말을 꺼낼 수 있겠는가.

"취부 행사는 파장하였으니 집으로 돌아가 생계나 돌보거라."

목풍아는 두 손을 저어 사람들을 돌아가게 하곤 어슬렁거리며 단상을 내려와 보교에 앉았다. 보교가 들리자 사람들이 반으로 갈라졌다.

"물렀거라, 태감어사 납신다. 물렀거라."

보교가 미끄러지듯 고개 숙인 사람들 사이를 지나 관청으로 향하였다.

현령은 어린 목풍아의 대담한 행동에 감탄을 금치 못하였다.

하백에게 처녀를 시집보내면 수몰을 면한다는 말은 아주 그럴듯하여 무지한 백성들을 속이기 좋았다. 무지한 백성들은 그 미신에 기대어 근근이 살아왔기 때문에 관에서도 믿음을 쉽게 끊어버릴 수 없어서 그동안 백성들에게 고통을 주는 미신을 타파하지 못하였던 것이다. 그러나 목풍아가 사람들 앞에서 미신을 조장하는 사람들을 물속으로 집어넣고 미신을 믿는 척 하였으므로 백성들은 목풍아를 믿었고 점점 하백의 이야기가 엉터리라는 것을 깨닫게 된 것이었다. 백성을 속인 아전들과 노인들 역시 그것을 돈벌이의 수단으로 생각하였던 까닭에 죽음이 두려워 목풍아에게 설복을 당하였던 것이니, 이제부터 백성들은 마음 편히 이 고장에서 살아갈 수 있게 된 것이다.

현청으로 돌아온 목풍아는 무당의 집과 세 원로의 집을 수색하여 재물을 모두 압수하도록 명하고 아전들과 지방의 원로들을 현청으로 집합하도록 하였다.

관청의 사람들이 모두 동원되어 무당의 집과 세 원로의 집을 수색하여 재산을 압수하였으니 그 모은 재산이 수천만 냥에 이르렀다.

목풍아는 관청 마당에 수천만 냥을 쌓아두고 아전들과 원로들을 불러들였다. 아전들과 원로들이 관청 마당에 모이자 목풍아가 추상같이 말하였다.

"내가 그대들을 부른 것은 하백취부를 발본색원하기 위함이오. 주동이 되는 무당과 세 원로들이 물귀신이 되었지만 그들과 협잡하여 오랫동안 백성의 피를 빨고 부를 누린 사람들의 죄가 없어지는 것은 아니오. 내가 반드시 죄를 물어 죗값을 치르도록 해야 마땅하지만 어쩌겠소? 사람이 일시 욕심에 눈이 가려 본의 아니게 나쁜 곳으로 빠질 수도 있는 일이니 그 점을 참작하여 그대들의 성의를 봐서 용서의 가부를 결정하도록 하겠소. 내 말뜻을 아시겠소?"

"알겠습니다요."

눈치 빠른 아전들과 지방 원로는 목숨을 부지하기 위해 저마다 그동안 축적한 재산을 자진 헌납하였으니 수천 냥의 돈이 관청 마당에 쌓였다.

목풍아는 아전들과 원로들이 헌납한 장부를 들여다보다가 가장 적게 낸 아전을 형틀에 묶어놓고 호령했다.

"이런 망할 놈이 있나? 수십 년 동안 민간의 여식들을 물귀신으로 만들어 놓고 호의호식하며 배를 채워온 것들이 겨우 이 걸로 죄를 용서받으려고 하느냐? 저놈을 매우 쳐라."

형리들이 아전의 엉덩이에 곤장을 내리쳤다. 아전이 죽는다고 소릴 질렀다. 목풍아가 화가 풀리지 않은 듯 소리쳤다.

"여봐라. 작두를 대령하라."

형리가 시퍼렇게 날이 선 작두를 가지고 나왔다. 아전들과 원로들이 놀라 무릎을 꿇고 손이 발이 되도록 빌었다.

"아이고, 살려주십시오. 대인, 죽을죄를 지었습니다."

아전들과 형리들이 이마를 바닥에 찧으며 사정하였다.

목풍아가 계하에 벌벌 떨면서 서 있는 아전들과 원로들을 노려보며 소리쳤다.

"죽을죄를 지은 줄은 아는구나. 너희들의 죄를 용서하기에는 성의가 너무 약해. 돈이란 저승까지 갖고 갈 수 있는 것이 아니야. 죽고 나서 후회해봐야 소용없으니 잘 생각하란 말이다. 한 번만 더 기회를 줄 터이니 알아서 하도록 해."

이날 저녁 무렵, 아전들과 원로들이 다시 찾아와 수천만 냥을 가져다놓고 손이 발이 되도록 빌었다.

목풍아가 흡족한 미소를 지으며 말하였다.

"너희들의 성의를 봐서 그동안의 일은 용서해주겠다. 앞으로 다시 백성들에게 민폐를 끼친다면 그때는 용서하지 않을 것이다. 알겠느냐?"

"예, 대인의 은혜 하해와 같습니다."

"용서해주셔서 감사합니다."

아전들과 원로들이 허리를 굽실거렸다.

"좋아, 물러가도 좋다."

아전들과 원로들이 썰물 빠지듯 물러나자 목풍아가 뒤편에 서 있는 오괴와 독돈에게 말하였다.

"보라구. 내가 어제저녁에 수지맞는다고 했던 말이 맞지?"

오괴와 독돈이 어제저녁 목풍아가 수지맞을 거라는 말을 한 것이 바로 이것임을 깨닫고 다시 한 번 목풍아의 지혜에 그저 놀라울 따름이었다.

다음 날, 목풍아는 수천만 냥이 넘는 재산을 자식을 재물로 바쳤던 가정에 골고루 나눠주게 하고 신당을 제대로 만들어 일 년에 한 차례 제사를 지내도록 하는 한편, 고을의 효자, 효녀들에게 상을 내리고 무너진 효각孝閣과 학교學校 등을 보수하게 하였다.

고을 사람들의 칭송이 쏟아졌지만 목풍아는 이 모든 것을 자신이 한 것이 아니라 연왕께서 직접 명한 것이니 연왕 전하에게 감사하라는 말을 잊지 않았다.

사실 하음현의 부조리한 행사를 그치게 하는 것은 연왕의 어명으로도 간단히 처리될 수 있는 것이었다. 그런데 굳이 시험의 명목으로 목풍아를 이곳에 보낸 것은 연왕에게 다른 의도가 있음을 내포하고 있었다. 이 시험의 목적은 목풍아가 연왕의 의도를 읽고 충실히 임무를 수행할 수 있느냐는 것이었다.

연왕의 의도를 파악한 목풍아는 주도면밀하게 상황을 분석했다. 연왕의 의도는 크게 세 가지로 나눌 수 있었다.

첫째는 오랫동안 민간에 뿌리박힌 미신의 잔재를 뽑아 다시는 이런 일이 일어나지 못하도록 하는 것이고, 둘째는 연왕이 백성들의 고통을 두루두루 살피는 선정을 펼치는 군주임을 널리 알리려는 것이었다. 셋째는, 훗날 연왕이 천하를 두고 큰 싸움을 벌일 때를 생각한 포석을 마련하라는 것이었다. 하음현 일대는 곡창지대로 물산이 풍부하게 생산되었다. 그러나 하백취부로 인해 인구가 줄어들면서 곡식의 생산량이 줄어들었다. 미신이 사라지고 하음현이 살기 좋다는 소문이 퍼지면 인구가 늘어날 것이고 곡식의 생산도 증가하게 될 것이다. 곡식의 생산량이 늘어난다는 것은 군량이 풍족해진다는 의미였다. 연왕의 입장에서 전쟁을 앞두고 군량의 안정적인 증산은 가장 시급한 문제였을 것이다. 이 모든 문제를 해결하기 위해 연왕은 목풍아를 선택한 것이었다.

목풍아는 연왕의 의도에 충실하게 모든 일을 처리해나갔다.

그날 저녁, 하음현령이 목풍아를 위해 성대하게 주연을 마련하였다.

"저는 상공의 지혜에 진심으로 감복하였습니다. 저는 오랜 미신을 그렇게 간단하게 해결하실 줄은 정말 꿈에도 생각하지 못했습니다."

"와하하하. 뭘 그런 걸 가지고……."

"그러고 보니 생각나는 사건이 하나 있는데 이 자리에서 말씀드려도 될지……."

"뭐든 말해보시오."

"옆 마을에 장로張老라는 부자가 있었습니다. 그의 아내는 딸만 하나 낳고 아들을 낳지 못하고 죽었습지요. 딸이 장성하자 장로는 양가楊家라는 사나이에게 시집을 보내었습니다. 그로부터 몇 년 뒤에 장로의 첩이 아들을 낳았는데 장로는 그 서자에게 일비一飛라는 이름을 지어주었습니다. 일비가 네 살 되던 해에 장로가 병에 걸려 죽었는데 임종을 앞두고 딸과 사위를 불러 유언을 남겼습니다."

"어떤 유언인가요?"

"첩의 자식은 가산을 승계받을 수 없으니 내 재산을 모두 너희에게 물려주노라고. 단 그들 모자를 거둬 줄 사람이 없으므로 너희들이 그 모자를 먹고살게 해주어야 한다고 말이지요. 그러면서 유서遺書를 하나 남겼습니다. 내용은 이렇습니다."

현령은 탁자 위에 있는 종이에 붓으로 글을 써서 보여주었다.

張一非吾子也, 家産盡與吾婿, 外人不能爭奪
'장일은 내 아들이 아니다. 가산을 모두 내 사위에게 준다. 외부사람들은
내 가산을 가지고 다툴 자격이 없다.'

목풍아가 씽긋 웃으며 말하였다.
"딸과 사위가 이 유서를 받고 좋아했겠군요."
"예, 그런데 문제는 그다음에 발생했습니다. 딸과 사위가 장로에
게 재산을 받은 다음 첩 모자를 돌봐주지 않았고, 두 사람은 온갖 설
움을 받으며 궁핍한 삶을 살게 되었습니다. 첩의 아들이 장성하여 이
문제로 소를 내었는데 확실한 내용의 유서가 있어서 딸과 사위가 승
소를 할 수밖에 없었지요. 장일비가 억울하였는지 옆 마을에 있는 저
에게까지 찾아와 장로의 재산을 나누어 달라고 청원을 하였지 뭡니
까. 저 역시 유서의 내용이 그러하니 할 수 없다고 돌려보내었습니다
만……."
"그런데요?"
"그런데 여기서 이상한 점은 제가 장로와 같은 상황이었더라도 그
렇게 하지는 않을 거란 말입니다. 장일비는 서자이지만 분명한 장로
의 하나뿐인 아들입니다. 그 생긴 모습이나 행동이 장로와 너무 똑같
아서 아들이 아니라고 할 수 없을 정도라는 것이지요. 장로 생전에
장일비를 얼마나 예뻐했는지는 마을 사람들이 모두 알고 있을 정도
예요. 그런데 유서에는 아들이 아니라고 하고 유산을 한 푼도 물려주

지 않았다는 점은 아무리 생각해봐도 납득이 가지 않는 일이라는 거지요."

목풍아가 웃으며 말하였다.

"하하하. 장로의 유산은 장일비의 것이 맞습니다."

"예, 장일비의 것이라구요? 확실한 유서가 있는데 무슨 근거로 그런 말씀을 하시는 겁니까?"

현령이 눈을 둥그렇게 뜨고 목풍아를 바라보았다.

목풍아가 웃으며 말하였다.

"하하하. 사람이란 있는 그대로를 보고 사물을 판단하려 하지요. 돌이면 돌, 나무면 나무, 그러나 그 이면에 숨은 본질을 찾아내려 하질 않아요. 하백에게 처녀를 바치는 풍속도 그렇지요. 분명히 죽으러 가는 걸 뻔히 알면서도 사람들이 강물 속에 하백이 사는 줄로만 믿고 그만두지를 못하잖아요. 이 역시 마찬가지입니다. 그 장로라는 자는 아주 현명한 자가 틀림없어요."

목풍아는 붓을 들어 현령이 쓴 글자 아래 똑같은 글을 쓰고 글자 중간 중간에 구두점을 찍었다.

"자, 다시 한 번 읽어보시오."

글을 읽어보던 현령의 두 눈이 휘둥그레졌다.

"이, 이건……. 확연히 다른 뜻이 되는걸요?"

張一非, 吾子也, 家產盡與, 吾婿外人, 不能爭奪

'장일비張一非는 내 아들이다. 가산을 모두 그에게 준다. 내 사위는 외부 사람이니, 내 가산을 두고 다툴 자격이 없다.'

목풍아가 웃으며 말하였다.

"장로는 아들의 이름인 일비—飛를 의도적으로 일비—非라고 썼습니다. 재산을 어린 아들에게 물려주면 딸과 사위가 욕심 때문에 일비를 죽일지도 모른다고 생각했겠지요. 그래서 일부러 글자를 바꿔 쓴 것입니다. 아마 사위와 딸이 아들을 잘 돌봐주지 않을 것도 예상했겠지요. 그래서 일부러 이런 유서를 남겨 첩과 자식의 몫을 남긴 것입니다. 이 내용으로 보자면 사위는 외부사람이니 장일비와 재산으로 다툴 수 없고 결국 장일비가 장로의 모든 재산을 물려받을 수 있다는 말이지요."

"그렇군요. 과연 그렇군요."

현령이 목풍아의 재주에 탄복하여 손바닥을 치며 쾌재를 불렀다. 목풍아의 명쾌한 판결로 장일비가 승소하여 재산을 다시 찾은 것은 그로부터 며칠 후의 일이었다.

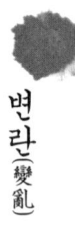

변란(變亂)

이날 저녁 현령과 식사를 하고 돌아온 목풍아는 술에 취하여 정신 없이 골아 떨어졌다.

다음 날 아침에 목풍아가 일어났을 때에 방 안에 포박이 된 미인을 발견할 수 있었다. 그 옆에 오괴와 독돈이 우두커니 서 있었는데 침상에서 일어난 목풍아가 어질어질한 머리를 흔들다가 까만 일산안경을 쓰고 소리쳤다.

"이 계집은 뭐냐?"

독돈이 말하였다.

"어젯밤에 대장을 죽이려 침입한 자객입니다."

"자객? 나를 죽이러 왔다고? 우하하하. 정말 웃기는 일이군."

목풍아가 천천히 다가가 소녀의 턱을 들고 얼굴을 찬찬히 바라보았다. 갸름한 얼굴에 투명한 피부, 오똑한 콧날 아래 윤기 나는 빨간 입술이 앵두처럼 탐스러운 보기 드문 미인인데 흑단처럼 반짝이는 까만 눈에 독기가 어려 있었다.

"퉤─."

별안간 소녀가 침을 뱉었다. 목풍아의 오른쪽 뺨에 침이 묻었다. 오괴와 독돈의 입이 저억 벌어졌다. 하늘 같은 대장의 얼굴에 침을 뱉다니…….

소리를 지르며 노기충천하여 방방 뛸 것 같은 예상과는 달리 목풍아는 아무렇지도 않은 듯 싱긋 웃었다.

"아침부터 아름다운 소녀의 침으로 세수를 하다니 이거 정말 기분 좋구나."

"흥, 한 번 더 해줄까?"

"아! 좋아, 좋아. 이번에는 이쪽으로……."

목풍아는 얼굴을 왼쪽으로 돌렸다.

"퉤─."

허연 침이 왼쪽 뺨에 붙었다. 오괴와 독돈의 얼굴이 심하게 일그러졌다. 목풍아가 배시시 웃으며 말하였다.

"아! 좋아라. 아! 좋아라."

오괴와 독돈은 목풍아의 이상한 행동에 머리털이 주뼛하여 서로의 얼굴을 바라보았다.

목풍아는 소녀를 얼굴을 빤히 바라보다가 별안간 소녀의 머리를 붙잡고 두 뺨에 얼굴을 마주대고 비볐다.

"우헤헤헤. 좋은 것을 나만 할 수 없지. 우헤헤헤. 정말 기분 좋은 하루다. 우헤헤헤."

소녀가 질색을 하며 비명을 질렀지만 몸이 묶인 상태라 목풍아가 하는 대로 따를 수밖에 없었다.

목풍아가 소녀의 얼굴에서 얼굴을 떼고 다시 오른편으로 고개를 돌렸다.

"자, 여기도 다시 해 다오."

"흥, 미친놈. 내가 해줄 것 같아?"

"뭐라구? 그럼 내가 해주지."

목풍아는 소녀의 얼굴에 침을 마구 뱉었다.

"이 계집년. 어디 맛 좀 봐라."

오괴와 독돈이 서로의 얼굴을 바라보았다. 이제 제정신이 돌아온 것으로 보였기 때문이었다. 무수하게 침 세례를 받은 소녀가 마침내 울음을 터뜨렸다.

"이 미친놈아. 그만해라, 이 미친놈아."

"미친놈은 그만둘 수 없다. 왜냐하면 미친놈은 미쳤기 때문에 미친 짓밖에 못 하거든… 우헤헤헤. 미친놈을 죽이러 왔다가 실패했으니 미친놈한테 당하는 수밖에 없지. 우하하하."

목풍아가 통쾌하다는 듯이 자리에서 일어나 허리에 손을 대고 호탕하게 웃었다.

"수건 가져와라."

오괴가 얼른 물수건을 가져다주었다. 목풍아가 털썩 의자에 앉아 물수건으로 얼굴을 닦았다.

"이름이 뭐냐? 말하지 않으면 미친 짓을 할 테다."

목풍아가 이를 드러내고 잡아먹을 듯이 으르렁거리자 겁을 집어먹은 소녀가 입을 열었다.

"소홍素鴻."

"무엇 때문에 나를 죽이려 했지?"

"네가 우리 신모님과 자매들을 무자비하게 죽여버렸잖아. 그분은 오갈 데 없는 고아인 나를 길러주신 착한 분이란 말이야."

"뭐라구? 착한 분?"

목풍아는 고개를 젖혀 목청껏 웃다가 소리쳤다.

"와하하하. 그러고 보니 운이 좋은 계집이구나. 아직 무당의 잔당이 살아있었다니……."

목풍아는 소홍의 예쁜 얼굴을 자세히 바라보다가 말하였다.

"얼굴은 예쁜데 머리가 나쁜 걸까? 그 늙은 무당년을 닮아 양심에 철판을 깐 걸까? 둘 중 하나는 분명한데 어느 쪽일까?"

소홍이 매서운 눈빛으로 노려보았다.

목풍아가 소홍을 노려보다가 손가락질하며 말하였다.

"이 계집아, 잘 들어라. 너희들이 무고한 가정집에서 부모들의 가슴에 비수를 꽂고, 순진한 처녀들을 물귀신으로 만든 것은 죄가 아니고, 내가 무고한 백성들을 대신해서 악녀들을 하백에게 보낸 것이 죄가 된단 말이냐?"

"그래도 죽일 것까진 없었잖아."

"내 말이 그 말이야. 신모라는 무당이 죄 없는 처녀들을 희생할 필요까지는 없었잖아. 반대로 자식을 잃은 부모의 마음을 생각해보라고. 아직 꽃도 피우지 못하고, 있지도 않는 하백을 위해 수장된 처녀의 인생을 생각해보라고. 네가 나의 얼굴에 침을 뱉을 때는 아무렇지도 않았겠지만 내가 네 얼굴에 침을 뱉었을 때 너는 어떠했지? 사람의 마음이란 다 그런 것이다. 그 무당년은 수많은 사람들의 가슴에 비수를 꽂은 악녀다. 신모라는 늙은 무당은 재물을 갈취하기 위해 죄 없는 민간의 처녀들을 희생시켰단 말이다. 그런 악행을 저지른 악녀를 살려준다고? 말도 안 되는 소리. 이에는 이, 눈에는 눈인 거다. 나는 무고하게 희생된 처녀들이 부모를 대신해서 형을 집행한 것이란 말이다."

소홍은 목풍아의 말에 대꾸할 수가 없어서 힘없이 고개를 푹 숙였다.

"독돈, 저 계집년을 풀어줘라."

"이 계집아이가 무당이 되면 어쩌지?"

"무당이 될 리 없잖아. 어서 풀어주라고, 저깟 계집년 상대해봤자 시간낭비니까 보내줘라."

독돈이 소홍을 풀어주었다.

소홍은 목풍아의 얼굴을 바라볼 수 없어 말없이 고개를 숙였다. 숙인 얼굴에서 눈물이 방울방울 떨어졌다.

목풍아는 마음이 약해져서 들고 있던 물수건을 던져주었다.

"이것으로 얼굴을 닦고 앞으로는 새사람으로 태어나거라. 너는 그러리라 생각되니 목숨만은 살려준다."

목풍아는 고개를 돌렸다. 우두커니 몸을 돌려 서 있는 작은 체구에서 묵직한 무게가 느껴졌다.

오괴와 독돈은 목풍아가 너무 멋있게 보여 서로의 얼굴을 바라보며 엄지를 치켜들었다.

소홍이 물수건을 꼭 쥐고 고개를 돌린 목풍아에게 인사를 하였다.

그리고 바깥으로 걸어나갔다.

"대장, 소홍이란 계집아이가 갔는데요?"

말이 떨어지기 무섭게 목풍아가 참았던 숨을 내쉬더니 갑자기 침대에 엎어졌다.

"대장, 왜 그러세요?"

"아! 정말 무게 잡기 힘드네."

오괴와 독돈이 서로의 얼굴을 바라보았다.

"제길, 계집이 조금만 덜 예뻤어도 하백에게 보내 버렸을 텐데. 눈이 휙 돌아갈 정도로 예뻐서 내가 오늘은 특별히 자비를 베풀었다."

독돈이 물었다.

"대장은 무녀가 예뻐서 살려준 거요?"

"내가 인간백정도 아니고 사람을 죽여 좋을 게 뭐야? 백성에게 이 목풍아의 덕을 베푼 거지."

이렇게 말하면서도 목풍아는 소홍의 아름다운 얼굴을 다시 보지 못할 것 같아 씁쓸함을 느꼈다.

아침을 먹고 느긋하게 차를 한 잔 마시고 있으려니 현령이 허겁지겁 목풍아에게 뛰어왔다.

"아침부터 무슨 일이오?"

"예, 다름이 아니라 왕부에서 급한 전갈이 왔습니다."

"왕부에서?"

"급히 올라오시라는 분부가 있었습니다."

"급히 올라오라고? 여기 온 지 사흘밖에 안 되었는데?"

"여기 일은 잘 처리하였다고 보고하였습니다. 그런데 왕부에 무슨 일이 있는지 급히 올라오라는 파발이 내려왔습니다."

목풍아가 잠시 생각에 잠겼다가 말하였다.

"그 파발을 가지고 온 자를 만나볼 수 있겠소?"

"예, 당장 데려오지요."

잠시 후 파발을 가지고 온 자가 급창과 함께 객관으로 들어와 꾸벅 인사를 하였다.

"너는 지금부터 보고 온 그대로 자세히 말해야 한다."

"예."

"왕부의 공기가 어떻더냐? 가령 궁궐을 호위하는 군사들이 바뀌었다던가?"

"예, 남경에서 올라온 군사들로 바뀐 것을 보았습니다."

"남경에서 올라왔다고?"

"예, 저도 자세한 것은 모르겠고 상선께서 급한 일이 생겼다고 빨리 올라오시라고 하셨습니다."

"오! 알겠다. 수고했다."

목풍아는 파발을 가져온 자에게 은전 1냥을 줘서 보내었다.

현령이 물었다.

"무슨 일로 왕부에서 급하게 사람을 보낸 걸까요?"

궁궐을 호위하는 무사들이 남경에서 온 군사들로 바뀌었다는 것은 천자의 군대가 연경을 장악했다는 말이었다. 천자의 군사들이 속전속결로 연경을 장악한 탓에 꾀 많은 정화도 어찌할 수 없어서 목풍아에게 구원의 파발을 보낸 것이었다.

목풍아는 사흘 전에 연왕의 휘하로 들어갔기 때문에 남경에서도 정보를 아는 이가 없을 것이다. 또한 하음현의 일을 무난하게 처리했다는 보고를 받은 정화는 목풍아의 능력을 높이 사서 구원의 편지를 보낸 것이었다. 남경의 군사들을 물리치면 연왕과 천자는 돌아올 수 없는 강을 건너게 되는 것이다. 천하를 다투는 건곤일척乾坤一擲의 승부가 멀지 않았다.

목풍아가 씨익 웃으며 노래를 불렀다.

여의주는 하나, 용은 두 마리 一介寶珠, 兩介龍

한 마리를 선택한다면 어떤 용인가? 一介選擇, 何介龍

현령의 얼굴빛이 창백하게 변하였다. 이는 역모逆謀를 노래한 것이었다. 여의주는 황제의 자리를 뜻하고 두 마리 용은 연경에 있는 연왕燕王과 남경에 있는 황제를 말하는 것이다. 그런데 목풍아는 비유적으로 현령에게 어떤 왕을 선택할 것인가 물어보고 있는 것이다. 아무렇지도 않게 현령에게 역모에 관계된 물음을 꺼냈다는 것은 이미 상대방이 작정을 하였다는 말이다. 만일 목풍아에게 반대되는 말을 했을 때 뒤에 서 있는 괴인에 의해 이 자리에서 죽음을 당할 수도 있는 문제였다. 창백한 얼굴로 목풍아를 바라보는 현령이 침을 꿀꺽 삼키었다.

목풍아가 싱글거리며 말하였다.

"나는 옛날에 이런 이야기를 들었소."

"어, 어떤 이야기 말입니까?"

"어느 날 홍무제께서 황태손과 시를 읊으며 한때를 즐길 때 이야 깁니다. 홍무제께서 먼저 한 구를 읊으셨지요. '말꼬리 바람에 흩날려 천 가닥 실을 이루네.' 황태손에게 대구를 지으라고 하셨지요. 그러자 황태손께서 '양의 털, 비에 맞아 털방석을 이루네.'라고요. 그때 연왕께서 이런 시를 지으셨지요. '용의 비늘 햇빛 받아 만 가닥 금을 이루네.' 현령께서는 누구의 시가 더 나은 것 같습니까?"

"그, 그야. 연왕의 시가 더 나아 보이는군요. 지금의 황제 폐하보다 패기가 넘치는 시 같습니다."

목풍아는 고개를 끄덕이며 한숨을 내쉬었다.

"홍무제께서도 내심 연왕을 차기 황제로 생각하셨겠지요. 그런데 막북으로 물러난 원의 잔당이 호시탐탐 노리고 있으니 어쩝니까? 그들을 막지 못하면 명나라가 안정될 수가 없지 않습니까?"

"그렇습니다."

"홍무제께서는 하는 수 없이 가장 중요한 북방을 막는 중책을 연왕에게 넘기셨고, 홀로 연경에서 13년 동안 번番을 서고 계신 것이 아니겠습니까? 결론적으로 말하자면 연왕 덕분에 명나라의 기반이 다져질 수 있었던 것이구요."

"그렇습니다. 지극히 당연한 말씀이지요."

"그런데 이번에 남경에서 전하를 체포하러 사람들이 온 모양입니다. 아마도 황제의 곁에 있는 간악한 신하들이 부추김을 하였겠지요. 현령께서도 생각을 해보십시오. 북방의 적을 막아주던 연왕이 없다면 이 나라는 어떻게 되겠습니까?"

"그, 그것이……."

생각해보니 심각한 문제가 아닐 수 없었다. 연왕이 잡혀가면 이곳 하음현은 그야말로 불모지가 되고 만다. 그동안 원나라의 핍박 속에서 개와 돼지처럼 살아온 것을 생각하면 눈앞이 깜깜한 일이 아닐 수 없었다.

"입술이 없으면 입이 시린 법입니다. 천자께서는 측근들의 참소에 속아 스스로 남송이 자처했던 길을 걸으려 하고 있습니다. 연왕이 없어지면 막북의 오랑캐가 세를 키워 남하할 것은 불 보듯 뻔한 일. 제가 이런 노래를 부른 것은 그 때문입니다. 길은 하나밖에 없습니다. 여왕이 간악한 자들에게 참소당하여 폐廢하시게 된다면 명나라는 끝장입니다. 단명한 왕조는 중국역사에 수없이 많았습니다. 모두 연약한 황제와 간악한 신하들 때문에 100년을 넘기지 못하고 사라지고 말았지요. 아! 이제 시작하는 명나라의 앞날이 깜깜합니다. 수많은 백성들의 평화를 위해서라도 우리는 결단을 내리지 않을 수 없습니다."

현령이 굳게 입을 다물고 고개를 끄덕였다. 지당한 말이 틀림없었다. 연왕은 평생을 전장에서 싸우며 명나라를 반석에 올리는 공을 세웠다. 그러나 지금 그 공은 어디로 가고 황제를 보좌하는 신하들에 의해 명의 울타리가 무너지려 하는 것이다. 내부의 결속이 중요한 때에 분열이 되고 있으니 이는 망국의 조짐이 틀림없었다.

"제가 도울 일이라도 있겠습니까?"

현령이 연왕을 돕겠다는 말이었다.

목풍아가 빙그레 웃으며 말하였다.

"대의를 보는 눈이 빠르시군요."

"아닙니다. 대인의 지적이 없었다면 판단을 내리기가 힘들었을 겁니다."

"아니오. 그대와 내가 천하백성들의 행복을 한마음으로 생각하고 있기 때문에 올바른 결정이 나온 거요."

현령은 그 말을 듣자 두근거리며 뛰는 가슴이 진정되었다.

역모. 한 나라의 신하로서 역모를 생각한다는 것은 더 없는 불충不忠이며 청사에 부끄러운 일임이 틀림없었으나 천하백성들의 행복을 생각할 때에 현령은 목풍아의 말과 자신의 결정이 올바른 것으로 생각되었다. 원나라가 중원을 차지했을 때 백성들은 말할 수 없이 어려운 고통을 겪었다. 원이 망할 무렵에는 각지에서 수많은 영웅들이 할거하여 천하는 처참한 살육이 벌어지는 싸움판이 되었으며 수많은 백성들이 쉴 새 없이 고통을 당하였다. 그렇다. 평화는 없었다. 주원장이 원의 세력을 몰아내고 명明이라는 제국을 건설한지 30여년. 다시금 혼란의 징조가 다가오고 있었다. 명이 망하면 다시 끝없는 혼란이 계속된다. 이제는 평화의 시기가 와야만 한다.

평화. 그것은 이 험한 시대를 살아가는 사람들의 염원이었던 것이다. 현령은 그 높은 염원에 동참할 생각을 하니 두렵던 마음이 언제 그랬냐는 듯 시원스레 가시는 것이었다.

목풍아는 좌우를 둘러보다가 현령에게 속삭이듯 말하였다.

"그대가 할 것은 두 가지입니다. 어려운 일이 아니니 잘해주리라 믿습니다."

"무엇입니까?"

"하나는 어제 회수한 수천만 냥을 사용하여 비밀리에 군량을 확보

해 두시오."

"그것이라면 어렵지 않습니다. 가까운 곳에 천진항天津港이 있으니 그곳에서 곡물과 마초를 구입하면 됩니다."

"좋습니다. 눈치가 빠르시군요."

"그러면 다른 한 가지는 무엇입니까?"

"아이들에게 노래를 퍼뜨리십시오."

"노래요?"

"예로부터 민심民心은 천심天心이라 하였습니다. 민심을 급속히 돌아서게 하려면 참언讖言이나 동요童謠만 한 것이 없지요. 아마 삽시간에 천하에 퍼질 것이니 아이들에게 퍼뜨려 주시오."

목풍아는 노래를 시작하였다.

구슬은 하나, 용은 두 마리 一介寶珠, 兩介龍

북쪽의 용이 구슬을 가졌네. 北方龍是, 取寶珠

구슬은 하나, 용은 두 마리 一介寶珠, 兩介龍

북쪽의 용이 큰바람을 탔네. 北方龍是, 乘太風

아이들이 부르기에 손색이 없는 짧고 간단한 노래였다. 누구라도 연왕이 황제가 될 것임을 의심할 수 없는 노래였으니 현령은 이 노래를 듣고 어린 목풍아의 치밀한 계획에 깜짝 놀라 저도 모르게 침을 꿀꺽 삼켰다.

연왕이 결심을 하고 움직인다면 그의 군사력은 남경의 황제를 압박하기 어려운 것은 아니다. 그러나 황제에게 칼을 들이댄다는 것만큼은 명분이 없는 일이 틀림없었다. 각지의 제후들이 황제를 위해 일어설 것이 틀림없으며 민심이 등을 돌릴 테니 연왕은 막강한 군사를 가지고도 끝내 멸망하고 말 것이다.

그러나 이 어린 소년 관리는 노래라는 심리적인 수법을 통해 민심의 반향을 극소화시키고 어리석은 민중에게 연왕이 황제가 될 것이라는 믿음을 주고 있는 것이다. 이 노래가 퍼질 때 즈음은 각지의 제후들도 섣불리 황제를 위해 병력을 동원하지 못할 것이다. 그렇게 되면 승리는 연왕의 것. 더 생각할 것도 없었다.

'아! 연왕에게 이런 부하가 있다면 승부는 불을 보듯 뻔하다. 내가 연왕을 선택하길 잘했다.'

현령은 목풍아의 계교가 놀라울 만큼 무섭고 치밀하여 목풍아와 한번 대면으로 승부는 결정지어졌다 생각하는 것이었다. 하긴 하백 취부와 어려운 송사를 가볍게 풀어내는 것만으로 이미 그 능력은 입증되었으니 더 말할 것도 없었다.

"그것은 염려 마시고 저에게 맡겨주십시오."

"좋소. 그럼 그대만 믿고 나는 가겠소. 일이 잘되면 황제께서 큰상을 내릴 것이니 그때까지 열심히 하시오."

목풍아는 굽실거리는 현령의 어깨를 토닥거리며 객관을 나섰다.

오괴와 독돈은 목풍아의 뒤를 따라가며 다시 한 번 혀를 내둘렀다.

자고 일어나서 밥을 먹었을 뿐이었는데 언제 그런 생각을 했을까할 정도로 치밀하기 그지없는 대장이었다. 그동안 우스꽝스럽게 제멋대로 불렀던 노래가 이런 심리전을 생각하고 불렀다는 말이 된다. 그렇다면 목풍아의 생각은 어디까지 뻗어 있는 것일까?

오괴는 목풍아를 보면 볼수록 놀라운 마음이 들었다. 무인으로서
는 상상하기도 어려운 문제를 어린 목풍아는 척척 해결해 내고 있다.
도대체 그 능력의 끝이 어디까지인지 상상하기 어려워서 더욱 목풍
아가 사랑스러운 것이다.

마차를 타고 올 때 그랬던 것처럼 오괴와 독돈은 마음에서 우러나
오는 부채질을 쉴 새 없이 해주었다.

"이제 어떡할 겁니까?"

"뭘 어떡해? 연경으로 가서 연왕을 구해야지."

오괴가 말하였다.

"연왕과 정화도 손을 쓰지 못할 정도로 급박한 상황 같던 데요?"

"그러니 정화가 나를 급히 부른 거지."

독돈이 말하였다.

"그럼 이번 일을 대장이 해결하면 큰 벼슬자리 하나 꿰차겠네요."

"그건 나중의 일이지. 갈 길이 멀어."

목풍아는 자리에 털썩 누워 목청껏 노래를 불렀다.

구슬은 하나, 용은 두 마리　一介寶珠, 兩介龍

북쪽의 용이 구슬을 가졌네.　北方龍是, 取寶珠

구슬은 하나, 용은 두 마리　一介寶珠, 兩介龍

북쪽의 용이 큰바람을 탔네.　北方龍是, 乘太風

큰바람이 누구냐? 목풍아라네.　誰何太風 木風兒

목풍아는 별안간 배를 잡고 웃었다.

"우헤헤헤. 나는 정말 노래를 잘 부르는 것 같아. 우헤헤헤."

오괴와 독돈은 서로의 얼굴을 바라보다가 피식 웃었다. 목풍아가 더 이상 말을 하지 않으니 무슨 속셈이 있는지 알 수 없었다.

"어? 강둑에 웬 사람들이지?"

독돈이 말하였다.

"대장, 저기 소홍이라는 계집이 잡혀 있어요."

목풍아가 벌떡 일어나 마차 바깥을 바라보다가 소리쳤다.

"멈춰."

마차가 먼지를 일으키며 즉시 멈추었다.

"소홍이라는 무녀가 저기 잡혀 있단 말이지?"

"예, 틀림없습니다. 포박당한 것을 보니 큰일을 당할 것 같습니다."

"그래? 그럼 안 되는데."

목풍아가 근엄한 얼굴로 일산안경을 쓰고 마차에서 내렸다. 오괴와 독돈이 그 뒤를 따라 사람들이 모여 있는 곳으로 향하였다.

"뭐야? 왜 이렇게 소란스러운 거야?"

목풍아가 소리를 지르자 사람들이 그가 하백 행사장에서 무당과 원로들을 눈 하나 깜짝하지 않고 수장시켜버린 까만 안경을 낀 높고도 무서운 관원임을 깨닫고 재빨리 바닥에 엎드렸다. 그때, 중년의 사나이 하나가 다가와 자초지종을 이야기하였다.

"저 아이는 무당이 데리고 다니는 여제자의 하나인데 아직까지 죽지 않고 살아있기에 저희들이 잡아서 하백에게 보내려고 데려가는 중이었습니다."

"뭐야? 이 미친놈을 보았나."

목풍아가 사내의 가슴팍을 차서 쓰러뜨리고 소리쳤다.

"내가 어제 뭐라 했더냐? 하백을 들먹이는 자가 있으면 내가 하백에게 보내버린다고 그랬어? 안 그랬어?"

사나이가 깜짝 놀라 목풍아의 무릎 앞에 머리를 조아리며 애원하였다.

"제가 잘못했습니다. 한 번만 용서해주십시오."

소홍을 끌고 가던 사람들이 후다닥 도망가기 시작하였다.

"어딜 가려구? 멈추지 못해?"

그와 동시에 목풍아의 등 뒤에 서 있던 오괴와 독돈이 좌우로 갈라지며 번개처럼 움직였다. 검은 옷을 입은 두 사람이 지옥에서 온 사자처럼 번쩍번쩍 움직이며 사람들을 몰기 시작하자 도망가던 사람들이 한곳으로 모여들었다. 목풍아의 앞이었다.

"상공대인, 살려주십시오."

도망칠 곳이 없는 사람들이 땅바닥에 무릎을 꿇고 손이 발이 되도록 빌었다.

목풍아가 일산안경을 살짝 들어 올리며 소리쳤다.

"네놈들이 내 명을 거역하였으니 할 수 없는 일이지. 나라의 법이 얼마나 무서운지 보여주마. 너희들과 무당의 제자를 한꺼번에 하백에게 보내주겠다."

사람들이 미친 듯이 울부짖으며 땅바닥에 이마를 찧었다.

"대인, 저희들이 잘못했습니다. 목숨만 살려주십시오."

"대인, 목숨만 살려주십시오. 저희들은 가족이 있습니다요. 한번

만 자비를 베풀어주십시오."

까만 안경을 쓰고 빤히 그들을 바라보던 목풍아가 손을 휘저으며 소리쳤다.

"교의를 가져와라."

오괴가 득달같이 마차 지붕에 있는 의자를 가져와 목풍아의 뒤에 놓았다.

목풍아가 거드름을 피우며 독돈에게 소리쳤다.

"덥구나, 더워."

독돈이 얼른 왼편으로 와서 그늘을 만들며 부채를 펼쳐 부채질을 하였다.

"대인, 제발 한 번만 용서해주십시오."

사람들이 머리를 들어 목풍아의 선처를 바라고 있으니 목풍아가 고개를 끄덕끄덕하더니 손가락 하나를 펼쳤다.

"좋아, 그렇다면 용서해주지. 대신 한 가지 일을 해야 한다."

"뭐든 시켜주십시오."

"좋아, 좋아. 그럼 지금부터 한 사람씩 나와서 노래를 부른다."

"무슨 노래입니까?"

목풍아는 자신이 직접 노래를 부른 후에 한 사람씩 따라 부르게 하였다.

"약간의 시간을 주겠다. 딱 세 번의 기회를 준다. 만약 세 번 동안 이 노래를 따라 부르지 못하는 자는 하백에게로 보낼 테니 그리 알아라."

무자비하게 무당과 여제자, 세 원로들을 강물 속으로 던져버리던 모습을 보았던 까닭에 사람들은 필사적으로 노래를 외우기 시작하였다. 생각보다 어려운 가사가 아니어서 금방 따라 할 수 있었지만 사람들은 자신의 생명이 달린 일이라 노래의 내용이 무슨 뜻이던 간에 반복하고 반복하며 노래를 따라 부를 뿐이었다.

이윽고 목풍아는 한 사람씩 나오도록 하여 사람들 가운데서 노래를 부르게 하였다. 처음에 나온 사람은 아버지를 따라온 어린 소년이었는데 총기가 좋아서 제법 또랑또랑한 목소리로 노래를 불렀다.

구슬은 하나, 용은 두 마리. 북쪽의 용이 구슬을 가졌네.
구슬은 하나, 용은 두 마리. 북쪽의 용이 큰바람을 탔네.

목풍아가 손뼉을 치며 말하였다.
"와하하하. 잘했다. 용서해주마. 너는 구경을 해도 좋다."
소년이 겁을 집어먹고 있다가 이 소리를 듣고는 목풍아의 뒤에 서서 아버지의 차례를 기다렸다. 살기 위해 불러야 하는 노래이니 필사적인데다가 가사가 쉬워서 어렵지 않았다. 소년의 아버지 역시 용서를 받았다. 용서를 받았으니 죽음의 위험이 없는 것이고, 꼬투리를 잡힐 염려가 없으니 그 역시 소년의 옆에서 노래 부르는 사람을 구경하였다.

몇 사람이 노래를 부르는 사이에 이미 통과한 사람들이 시험자를 돕기 위해 노래를 함께 불렀다. 통과한 사람은 다시 노래 부르는 사람을 돕기 위해 노래를 부르고, 이렇게 꼬리에 꼬리가 이어졌다.

목풍아는 그들의 노래를 들으며 까만 안경 아래로 미소를 흘렸다.

사람의 마음이란 알 수 없어서 금방 이랬다가 다른 방향으로 갈 수 있는 것이다. 하물며 역모와 관련된 일은 더욱 그랬다. 배신자 한 사람으로 모든 준비가 허물어져버린 예는 역사에 무수히 기록되어 있다. 목풍아는 하음현령이 마음이 약해 혹시라도 배신할까 걱정이 되었다. 마침 좋은 기회를 맞아 사람들에게 강제로 노래를 부르도록 만든 것이다.

강제로 배운 노래지만 사람들이 손쉽게 따라 부르고 그것이 동네에 퍼지게 된다면 하음현령도 흔들리는 마음을 굳히고 연왕을 위해 전심전력을 기울일 것이 분명하였다. 목풍아가 노린 것이 바로 그것이었다. 마지막으로 포박되어 있는 소홍의 차례가 되었다.

소홍은 말없이 목풍아를 바라보았다. 그 얼굴에 반가운 듯 미소가 살짝 스쳐가는 것을 목풍아는 보았다.

목풍아가 거만하게 소리쳤다.

"이봐, 너는 노래를 못 부르겠다는 거냐?"

소홍은 다소곳이 머리를 숙였다. 까만 보석 같은 눈에 맺힌 눈물방울이 햇빛을 받아 반짝거렸다.

'저런 미련한 계집. 무당을 따라 죽으려고 하는구나.'

목풍아가 고개를 들어 하늘을 바라보다가 재빨리 소리쳤다.

"이런, 이런. 일이 시급한데 이곳에서 시간을 너무 지체하였다. 저 계집이 내 말을 듣지 않으니 할 수 없다. 저년을 데려가다 적당한 곳에서 하백에게 보내버려야겠다."

목풍아가 의자에서 일어나자 오괴는 얼른 소홍을 잡아 겨드랑이에 끼고 그 뒤를 따르고 독돈은 투덜거리며 의자를 들고 따랐다.

마차가 움직이자 사람들이 뒤따라오며 목풍아의 덕을 칭송하였다. 쉬운 노래를 따라 부르는데 세 번이나 기회를 주었으니 목풍아가 사람을 죽일 뜻이 없다는 것을 짐작한 것이다.

목풍아를 태운 마차는 넓은 관도를 따라 올라갔다. 후끈한 바람이 마차 안으로 들어오자 오괴와 독돈이 목풍아에게 부채질을 하였다. 포박이 풀린 소홍은 마차 안에 기가 죽은 모양으로 앉아 있다가 색안경을 낀 두 늙은이가 목풍아에게 부채를 부치는 것이 우스워 손을 입에 가져가 피식 웃었다.

까만 안경너머로 소홍을 바라보던 목풍아가 재빨리 소리쳤다.

"뭐가 우스운 게냐?"

목풍아의 물음에 소홍은 주눅이 들어 입을 다물었다. 수줍어하는 아리따운 얼굴이 밉지는 않았다. 목풍아는 푹신한 의자에 등을 기대고 소홍을 바라보며 물었다.

"나이가 몇이냐?"

"열다섯입니다."

"열다섯이라 나보다 한참 어리군."

소홍과는 한 살 차이가 났지만 사실대로 말하기는 캥기는 것이 사실이었다.

"어쩌다가 사람들에게 잡혔느냐?"

"강가에 언니들과 양어머니의 시신을 찾으러 갔다가 그만……."

"의리가 있는 아이로구나. 걱정 마라. 네 언니들과 무당은 하백에게 단체로 시집을 갔을 테니 지금쯤 수궁에서 잘살고 있을 것이다. 생각해보거라. 하백이 일 년에 한 번씩 처녀를 받다가 늙은 것, 젊은 것 할 것 없이 한꺼번에 떼로 받았으니 얼씨구나 염복艶福이 터졌다고 얼마나 좋아하겠냐? 덩실덩실 춤을 추고 야단났겠다. 와하하하."

소홍은 눈물을 글썽이며 고개를 숙인 채 말이 없었다.

오괴와 독돈이 목풍아를 바라보았다.

오괴는 대인군자 같다가도 어린아이처럼 돌변하는 목풍아를 보고 나이는 어쩔 수 없다는 생각을 하였고, 독돈은 불쌍한 소녀를 놀리는 목풍아가 싸가지 없다고 생각했다.

목풍아가 소홍의 얼굴을 보곤 입을 열었다.

"농담이다, 농담. 네 언니들과 무당의 시신은 걱정 마라. 시신을 찾으면 양지바른 곳에 묻어주고 장례를 치르라고 하음현의 현령에게 이미 말해놓았으니 말이다."

소홍이 눈가를 닦곤 목풍아에게 고개를 숙였다.

"대인, 고맙습니다. 저는 그것도 모르고 대인을 원망했어요."

"궁금하구나. 얼마만큼 나를 원망했느냐?"

"조, 조금. 하지만 이젠 안 그래요."

"와하하하. 그래야지. 난 착한 사람이니까, 나를 원망하면 안 돼. 그럼 나는 슬퍼진단 말이다. 와하하하."

목풍아가 목을 젖혀 웃었다. 한참을 웃던 목풍아가 웃음을 그치고 물었다.

"갈 곳은 있느냐?"

"……."

"어디로 갈 거냐?"

"……."

"갈 곳이 없느냐? 그럼. 나와 함께 연경으로 갈 테냐?"

소홍은 미소를 지으며 머리를 좌우로 흔들었다. 목숨을 두 번이나 살려준 것으로도 부담인데 몸을 의지하기에는 자존심이 허락하지 않았다.

"대인께 폐가 되긴 싫습니다. 저는 저대로 가보겠습니다."

"너 같은 아이가 홀로 어딜 가려구?"

"이 넓은 중원 천지에 갈 곳이 없겠습니까?"

"그러지 말고 나와 함께 가는 것이 어떠냐?"

"괜찮습니다. 신세 지고 싶지 않아요."

"신세 지고 싶지 않아?"

목풍아는 서운함을 느꼈지만 할 수 없는 일이었다. 사실 소홍은 좀처럼 만나기 어려운 미인이었다. 이런 미인 소저가 험한 세상 속에 나가면 늑대 같은 남자들이 오뉴월 쇠파리처럼 달라붙을 것이다.

"걱정 마세요. 제 몸 하나는 지킬 수 있으니까요."

소홍이 방긋 미소를 지으며 허리에 찬 단도를 보였다.

오괴가 목풍아에게 고개를 끄덕였다.

목풍아가 독돈에게 고개를 돌렸다. 독돈도 조용히 고개를 끄덕거렸다. 두 사람이 인정했다는 것은 소홍이 자신을 지킬 수 있는 무예를 지니고 있다는 의미였다.

소홍을 연경으로 데려가고 싶었지만, 소홍의 뜻이 그러하니 안타깝지만 욕심을 접을 수밖에 없었다. 더구나 지금은 사사로이 여자아이와 히히덕거릴 상황이 아니었다. 연왕이 황제가 보낸 사람에게 포위되어 남경으로 끌려갈 상황에서 여자에게 마음과 시간을 빼앗길 수 없는 노릇이었다.

"그래, 인연이 있으면 다시 만나게 되겠지."

목풍아는 고개를 끄덕이며 중얼거리다가 손을 번쩍 들고 소리쳤다.

"마차를 세워라."

마차가 득달같이 멈추었다.

목풍아는 주머니에서 100냥짜리 지전 하나와 은자 30냥을 꺼내주었다.

"험한 세상이니 몸조심 하거라."

소홍이 몇 차례나 거절하였지만 목풍아의 만류에 결국 은자를 받을 수밖에 없었다.

"대인, 대인의 은혜는 두고두고 잊지 않겠습니다."

소홍이 마차 바깥에서 고개를 숙여 읍하였다.

목풍아가 호탕하게 웃으며 고개를 끄덕거렸다.

"와하하하. 그래, 그래. 절대 잊어서는 안 된다. 이 목풍아님의 은혜를 절대 잊지 마라……."

소홍이 다시 한 번 고개를 숙였다.

목풍아가 소리쳤다.

"자, 출발이다."

이내 마차가 질풍처럼 관도를 달리기 시작하였다. 넓은 평원의 곧게 뻗은 대로에 마차가 일으킨 뿌연 흙먼지가 사라질 때까지 소홍은 그 자리를 떠나지 않고 바라보았다.

'인연이 있다면 다시 만날 수 있겠지요. 그때까지 평안하시길…….'

소홍은 두 손을 모아 목풍아가 사라진 대로를 향해 고개를 숙였다.

목풍아는 당당하게 앉아 있다가 마차 바깥으로 빠끔히 머리를 내밀었다. 소홍이 보이지 않았다.

"휘유-."

땅이 꺼져라 길게 한숨을 내쉬곤 목풍아는 털썩 자리에 누웠다. 오괴와 독돈이 서로의 얼굴을 바라보았다.

"덥다."

오괴와 독돈이 부채질을 하였다.

목풍아의 입에서 연신 힘 빠진 한숨이 새어나왔다. 좀처럼 보기 힘든 미인과 헤어지게 되었으니 어찌 아깝지 않겠는가? 손아귀에 들어온 새를 놓친 기분이었다.

독돈이 목풍아의 눈치를 살피며 말하였다.

"대장, 그렇게 아까우면 데려가지 그랬어요."

"그러게 말이다. 휘유- 하지만 소홍이 싫다는데 데려갈 수 있나?"

독돈이 말하였다.

"으허허허. 대장이 마음대로 하지 못하는 것도 있네요."

"그러게 말이다. 미인의 마음은 정말 붙잡기 어렵구나. 다시 만날 수 있을까?"

오괴가 말하였다.

"인연이 된다면 다시 만나겠지요."

"허허허. 세상에는 소홍보다 더 예쁜 미녀들이 많답니다. 그러니 힘내세요."

"그래, 세상에 미인이 소홍이 뿐이냐? 새털같이 많은 날이 남았는데 말이야. 아자, 아자."

큰소리를 땅땅 치던 목풍아가 의자에 몸을 기대고 길게 한숨을 내쉬었다.

'생각보다 인간적이군.'

오괴와 독돈은 목풍아의 인간적인 면모에 마음이 끌려 저희들끼리 빙그레 웃으며 서로를 바라보았다.

붉은 노을이 지평선에 아스라이 깔려 어둠이 내려앉을 무렵 목풍아가 탄 마차가 연경에 도착하였다.

연경 앞에 있는 역원에 마차를 건네고 어둠이 내린 연경의 남대문을 들어가니 창을 든 병사들의 경계가 삼엄하였다.

남경에서 온 병사들이 경계에 충실할 뿐 사대문을 잠그지 않는 것을 보니 연왕부가 남경 병사들의 손에 들어간 것 같았다. 천자의 병사들이 민심의 동요를 막기 위해 사대문을 잠그지 않은 것이었다.

잠시 후, 인경이 치면 평소와 같이 사대문이 잠길 것이다. 연왕이 잘 버텨내야 할 텐데 걱정이 되었다. 넓은 장안가를 지나던 목풍아는 곧장 연자루로 들어갔다.

주루의 주련은 찬란한 황금색으로 목풍아가 써준 글귀로 바뀌어져 있었으며, 출입하는 사람들이 끊임없는 것을 보니 장사도 여전히 성업 중이었다.

새 주인이 돌아온 것을 보고 주보가 황급히 알리자 일도와 조기가 뛸 듯이 누각에서 내려와 깍듯하게 인사를 하였다.

"대장, 빨리 올라오셨습니다."

싱글벙글 웃는 것은 일도였다. 얼굴에 칼자국이 있어 싸움보다는 험악한 얼굴로 반은 먹는 일도는 심성이 충성스럽고 우직한 면이 있었으나 담이 작고 돈에 인색한 것이 흠이었다. 일도의 아버지가 도박에 빠져 집안이 홀라당 망한 탓에 어려서부터 쪼들리며 어렵게 성장한 때문인지도 몰랐다. 풍신 좋고 깨끗한 조기와 함께 있으니 그 얼굴에 촌티가 좔좔 흘렀다.

"오셨습니까, 대장."

느리고 조용하게 인사를 하는 것은 조기였다. 연경 제일 누각을 경영하던 우두머리 습성이 옷차림부터 인사까지 자연스럽게 배어 있어 옆에 있는 일도가 무색한 지경이다.

"왕부로 들어가기 전에 들을 것이 있어서 왔다."

"그렇지 않아도 기다리고 있었습니다. 3층으로 가시죠."

조기가 앞장서서 계단을 올라가고 목풍아가 그 뒤를 따랐다. 오괴와 독돈은 찬밥이 된 일도를 보고, 서로의 얼굴을 바라보다가 뒤를 따랐다.

3층 누각 한편에는 기루의 주인이 거처하는 방이 하나 있는데 조기는 목풍아를 그곳으로 안내하였다.

화려한 양탄자가 깔린 방 안에는 페르시아식으로 아름다운 장식이 돋보이는 훌륭한 방이었는데 기기색색의 무늬가 있는 큰 탁자에 서류가 놓여 있고 호랑이 가죽으로 만든 푹신한 의자 옆에 쇠로 만든 금고가 있었다. 방 가운데 아담한 둥근 탁자가 있었는데 그 둘레로 몇 개의 의자가 놓여 있었다. 상석인 호랑이 가죽 의자에 앉기 무섭게 목풍아가 물었다.

"조기, 어떻게 된 것인지 자초지종을 말해보라."

조기가 침착하게 말하였다.

"황제의 명을 받고 포정사布政使 장병張昺, 도지휘사都指揮司 사귀謝貴, 장사長史 갈성葛誠 등이 연경으로 올라와 이곳을 장악하고 왕부를 통제하고 있습니다. 연왕은 칭병하고 누워 있다 들었는데 언제 잡혀갈지 모를 상황입니다."

병을 핑계로 삼은 것은 정화의 계책일 것이다. 며칠 간은 병을 핑계 삼아 버틸 수 있겠지만 기다림에도 한계가 있을 것이다. 그 전에 수를 내야 하는데 그러기 위해서는 더 자세한 정보가 필요했다.

"연왕을 제거하기 위해서는 명분이 필요했을 것이 아닌가? 대체 어떻게 된 것인지 자초지종을 말하란 말이다."

일도와 오괴, 독돈은 어리둥절했다. 목풍아와 조기가 주종主從이 된 것은 불과 나흘 전의 일이다. 도박판에서 한번 만났고, 연자루의 문서를 내줄 때 잠깐 만난 것뿐인데 목풍아는 마치 오랜 주종의 관계였던 것처럼 조기를 대하고 있었다. 그런데 조기 역시 오래된 부하처럼 목풍아의 말을 알아듣고 척척 받았다.

"고변告變이 있었습니다. 연산燕山의 백호百戶인 예량倪諒이 황제에게 밀고를 하였고, 연왕의 휘하 장교로 있던 어량於諒과 주탁周鐸이 가담하여 연왕이 황제에게 두 마음을 품고 있다고 고변한 것 같습니다. 그 문제로 황제가 포정사와 도지휘사를 파견하고 병력 일만여 명으로 연경을 장악하게 한 것입니다."

목풍아가 흡족한 듯 고개를 끄덕끄덕하였다.

"고변이라……. 그렇게 된 것이군. 올 것이 생각보다 일찍 찾아왔군. 좋아."

오괴는 그제야 목풍아가 연자루를 손에 넣은 이유를 알 것 같았다. 연경의 제일 누각 연자루는 술을 먹는 사람 이외에도, 차를 마시며 쉬어 가는 여행자, 상인, 군인, 도박을 하는 사람 할 것 없이 끊임없이 드나드는 곳이다. 그 때문에 이곳은 천하에서 돌고 있는 수많은 정보들의 집합소라고 해도 과언이 아니었다.

목풍아가 연자루를 접수한 것은 단순히 거부가 되기 위해서가 아니라 이곳에서 천하에 무수하게 떠돌아다니는 정보를 빠르게 입수하기 위해서였다.

조기는 연경 제일이라는 연자루의 주인답게 목풍아의 의도를 단번에 파악하고 대답한 것이다. 결론적으로 목풍아가 연자루를 손에 넣은 것은 연자루의 엄청난 수익과 빠르고 정확한 정보망, 그리고 유능한 참모를 수하로 거느린 것이었다.

연자루의 문서를 받으러 왔을 때 복풍아가 농담처럼 말했던 일석삼조—石三鳥의 의미가 가슴깊이 와 닿았다. 일석삼조. 아니 이것은 더 큰 가치가 될 수도 있었다.

'대장은 정말 알아갈수록 그 생각의 크기와 깊이를 알 수 없는 사람이군.'

오괴는 진정으로 목풍아에게 감탄하였다.

"조기, 연왕의 세 아들에 대한 정보는 없나?"

'모든 것을 예상하고 있다. 나이는 어리지만 얼마나 무서운 사람인가? 하룻저녁에 연자루를 먹어치운 것은 단순히 운이 좋아서 만이 아니다.'

조기는 목풍아의 그릇을 파악하고 침을 꿀꺽 삼키며 이마에 맺힌

땀을 닦았다.

"주왕의 세 아들은 작년에 홍무제의 부음으로 남경에 복상服喪하러 가 있다가 최근에 연왕의 청으로 귀국하던 도중 둘째 왕자인 주고후 朱高煦가 관원을 살해하는 사건이 있었습니다."

"관원을 살해했다고? 대담한 걸?"

"주고후는 아버지 연왕을 닮아 힘이 세고 난폭하기로 이름이 나 있습니다."

"글쎄. 힘이 센 것은 아버지를 닮았지만 생각이 없는 것은 하나도 닮지 않았는데?"

"예? 그게 무슨 말씀이십니까?"

"아니야, 아니야. 그건 알 것 없고. 남경에서 왕자들을 귀국시키는 데 힘을 쓴 사람이 누구지?"

"태상경太常卿으로 있는 황자징黃子澄이라 들었습니다. 병부상서 제태齊泰가 반대하였습니다만 황제가 황자징의 편을 들어주었다 합니다."

"흠……."

목풍아가 한동안 생각에 잠겨 있다가 자리에서 벌떡 일어났다.

"왕부로 가야겠다."

"연왕부는 금지령이 내려져서 누구도 들어갈 수 없습니다. 왕부의 9개 문이 모두 황제가 보낸 군사들로 막혀 있습니다."

"이봐, 조기. 이 목풍아가 그 정도도 생각 못할 바보로 보이나?"

"그, 그럼. 방법이 있다는 말씀입니까?"

"있지. 꾀 많은 환관 정화가 입궁할 수 있는 수단을 내게 가르쳐 주더군."

오괴가 고개를 갸웃거렸다.

"대장, 정화가 수단을 가르쳐 줬다고요?"

독돈이 말하였다.

"언제요? 정화랑 만난 적도 없으면서?"

"와하하하. 참새가 어찌 붕새의 뜻을 알겠느냐? 그래서 너희들은 한참 멀었다는 거야."

까만 일산안경을 쓴 목풍아가 오괴와 독돈, 조기를 바라보며 배시시 웃었다.

해결사

　연왕부의 남문인 단예문端禮門 앞에는 이른 저녁 무렵인데도 횃불을 환하게 밝히고 수많은 병사들이 창을 들고 서 있었다. 100여 명은 족히 넘을 것 같은 병사들이 기치창검을 번뜩이며 좌우로 순라를 돌고 있는데 그 사이를 평복을 입은 목풍아가 거침없이 들어가고 있었다.

　"거기 서라. 너는 어딜 가는 게냐?"

　병사 하나가 창을 들어 앞을 막으며 소리를 지르자 목풍아가 그 병사를 빤히 보며 들고 있던 상자를 번쩍 들었다.

　"왕부王府에 들어갑니다."

　"왕부? 그곳은 누구도 들어갈 수 없다."

　목풍아가 인상을 찡그리며 말하였다.

　"뭐라구요? 그럼 어떡합니까? 이 약은 어쩌지요? 왕야께 드릴 약인데 때를 맞추지 못하면 큰일 납니다."

병사 하나가 목풍아가 든 상자를 흘깃 보다가 장교인 듯한 사나이에게 달려가 무어라 말하였다. 그러자 그 장교가 성큼성큼 다가와 목풍아에게 말하였다.

"나를 따라오너라."

목풍아가 장교를 따라 단예문 앞에 설치된 장막 안으로 들어갔다.

장막 안의 탁자에 화려한 은빛 갑옷을 입은 사나이 하나와 말끔하게 관복을 차려입은 사나이 하나가 앉아 있었는데 관복을 차려입은 사나이가 목풍아에게 말하였다.

"그 상자를 열어 보거라."

목풍아가 탁자 위에 상자를 놓고 함을 열었다. 진한 약 냄새가 피어올랐다. 이내 목풍아를 데려온 장교가 약상자 안팎과 종이에 싼 약재들까지 펼쳐 샅샅이 살펴보다가 갑옷을 입은 사나이에게 말하였다.

"나리, 수상한 것은 없습니다."

갑옷을 입은 사나이가 입을 열었다.

"옷을 벗어라."

장교가 같은 말을 반복하며 으름장을 놓았다.

"네, 네."

겁에 질린 것처럼 두려운 얼굴로 목풍아가 입었던 옷을 하나 남김없이 홀라당 벗어 탁자 위에 올려놓았다.

장교가 목풍아의 옷을 살펴보다가 다시금 목풍아의 온몸 구석구석을 살피고는 갑옷 입은 사나이를 향해 말하였다.

"수상한 것은 없습니다."

"옷을 입어도 좋다."

목풍아가 그 사나이의 말을 듣고 다시금 옷을 챙겨 입었다.

목풍아가 눈치를 살피듯 입을 열었다.

"나, 나리들은 뉘신데 이렇게 엄하게 검문을 하십니까? 전에 못 보던 분들 같은뎁쇼?"

관복을 입은 사나이가 빙그레 웃으며 입을 열었다.

"우리는 남경에서 이곳에 부임한 사람이다. 나는 장사長史로 있는 갈성葛誠이라 한다. 옆에 계신 분은 포정사布政使이신 장병張昺 상공이시다. 그런데 네 이름은 무엇이냐?"

"목풍아인데 풍아라고 부릅니다요. 연경의 약재상에서 장의원님의 심부름을 하고 있는데 이번에 왕야께서 큰 병이 걸려서 급하게 약을 지어 가지고 가는 길입니다요."

"큰 병에 걸렸다고?"

갈성이 한참 생각하다가 말하였다.

"왕궁 내에서도 약을 처방하는 내의원이 있을 터인데 바깥에서 약을 짓다니 이상한데?"

"헤헤헤. 내의원의 약재도 한계가 있습지요. 이를테면 3년간 서리 맞은 사탕수수라던지, 교미 중인 귀뚜라미, 발톱 빠진 곰발바닥 같은 별난 약재는 내의원에서 구하지 못하고 바깥의 약재상에서 구해야 합니다. 연경의 약재상은 중원의 약재뿐만 아니라 고려, 남만, 아라사 등에서 나는 약재까지 모두 구할 수 있기 때문에 내의원에서도 저희 물건을 종종 사들이는걸요?"

"그도 그렇구나. 그럼 너는 연왕이 어떤 병에 걸려있는지 아느냐?"

"저는 탕약을 달이는 심부름꾼인걸요."

"잘 생각해보거라. 탕약을 달일 정도면 어느 정도 알 것이 아니냐?"

목풍아는 손가락을 머리에 대고 잠시 생각하는 척하더니 입을 열었다.

"의원 어르신께서 하시는 말씀으로는 얼마 가지 않아 돌아가실 거라 하던데요?"

장병의 얼굴에서 화색이 돌았다. 갈성이 빙그레 웃으며 말하였다.

"그럼 그 약을 이리 주고 가거라. 내가 전해주마."

목풍아가 고개를 굽실거리며 말하였다.

"아이고, 감사합니다, 감사합니다. 너무 고맙습니다요, 나리. 그럼 저는 그만 가보겠습니다."

장병은 목풍아가 너무 쉽게 물러나는 것이 이상하여 재빨리 물었다.

"얘, 잠깐만 서라."

목풍아가 고개를 돌렸다.

"왜 그러십니까?"

"왜 그렇게 급하게 가는 거냐? 이 약에 무슨 문제라도 있느냐? 사실대로 말하지 않으면 살아가지 못하리라."

목풍아가 털썩 무릎을 꿇어 손을 모아 빌며 말하였다.

"살려주십시오, 저는 단지……."

"어서 말하지 않으면 네 목을 자르겠다."

"사, 사실은 제가 가져온 약은 치료에 도움이 되는 약이 아니라 다만 고통을 줄일 뿐이라서 별로 소용은 없다고 의원 어르신에게 들었습니다요. 고통이 지독한 병이라서 왕야께서 머리가 돌 수도 있으니 생명을 조심하라고 하셨어요. 저는 다만 나리께서 약을 대신 전해준다 하시기에……."

장병과 갈성이 서로의 얼굴을 바라보았다. 고통이 너무 심해 미치는 병. 약이 없는 병에 걸렸다는 것은 두 사람에게 더없이 기쁜 소식이 아닐 수 없었다.

갈성은 뜻밖의 이야기에 머리를 갸웃거리며 말하였다.

"치료에 도움이 안 된다고? 그럼 너는 왕야가 무슨 병에 걸린 것인지 모르느냐?"

"저는 잘 모릅니다만 의원 어르신 말씀으로는 사람이 바싹바싹 마르고 내장이 뒤틀려서 어떤 약으로도 손을 쓸 수 없다고 말하는 것을 들었습니다."

어린아이가 거짓말을 할 리 만무하였다. 더구나 자신들이 왕부를 포위했을 때 연왕이 위독한 병중에 있다는 이야기를 이미 들은 바가 있었기 때문이었다.

갈성이 싱글거리며 말하였다.

"얘, 풍아. 너 내 심부름을 해줄 수 있겠니?

"예? 어떤 심부름 말입니까?"

"네가 약을 가지고 들어가서 왕야가 어떠신지 나에게 이야기해줄 수 있겠니?"

"저는 무섭습니다. 나리께서 약을 전해주신다 하셨으니 나리가 하십시오."

장교가 목풍아의 앞을 막아서며 험악한 얼굴로 칼을 꺼내들었다.

"왜, 왜 이러십니까요?"

"나리께서 심부름을 시키시면 잠자코 할 일이지 감히 도망을 치려고 해? 죽고 싶은 게냐?"

목풍아가 털썩 자리에 꿇어앉아 손이 발이 되도록 빌었다.

"살려주십시오, 나리. 저는 다만 대왕이 발작을 해서 저를 어찌할까봐 겁이 나서 그런 겁니다."

갈성이 얼른 다가와 장교를 말리며 목풍아를 일으켰다.

"자, 자. 일어나거라. 네가 만일 내 심부름을 잘해준다면 너에게 은전 1냥을 주겠다."

"예? 그렇게 큰돈을 주신다고요?"

목풍아는 황소처럼 크게 눈을 뜨고 갈성을 바라보았다. 갈성이 싱글벙글 웃으면서 품속에서 은전 1냥을 꺼내더니 목풍아의 손에 올려놓았다.

"자, 네가 내 심부름을 잘하고 오면 그땐 1냥을 더 주마."

목풍아는 화색이 되어 꾸벅꾸벅 절을 하며 말하였다.

"나리, 어떤 일이든 할 테니 시켜만 주십시오."

갈성이 고개를 끄덕거리며 사람은 이렇게 다루는 것이라는 듯이 장교를 바라보았다. 장교가 진심으로 탄복한 듯 포권을 취하자 갈성이 목풍아에게 말하였다.

"너는 왕부 안으로 가서 연왕의 상태가 어떤지 보고 나에게 알려다오."

"그, 그것만 하면 됩니까?"

"그래. 너는 앞으로 매일 왕부를 다녀갈 테지?"

"그, 그건……."

"좋아, 좋아. 연왕의 발작을 멈추게 하려면 매일매일 고통이 줄어드는 약이 필요하겠지."

갈성이 싱긋 웃으며 말하였다.

"너는 앞으로도 나에게 왕부에서 벌어지는 일들을 알려주기만 하면 된다. 연왕의 병세라든지 동정 같은 것 말이다. 그럼 너에게 수고비는 톡톡히 쳐주겠다. 내 말뜻을 알겠느냐?"

"가, 감사합니다요. 나리."

목풍아가 절을 꾸벅하였다.

"그래, 그래. 착한 아이로구나."

갈성이 약이 든 상자를 목풍아에게 건네었다. 목풍아가 그것을 받아 장병과 갈성에게 인사를 하고 장교를 따라 나가니 장교가 문앞에서 잠시 멈추었다. 그가 단예문 위를 향해 소리쳤다.

"대왕의 약을 가지고 들어가는 사람이 있다 문을 열어라."

성문 위쪽에서 횃불이 불쑥 나타나며 한 사람이 머리를 내밀었다.

"약을 가지고 왔다고?"

목풍아가 재빨리 횃불 가까이 가더니 소리쳤다.

"대왕께 드릴 약을 가져온 사람입니다. 눈이 나빠 사람을 못 알아보시겠습니까?"

횃불을 들어 얼굴을 살피던 사나이가 눈을 휘둥그레 떴다. 그는 남문에서 수문장을 하던 사나이로 목풍아를 데리고 연왕에게 간 적이 있었으므로 그 말투를 듣고 한 번에 알아본 것이다.

"아, 아니. 너는?"

"목풍압니다, 목풍아. 만약당萬藥堂 심부름꾼 목풍압니다."

왕궁을 발칵 뒤집었던 목풍아를 어찌 모를 수 있겠는가? 오늘 아침 일찍 정화가 파발을 보내 그를 불렀다는 것을 알고 있던 터라 얼른 소리쳤다.

"문을 열어라."

육중한 성문이 한 사람 들어갈 정도로 열리었다.

목풍아는 장교에게 머리를 숙여 인사를 하고는 성문 안으로 들어갔다.

'꾀 많은 정화 같으니라구.'

연왕이 칭병하고 있다는 것은 정화의 꾀. 정화는 이미 목풍아에게 연왕부에 입궁할 수 있는 단서를 알려준 것이다.

전자의 명을 받은 이들은 연왕이 죽지 않는 한 남경으로 끌고 가야할 책임이 있었다. 연왕이 자연적으로 죽었다면 모르지만 일부러 약을 먹이지 않아서 연왕이 죽었다면 그 책임을 면할 수 없었다. 그런 까닭에 약을 심부름하는 자는 왕궁으로 출입할 수 있었다. 정화가 연왕의 병을 핑계한 것은 그러한 이유였다. 목풍아에게 약을 심부름하는 자로 변장하여 왕부로 들어오라는 신호를 준 것이다. 영민한 목풍아는 정화의 뜻을 짐작하고 약을 심부름하는 아이로 변장하여 출입이 금지된 연왕부에 들어올 수 있었던 것이다.

수문장의 안내를 받으며 왕부로 들어서자 목풍아는 환관의 안내를 받으며 연왕의 침소로 들어갔다.

연왕은 근엄한 얼굴로 침소 옆의 탁자에 앉아 있었는데 그 옆에 검은 옷을 입은 환관 정화가 시립하여 있었다.

연왕이 목풍아를 보고 껄껄 웃으며 말하였다.

"제법이구나. 금지령이 내려진 궁궐을 쉽게 들어오다니⋯⋯."

"상선대감께서 안배하신 덕분입니다."

"정화가 안배했다고?"

"예, 상선대감이 아니었다면 절대 왕부에는 들어오지 못했을 겁니다."

목풍아가 정화를 올려다보았다.

정화가 말하였다.

"내 뜻을 단번에 파악하다니 과연 대단하오. 그렇다면 이 위기를 해결할 계책도 가져왔겠지요?"

"그럼요. 그런데 옛말에 약발은 공짜로는 듣지 않는다 들었습니다."

정화가 소리쳤다.

"이놈, 무엄하구나. 감히 뉘 앞에서 수작이냐? 죽고 싶은 것이냐?"

연왕이 손을 들어 막았다. 지금은 그런 것을 따질 때가 아니다. 남경으로 끌려가게 된다면 만사는 끝이 난다. 자신은 물론이거니와 아버지 주원장이 평생을 이뤄놓은 명나라까지⋯ 지금은 어떻게든 이 난국을 극복하는 것이 가장 큰 과제임을 연왕은 누구보다 잘 알고 있다.

"맞는 말이다. 공짜약은 약발이 잘 듣지는 않지. 그래 너에게 어떤 보상을 해줄까? 제후의 자리라도 하나 줄까?"

목풍아가 배시시 웃으며 말하였다.

"그렇게 큰 것은 과분합니다. 저는 다만 차후에 저의 모든 죄를 용서하시고 허물을 묻지 않겠다는 철권鐵券 하나만 만들어주시면 됩니다."

"철권?"

뜻밖의 요구였다. 연왕으로서는 들어주기 힘든 일이 아니지만 철권을 요구하는 목풍아의 의도가 궁금하다.

"그럼 너는 나중에 나에게 죄를 짓겠다는 말이냐?"

"그럴 리 있겠습니까? 얼마 전에도 말씀드린 바가 있지만 저는 오래오래 살면서 천하를 태평하게 하고 싶은 소박한 꿈이 있는 사람입니다. 그러나 이 험한 세상을 어찌 알 수 있겠습니까? 전하를 위해 일하다가 부득이하게 사소한 죄를 지을 수도 있는 것 아닙니까? 그때는 지금의 위기를 모면하도록 한 목풍아를 생각하시고, 너그러운 아량으로 두루두루 제 죄를 용서해주십사 하는 것입니다."

"그거야 어렵지 않지. 좋다. 이제 이 위기를 해결할 계책을 말하라."

목풍아는 가져온 약상자를 내밀었다.

"그게 뭔가?"

"약입니다. 이것은 토사곽란을 일으키는 약이지요."

"이걸 내게 주는 이유가 뭔가?"

"상대방을 속이려면 확실히 속이셔야지요. 천자의 군사들은 전하를 의심하고 있습니다. 만약 전하의 병이 꾀병이라는 것을 알게 되면 천자의 군사들은 즉시 행동을 개시할 것입니다. 전하께서 불편하시겠지만 지금은 이렇게 상대방을 속여 시간을 늦추는 방법밖에 없습니다. 이후의 일은 제가 처리하겠습니다.”

시립해 있던 환관이 약상자를 받아 정화에게 건네었다.

연왕이 목풍아에게 물었다.

“네가 책임지고 나를 살리겠단 말이지?”

“예, 저를 믿어주십시오.”

“좋다, 너를 믿어보자. 그런데 나는 지금의 상황을 모르겠다. 급작스럽게 당했어. 대체 어떻게 된 상황인지 아는 것이 있으면 말해보거라.”

“전하께서는 정말로 사면초가四面楚歌의 어려운 상황에 처하셨습니다. 연산燕山의 백호百戶인 예량倪諒, 전하의 휘하 장교로 있던 어량於諒과 주탁周鐸이 황제에게 전하께서 두 마음을 가지고 있다고 고변을 하였습니다. 전하께서는 역모죄로 포위된 것입니다.”

“역모죄? 내가?”

연왕이 주먹으로 탁자를 쳤다.

“우헤헤헤. 황제의 곁에 있는 자들이 모두 전하를 흉적凶賊으로 보고 칼을 갈고 있는데 가까운 측근이 동조하였으니 흥분할 만도 합지요. 하지만 염려 마십시오. 승리는 우리의 것입니다.”

“너는 장담하고 있구나. 모든 상황이 나에게 불리한데 장담을 하는 이유가 뭔지 들어볼까?”

목풍아가 웃으며 말하였다.

“다행스럽게 홍무제께서는 전하를 위해 모든 토대를 마련해 놓고 가셨습니다. 원의 군사들과 싸워왔던 역전의 명장은 물론이거니와 일류 정객들까지 몽땅 저 하늘로 보내버리셨지 않았습니까? 그 때문에 지금은 잔꾀나 쓰는 제태나 황자징 같은 이류 정객들이 황제의 좌우를 보위하고 있으니 비록 몸은 위험에 처해 있으나 하늘은 전하를 버리신 게 아닙니다."

"너는 제태와 황자징이 이류二流란 말이냐?"

"저 같은 어린아이도 한 번에 그 뜻을 꿰뚫을 수 있는 조잡한 책략을 쓰는 자들이니 이류가 아니고 무엇입니까? 아니 삼류라 해도 틀린 말은 아닙니다."

돌려 말하자면 자신은 일류라는 말이다. 연왕은 목풍아의 총명한 얼굴과 반짝거리는 눈빛을 보곤 피식 웃으며 물었다.

"제태와 황자징이 삼류란 말이지?"

"우헤헤헤. 남경의 군사들이 기습적으로 연왕부를 포위한 것을 보면 이류가 맞겠네요."

연왕과 정화는 아직 어린 목풍아가 세상 돌아가는 사정을 자신들보다 더 잘 아는 것이 놀라울 따름이었다. 이야기 대부분이 자신들이 모르는 정보 투성이였다. 더구나 나흘간 하음현에 다녀왔을 뿐인데 모든 사정을 훤하게 꿰뚫고 있는 목풍아가 놀랍게 느껴졌다.

"장난치지 말고 무엇 때문에 그들이 이류인지 이야기해 봐."

"예, 이번 같은 경우는 개봉부開封府의 주왕周王을 체포할 때처럼 신속하기 그지없었습니다. 제 생각으로는 제태와 황자징 두 사람이 전하를 노리고 있다가 전하께서 세 왕자님을 돌려 달라고 할 때 계책을 꾸민 것입니다. 아마 처음에는 말들이 많았을 것입니다. 세 왕자를 볼모로 하여 안전지책을 꾀하자는 삼류들과 왕자를 풀어주어 전하를 안심시켜 놓은 다음에 재빨리 병사들을 풀어 후환거리를 아예 없애 버리자는 이류. 아마 황자징의 계책이었겠지요. 더구나 둘째 왕자께서 수행하는 관원을 죽여버리셨으니 타는 집에 기름을 부은 것처럼 전하를 잡아갈 명분은 확실합니다. 저 같으면 이렇게 미적거리지 않고 한 방에 일을 종결지었을 것입니다."

목풍아는 목을 싹 자르는 시늉을 하곤 다시 말하였다.

"하지만 전하는 운이 좋습니다. 전하 곁에 상선 같은 모사가 있으니 말입니다. 상선의 빠른 판단으로 인해 군사들이 점잖게 왕궁을 포위하고 있으니 말입니다. 놈들이 이류밖에 안 된다는 것은 바로 그것을 말하는 겁니다. 일을 도모했으면 확실한 결론을 봐야 하는데 황궁의 수뇌부들이 학자들이라 그런지 이런저런 명분을 찾고 생각하느라 아까운 시간을 잡아버리고 있지 않습니까?"

목풍아는 정화를 칭찬하는 것도 잊지 않았다.

정화가 목풍아에게 가볍게 목례하였다.

'내가 너의 체면을 세워 준 것을 잊지 마라.'

목풍아도 정화에게 목례를 하곤 연왕에게 말하였다.

"이제는 죽느냐 사느냐의 기로에 놓였습니다. 건곤일척乾坤一擲의 승부를 하느냐? 귀양을 가거나 죽느냐?"

연왕이 탁자를 치며 말하였다.

"좋다. 황개가 조조를 속이기 위해 매를 맞은 것처럼 나는 기꺼이 네가 준 약을 마시겠다."

건곤일척의 승부를 하겠다는 말이었다.

목풍아가 빙그레 웃으며 말하였다.

"잘 선택하셨습니다. 사실 저는 왕궁으로 들어오려고 옷을 홀라당 벗긴 채 고추를 내놓는 망신을 당했습니다. 하지만 어쩝니까요? 뜻을 이루려면 작은 치욕쯤이야 할 수 없지요."

연왕이 화통하게 웃었다.

"크하하하. 그게 사실이냐?"

"네, 적을 속이기 위해서는 어쩔 수 없지 않습니까?"

"좋아, 좋아. 내가 이 위기를 벗어날 수 있다면 뭔들 못하겠는가?"

"역시 전하는 보통 사람이 아닙니다. 좋습니다. 그럼 저는 이만 물러가겠습니다. 내일 다시 올 테니 그동안 고생 좀 하십시오."

"기꺼이 고생을 해주지. 하지만 약속을 지키지 못한다면 너도 무사하지 못 할거다."

"믿는다고 하셨으면 믿으십시오."

복풍아는 꾸벅 인사를 하곤 제 마음대로 나가버리고 말았다.

"녀석. 제법 물건이군. 이 연왕 앞에서 저리 당당할 수 있다니? 하하하하."

정화는 생사가 걸린 운명의 순간에 철권을 요구하는 목풍아를 보고 머리를 내저었다. 자신의 죄를 용서한다는 철권을 수중에 소유한다는 것은 한 가지 큰 무기를 지닌 것이나 다름없었다. 어쩌면 그것은 정화에게 딴 마음을 가지지 말라는 경고의 의미이기도 했다.

'그동안의 여러 가지 사건으로 짐작은 했지만 참으로 영리한 아이다. 벌써 연왕의 머리꼭대기에서 놀고 있어. 그래서 가까이 하기에 껄끄럽고 위험한 아이다. 이번 일이 해결되면 되도록 멀리 떨어뜨려 놓아야겠다.'

정화는 마음속으로 다짐하였다.

대전을 나온 목풍아는 환관의 안내도 없이 위풍당당하게 회랑을 지나고 있었다. 수문장을 따라오면서 지리는 파악한 상태이니 거꾸로 돌아가면 문제될 것이 없었다.

위풍당당하기만 하던 연왕이 오늘 밤 설사약을 먹고 고생하다가 내일 눈이 움푹 들어간 처절한 모습으로 맥없이 비틀거리며 발걸음을 옮길 것을 생각하니 절로 웃음이 나왔다.

"와하하하. 정말 우습다. 정말 우스워."

배를 잡고 깔깔거리던 목풍아는 갑자기 걸음을 멈추었다. 회랑 기둥에서 예쁜 궁녀 하나가 얼굴을 내밀고 추파를 던지고 있었기 때문이었다. 목풍아는 좌우를 둘러보다가 자신을 가리키며 말하였다.

"나? 나 말이냐?"

궁녀가 고개를 끄덕끄덕하였다. 목풍아가 가만히 바라보니 계란 같은 얼굴에 까맣고 큰 눈이 무척이나 귀여운 소녀였다.

'이게 웬 떡이냐?'

목풍아가 성큼성큼 다가가서 말하였다.

"무슨 일이냐?"

궁녀는 수줍은 아이처럼 회랑의 기둥에 찰싹 달라 붙어 몸을 꼬면서 물었다.

"그대의 이름이 목풍아가 맞나요?"

"내 이름을 어떻게 아는 거지?"

궁녀가 손을 들어 앵두같이 탐스러운 입술을 막으며 웃었다.

"호호호. 유명한 팔보시를 지은 목풍아를 모르는 사람은 궁내에 없답니다."

"하긴 그렇겠구나. 그러고 보니 너는 나의 시에 반한 모양이구나. 와하하하."

목풍아가 어깨를 으슥하며 고개를 젖혀 웃는 순간 뒤편에서 커다란 보자기 하나가 목풍아를 집어삼키었다.

"뭐야? 뭐냐구?"

눈앞이 번쩍거렸다.

잠시 후, 목풍아는 눈을 떴다. 뒤통수가 욱신거렸다. 누군가에게 뒤통수를 맞아 기절했던 모양이었다. 좌우를 살피려고 고개를 돌리던 목풍아는 경악을 금치 못하고 부르짖었다.

"이, 이게 뭐야? 이게 뭐냐구?"

목풍아는 사지가 침대 사방의 기둥에 묶인 체 침대 위에 있었다. 온몸이 빨가벗겨져서 고의 바지만 입은 체 말이다. 연왕의 목숨이 왔다갔다 하는 급박한 상황에 정화가 일을 꾸밀 리는 만무하였다.

'대체 누가 이런 일을 벌인 거지?'

목풍아가 곰곰이 생각해보았지만 딱히 떠오르는 사람이 없었다. 예쁜 궁녀의 모습이 떠올랐다.

'궁녀? 궁녀라면?'

바로 그때였다. 방문이 열리며 화려한 옷을 입은 소녀가 들어왔다. 방문이 닫히고 소녀가 목풍아를 바라보았다.

"헉."

목풍아는 숨이 멎는 것 같았다. 그 소녀는 다름 아닌 안성공주 주소천이었다.

"원수는 외나무다리에서 만난다더니 오늘에서야 널 만나게 되는구나."

주소천이 빙그레 웃더니 탁자 위에서 단검을 집었다.

"목풍아, 이놈. 오늘을 손꼽아 기다렸다."

주소천을 이렇게 만나게 될 줄 목풍아는 꿈에도 생각하지 못했다. 등줄기에 소름이 오싹 끼쳤다. 주소천이 복수를 하기 위해 작정한 것이었다.

"고, 공주님. 대체 왜 이러시는 겁니까? 그 칼로 뭘 하시려고요?"

"몰라서 물어? 이 공주님을 모욕한 죄로 네놈을 환관으로 만들어 버리려고 그런다."

"환관?"

눈앞이 깜깜하였다. 남성이 거세된 환관 목풍아라니. 앞길이 구만 리 같은 목풍아가 평생을 고자로 살아야 하다니, 생각만 해도 끔찍하였다.

침대 앞으로 다가온 안성공주 주소천이 날이 시퍼렇게 선 비수를 들고 목풍아를 노려보고 있었다.

2권에서 계속.....

정난군 진격로

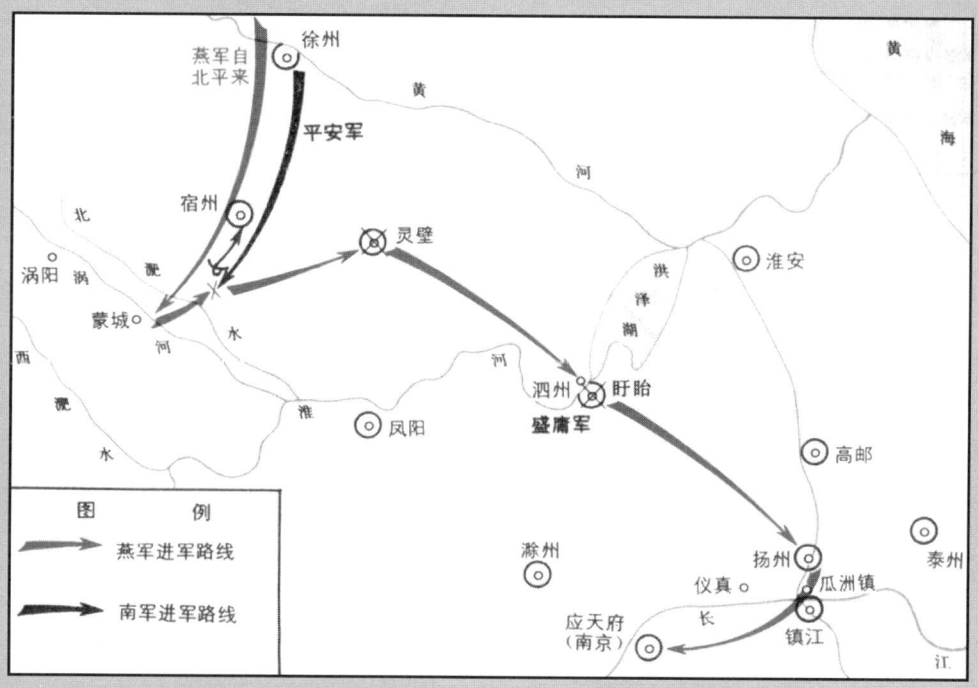